НИКОЛАЙ БРЕДИХИН

ГАЛАКТИЧЕСКИЙ ЧЕЛОВЕК

РОМАН-ХРОНИКА

ePressario Publishing
Монреаль, 2015 г.

ГАЛАКТИЧЕСКИЙ ЧЕЛОВЕК

роман-хроника

Николай Бредихин

© 2014 Николай Бредихин

Web: http://www.bredikhin.net/

© 2014 Кирилл Бредихин, обложка

© 2014 ePressario Publishing, издание

Монреаль, Канада

E-mail: info@epressario.com

Web: http://www.epressario.com/

ISBN: 978-0-9919778-8-8

ЧАСТЬ ПЕРВАЯ

ГЛАВА 1

Их было четверо. Сначала меня поразил именно этот факт. Не слишком ли много для меня одного? И что это за работа такая, если она требует столь тщательной проверки?

С другой стороны, меня ничем нельзя было удивить. Я уже привык к отказам, воспринимал их как должное, хотя и вцеплялся в любую, даже самую ничтожную, призрачную, возможность бульдожьей хваткой.

Впрочем, признаться, вцепляться было особо не во что. Мне редко удавалось проникнуть дальше секретарш – эдакого универсального монстра, который мог иметь любое обличье: от куколки Барби до благодушной мисс Марпл с проседью в волосах, но которого ничем нельзя было разжалобить, преодолеть, обойти.

Иногда мне отдавали на растерзание какого-нибудь молодого парнишку, у которого было только одно задание: сказать мне «нет» в предельно вежливой и удобоваримой форме. Тут-то и начинался спектакль. Практически всех подобных сосунков подводило одно: ирония. Ну как не поиздеваться над старичком, попавшим в беду? Сам Бог повелел. Однако во мне они находили достойного противника. Я парировал каждый их довод, либо словом, либо какой-нибудь затейливой бумаженцией из великого множества всяческого информационного барахла, припасенного мной на все случаи жизни и хранившегося в кожаной, с золотым тиснением, папке, с которой я никогда в своих поисках не расставался.

В конце концов, им ничего не оставалось, как честно признаться: ваш возраст. Что ж, с этого надо было начинать. Потому что больше привязаться было не к чему, да и прежнюю свою работу, я, в принципе, именно по этой причине потерял.

А тут целый консилиум!

«Что ж, ребята, – злорадно подумал я, – если вам хочется посмеяться надо мной, удовольствие я вам сегодня гарантирую. Не так уж много в последнее время Бог посылает мне возможностей для развлечений».

– Я полагаю, все готово, и ничто не мешает нам

начать, – обвел своих коллег взглядом худосочный брюнет с крючковатым носом и обратился уже непосредственно ко мне: – Вам хватило времени, чтобы ознакомиться с теми материалами, что мы вам дали? Если нет, мы можем подождать еще, столько, сколько вам нужно. Очень прошу, не торопитесь, нам не нужны скороспелые выводы.

Я кинул взгляд на лежавшую передо мной потертую картонную папку, завязывавшуюся тесемками. Сколько ей лет? Двадцать? Тридцать? Давно уже такие не выпускают. В ней три ученические тетради, испещренные мелким, корявым почерком. Половину записей я так и не разобрал.

– Да, я уже вник в существо вопроса – богословие, – кивнул я.

Хороший ответ. Лаконичный ответ. Неполный ответ, требующий дополнительных вопросов. И дающий небольшой выигрыш во времени, чтобы сориентироваться, перегруппироваться. Если понадобится.

– Как давно вы ищете работу? – спросил другой клерк, сидевший справа. Тоже брюнет, только смуглолицый. Меня поразили его руки: холеные, с длинными пальцами, как у пианиста.

Сложно, когда тебя опрашивают сразу несколько человек, реагировать нужно молниеносно, а у меня такой реакции отроду не было: я слишком углубляюсь в существо вопроса и слишком медленно из него выхожу. К счастью, вопрос был пустяковый, из тех, что мне задавали практически на каждом собеседовании.

– Полгода, – осторожно ответил я, судорожно соображая, где здесь может таиться подвох. От этого «пианиста», как я уже понял, можно было ожидать чего угодно.

– Причина? – вступил в разговор третий – патлатый улыбчивый парень с серебряной серьгой в ухе.

Пока ничего особенного, вопросы серее некуда. Наверное, для того, чтобы притупить мою бдительность.

– Возраст, – пожал я плечами. – За пятьдесят карьеру уже не делают.

– Резонный ответ. Однако вернемся все же к тем рукописям, о которых мы только что говорили. Вы сказали – богословие. Для нас это слишком расплывчато, коротко. Не могли бы вы подробнее расшифровать нам то, что вы имели в виду?

Вот он, настоящий вопрос. Этот клерк, в отличие от трех других, говорил без малейшего акцента. Видимо, русский. Я немного поколебался с ответом. Однако медлить долго нельзя было.

– Какая-то ересь. Не относится ни к одной из признанных, мировых, религий.

– Ересь? – настороженно переспросил крючконосый. – Какая именно?

Я отрицательно повел головой.

– Не знаю.

– Не знаете, потому что недостаточно компетентны в данном вопросе? – воодушевился, обрадовался возможности зацепить меня неугомонный клювастый какаду.

Я вспылил, но сумел сдержать себя.

– Трудно уследить. Сейчас развелось столько тоталитарных сект, новомодных течений. Я не специалист.

«Пианист» усмехнулся и положил передо мной несколько пожелтевших от времени номеров так и не пробившейся в «высший свет» ничем не примечательной региональной газетенки (бумага ни к черту, лучше в то время было не достать, «издание» только начало выходить, и редактор ухитрился аж на девять номеров растянуть мой двадцатистраничный опус об одном русском ересиархе). Ну и, разумеется, тот злополучный номер «Науки и религии», достаточно известного в свое время, солидного, журнала – мое наивысшее достижение. Без него никак не могло обойтись.

– Понятно, Святая инквизиция, – пробормотал я. – Долго же вы до меня добирались.

– Нет, мы не из прошлого, скорее из будущего, – ехидно улыбнулся Пианист и присовокупил к тому, что уже лежало на столе пачку писем. Я без труда узнал свой почерк.

– Все ясно – «контора», так бы сразу и сказали, – уныло, на сей раз с оттенком безнадежности, протянул я.

Господи, до чего, оказывается, все просто. «Любознательный читатель», заинтересовавшийся вашей статьей, затевает с вами переписку, задает, изображая из себя полную наивность, самые разные вопросы, и вы, окрыленный, преисполненный доброжелательности, строчите на самого себя донос. Таких «читателей-почитателей» у меня в то время было трое: один мужчина из Нижнего Новгорода и две женщины из Москвы, одна из Богородичного центра, другая из неовениаминников. Я никогда не видел их, общался с ними только по переписке. Теперь вот, таким своеобразным образом, мне откликнулось то, что тогда аукалось.

— Вы неверно думаете, «там» их больше нет. В смысле — в «конторе», если пользоваться вашими терминами, — усмехнулся мой «соотечественник». — Даже копий. К чему мелочиться, мы изъяли целиком досье на вас. Кстати, весьма пухлое.

Я угрюмо промолчал. Было такое время, когда можно было напечатать, издать что угодно. Но мне и тут не подфартило. Так что когда они бросили на стол рукописи трех моих книжонок по некоторым, на мой взгляд, весьма небезынтересным вопросам религиоведения, в свое время пошлявшихся по журналам и издательствам, но так и не нашедших спроса (Россия – не Запад, подобные вещи здесь до сих пор не в чести), я ничуть не удивился.

Однако настал черед другому удивлению. Из

четверых клерков трое были иностранцы, и только один русский. Это было видно невооруженным взглядом. Сначала я просто подумал: какое-нибудь совместное предприятие, сейчас до меня дошло – настолько совместных предприятий не бывает. Разве что какой-нибудь нефтяной консорциум.

Я хотел было уже встать и уйти, как парень с серьгой в ухе подвел итог нашему задушевному разговору:

– Так вы точно не специалист?

– Ну, может быть, отчасти, – сухо проронил я. – Однако когда это было? Таких «эрудитов», как я, сейчас пруд пруди.

– Не скажите! – помотал головой носатый брюнет.

– Ладно, – я все-таки встал, чтобы откланяться. – Спасибо за содержательную беседу.

– Так что, вам уже не нужна работа? – усмехнулся Пианист. – Жаль. Пока что вы на нас произвели неплохое впечатление.

Он пододвинул ближе ко мне лежавший на столе кейс черного цвета.

– Откройте!

Я тут же сел обратно и последовал его совету. Не

пытайтесь уверить меня, что вам никогда в мечтах или снах не являлся этот маленький волшебный чемоданчик. Козырная карта каждого десятого кинодетектива. Навязший на зубах штамп. Великий Разрешитель Всех Жизненных Проблем.

Что там было? А как вы думаете? Ничего особенного: десять пачек купюр по сто евро, разной степени сохранности, аккуратно перетянутых резинкой.

Я ущипнул себя за бедро. Боль была вполне натуральной.

— Понятно, — сказал я. — Что нужно делать? Торговля оружием? Наркотики? Бизнес на человеческих органах? Я на все готов!

Тут я на редкость быстро сообразил. Тысяча долларов в месяц — максимум, на который я мог, как «специалист широкого профиля», рассчитывать. Десять-двенадцать лет за решеткой — та же работа, так в тюрьме меня еще будут кормить. Но моя семья эти двенадцать лет, особенно, если разместить деньги под хороший процент, ни в чем не будет нуждаться. Если все это, конечно, не «подстава».

— Вы ошиблись, мы не преступники, —

укоризненно покачал головой парень с серьгой в ухе.

– Хотя наш разговор и ваша работа, безусловно, должны оставаться в тайне. Здесь как раз и заключается для вас главное неудобство, а может быть, и неодолимое препятствие. Вашей жизни постоянно будет угрожать опасность. Серьезная опасность. Поэтому вам необходимо будет исчезнуть. Навсегда. Мы понимаем, вам нужно время, чтобы подумать. И охотно предоставим вам его. Как уже сказал мой коллега, – он кивнул в сторону крючконосого, – столько, сколько вам понадобится. Единственное условие – не покидать этот офис, кроме того мы отберем у вас планшет и смартфон.

– Подумать? Почему бы и нет? Но вы не сказали самого главного, – сурово напомнил я, – в чем будет заключаться моя работа?

– О, для вас это не составит большого труда, – рассмеялся Пианист. – Привести в порядок записи этого человека, – он кивнул на папку. – Буквально сделать на основе их книгу. Ну а еще ваши комментарии, мысли. Раз в год вы будете сдавать нам накопленную информацию и забирать в банках, которые мы вам укажем (всякий раз они будут разные), такую же сумму, какую вы только что имели удовольствие лицезреть. Если информация не будет удовлетворять нас, считайте, что год вы проработали бесплатно. Первый ключ лежит в кейсе, с содержимым которого вы только что ознакомились. Хоть вы и никогда не бывали во Франции, полагаю, что здание банка Сосьете Женераль в Париже вы как-нибудь сумеете отыскать. Контракт – на десять лет. По истечении срока он может быть продолжен. Но, так или иначе, вы на всю жизнь остаетесь в нашем распоряжении: закончится эта работа, найдется другая. Без работы – я знаю, это ваше самое больное место, вам никогда больше не бывать. Забудьте о своем возрасте, вы в любом возрасте будете для нас интересны, лишь бы не закисли ваши мозги. Итак, сколько времени вам нужно на раздумье?

– Три часа, – ответил я. – При условии, что вы угостите меня обедом.

– Какие проблемы? – фыркнул парень с серьгой в ухе. – Попотчуем по-королевски. Это все, – он окинул взглядом то, что лежало на столе, – мы вам оставляем. Ваше решение должно быть окончательным, пути назад быть не может. Вы поняли, что я имею в виду?

ГЛАВА 2

Оставшись один, я минут десять сидел, бездумно уставившись остекленевшим взглядом в противоположную стену. До тех пор, пока в комнату не вплыл крючконосый, катя перед собой ресторанный столик-поднос.

– Черепаховый суп, икра черная, икра красная… – терпеливо разъяснял он, для наглядности открывая крышки и показывая, что там внутри.

Понятно, выпускать меня отсюда никто не собирался. Обедом меня во всех случаях должны были накормить. Все было готово заранее. Никаких монстров-секретарш, офис унылый, запущенный – по всей видимости, снят на сутки, якобы для ознакомления. Я так рассудил: час на обед, час на переваривание пищи и тщательный анализ всех, разложенных передо мной на столе, документов, ну и еще час – на принятие решения.

Обед был великолепен во всех отношениях, хотя почему-то напоминал мне последнюю волю человека, приговоренного к смерти. Кто бы ни были эти люди, они играли по крупному и рисковать никак не могли. Какие бы обещания я ни дал им держать язык за зубами, отказ мой мог означать только одно – мою смерть. Странное дело: совсем недавно мне было все равно – жить или умереть, до такого я дошел отчаяния, сейчас я был исполнен решимости бороться за свою жизнь до конца.

Я придвинул ближе к себе лежавшие на столе бумаги.

Мое резюме, которое я составил аж на четырех страницах.

Объявление в журнале «Работа для вас» с моей фотографией и весьма (!) неплохо составленным текстом. Пришлось изрядно потрудиться и потратиться. Результат, как и во всех предыдущих случаях – ноль.

Да, конечно, если умерить амбиции, что-нибудь совсем завалящее я давно уже мог бы подыскать. Но как прожить вчетвером на какие-нибудь жалкие гроши? Дать образование детям, хоть немного отложить на старость. Для этого нужна была та злополучная тысяча долларов (а лучше три!) в месяц, и я хорошо знал, что стою этих денег, но работодатели думали иначе, мне никто не давал и половины.

Я снова открыл кейс и уже не закрывал его. Деньги, лежавшие там, ничем не пахли: ни потом, ни кровью, но от них исходило удивительное тепло. Как я уже сказал, мой двенадцатилетний заработок, возможно, с такого же срока отсидкой. Опять же, если повезет.

Наконец, в последнюю очередь, я открыл картонную папку с тесемками, но голова уже плохо соображала, и я так до конца и не разобрался, о чем в тех записях шла речь.

Как я уже сказал, выбора у меня не было. Я не знал, какие «размышления» имели в виду мои потенциальные работодатели, но знал точно, что размышлять было не о чем. Я должен был исчезнуть. С одной только разницей: либо улететь сразу на небеса, либо потоптать еще определенное количество лет нашу грешную землю. То есть, в принципе, я недостаточно точно выразился: какое-то подобие выбора у меня все-таки было.

Я задумался. Мне всегда казалось, что Бог любит меня. Ну зачем ему обижать кроткого, когда вокруг столько злых, хищных, бесстыжих и бессовестных людей? И Он, действительно, в трудную минуту всегда выручал меня, приходил на помощь. Устроилось бы дело и на сей раз, наверняка. Подвернулось бы в итоге что-нибудь стоящее. Так в жизни постоянно бывает.

Да можно было, в конце концов, и пересилить себя, попроситься опять на прежнее место. На правах старого друга, зная прекрасно, что я уже в черном списке из-за седины в волосах, я что-то ляпнул своему начальнику, такой уж у меня характер, почему бы не поползать у него сейчас в ногах, покаяться? Можно было бы даже согласиться где-нибудь и на нижеоплачиваемую должность, а затем обвешаться всякого рода подработками. Тоже какой-никакой вариант. А тут сразу – небеса.

Я даже успел немного вздремнуть прямо на кейсе, когда они явились вновь. Молодые, энергичные, исполненные рвения, и какой-то типчик напротив, с помятым лицом и осовелыми глазками, еле удерживавшийся от того, чтобы не рыгнуть.

– Вопросы, задавайте вопросы, – кивнул крючконосый в ответ на мое безрадостное: «я согласен». – Теперь мы можем быть с вами предельно откровенны, так как с этой минуты, по сути, вы один из нас.

— Кто вы? — все так же лениво спросил я. — Довольно интернациональное общество.

Пианист рассмеялся.

— Да уж, прямо в «яблочко» угодили! Вы, действительно, должны быть важной птицей, коли ради вас собрались вместе католик, православный, мусульманин и иудей. Что ж, попытаюсь, как смогу, удовлетворить ваше любопытство. Хотя это будет нелегко. Если по положению: мы — клерки, простые исполнители. Те люди, что доверили нам это поручение, находятся так высоко, что до них не дотянуться и не докричаться. Ну а в общем-то, мы — гелекси, галактические люди, слыхали что-нибудь о таких?

Я отрицательно покачал головой.

— Надеюсь, не инопланетяне?

— Нет-нет, — поспешил успокоить меня мой «соотечественник». — Просто эту тетрадь, четвёртую, учение о нас, мы изъяли отсюда. Вообще-то мы вполне бы удовлетворились ею (соответственно, великолепно обойдясь без вас), но беда в том, что без первых трех она мало чего стоит. Речь идет о новой религии, как вы, наверное, уже догадались. Для того чтобы быть гелекси, совершенно не обязательно ее исповедовать, вполне можно оставаться и в своей вере. Но ее обязательно нужно знать. «Комментарии, мысли» — слишком расплывчатое понятие. Расшифрую подробнее: от вас требуется то, что по-русски называется – толкование. То есть, разъяснение. И чем оно будет глубже, достовернее, тем действеннее от него предполагается для вас отдача. В том числе, естественно, и материальная.

Он замолчал, видя, что я из его слов ничего не понимаю. В дело вступил мусульманин-«пианист».

– Может, вам что-нибудь прояснит мой пример. Я хочу умереть в своей вере, вере моих предков, вере моих многочисленных родных и близких. Но моя жизнь там, наверху, по моей религии, во многом зависит от того, как я жил здесь, на Земле. Не совсем так, как у вас. Я имею в виду верблюда и угольное ушко. Чем я буду богаче, тем больше страждущих я смогу пусть небольшим воздаянием, но одарить, тем будет богаче мой род, тем больше людей будут за меня молиться, тем скорее я вознесусь на небо, а не буду дожидаться своей участи, кормя червей в земле и ожидая, когда Аллах призовет меня. Положение гелекси открывает для меня колоссальные возможности достигнуть больших высот здесь, на Земле, и уже с гораздо большим, как материальным, так и духовным, багажом предстать перед Всевышним, когда придет тому время. Не говоря уже о ключевой позиции, которую мне сейчас с тремя моими товарищами повезло занять. Опять непонятно?

– Да нет, почему же? – уклончиво пробормотал я. – Об этом как-то не принято распространяться, но и у христиан в раю тоже разные небеса. Слуге, рабу и там не стать хозяином. Что до верблюда и игольного ушка, то большинство исследователей склоняется к тому, что «Игольное ушко» – это просто ворота в Иерусалиме (ну, знаете, наверное, даже если не бывали там), и для верблюда с трудом, конечно, но вполне возможно, при большом желании, в них протиснуться, вот только без поклажи и излишнего жирка.

Я вдруг понял, что если я решил бороться, мне дорога сейчас каждая секунда.

Потому что этих ребят, скорее всего, я вижу

первый и последний раз.

Потому что, хоть они и мелкие сошки, но только от них отныне будет зависеть вся моя жизнь.

И я должен хорошо изучить эту четверку, чтобы потом, в будущем, уметь предвидеть реакцию каждого из них на те или иные свои поступки, ну а в особенности то, мнение кого конкретно из них окажется в той или иной ситуации решающим.

Любой из них, если понадобится, не колеблясь, прихлопнет меня как муху. Они уже сейчас, рассматривая меня как под микроскопом, без сомнения удивлялись, зачем это их заставляют так распластываться перед каким-то жалким старикашкой. Они не верили мне, не верили в меня. Ни на грош. Но им хорошо платили. Да еще сулили блестящую перспективу. Достаточный повод для того, чтобы поковыряться в любом куске дерьма.

Разумеется, я знал, что их смущало больше всего – мой характер. Да, действительно, так всегда бывало: в какой-то момент терпение мое лопалось, и я мог выкинуть любой фортель. Я так устроен: просто не способен долго терпеть унижение над своей личностью. А эти ребята сразу настроили меня против себя своей спесивостью. Да кто они есть? Молокососы! Ни жизненного опыта, ни знаний, один только цинизм в голове. Достаточно для того, чтобы заработать кучу денег, но маловато, чтобы закабалить свободного человека.

Они что-то чувствовали, разумеется. И вели себя в достаточной степени настороженно. Но в их руках были жизни моей жены и моих детей, и это их в какой-то мере расслабляло. Мне же не оставалось ничего другого, как только им подыгрывать, и я терпеливо, старательно прикидываясь дурачком, задавал и задавал свои вопросы.

— Кто он, этот человек, рукописям которого вы придаете столь большое значение?

— Пока мы называем его так, как он предпочел назвать себя сам – Ведомым Влекущим (вы же видели заголовок: Ведомый Влекущий «Книга Вечной Жизни»), но, если понадобится, подберем другое имя.

— Мы не знаем, кто он, этот человек, и не можем сказать, чтобы нас это слишком интересовало.

— Он жив? Где он находится сейчас?

— Он умер. Каков бы ни был интерес к нему самому, мы в состоянии явить миру только его мысли.

— Он русский?

— Конечно, иначе, зачем бы мы приехали в Россию? Перед вами первоисточники, на каком языке они написаны? Но кем Он будет окончательно явлен миру, мы не знаем, это не наша прерогатива. Быть может, итальянцем, в Италии всегда были достаточно богатые религиозные традиции.

В конце концов, моя фантазия стала иссякать, хотя, надо признать, ребята были со мной на редкость терпеливы.

— Хорошо. Как говорят у вас, русских: делу — время, потехе — час, — сурово кивнул, наконец, Пианист. Как будто до этого я нес полную околесицу. — Мы возвращаем вам то, что у вас отобрали, вы будете ждать нашего звонка и должны быть готовы явиться в назначенное место по первому зову. Там вам выдадут флешку с копиями рукописей и других, необходимых вам, материалов; новые документы; вам сделают также операцию по изменению лица. Одно из основных условий: вы никогда больше, до конца дней своих, не должны появляться в России. Эта страна навсегда будет закрыта для вас. Единственное, что мы оставляем вам сейчас: деньги. Я так понимаю, что у вас должна быть хоть какая-то гарантия, что с вами и в самом деле заключен контракт. Нам не нужно вашей подписи, достаточно того, что мы обговорили все, до мельчайших деталей, на словах. Это для того, чтобы лишить вас даже видимости иллюзии: у вас никогда, ни при каких обстоятельствах, не будет возможности расторгнуть либо оспорить наш договор. Куда бы вы ни обратились, вам нечего будет предъявить. У вас есть еще какие-нибудь к нам вопросы?

– Нет, – покачал головой я, хотя вопросов у меня было предостаточно.

Поразмыслив, я решил не все деньги оставлять в кейсе: часть их рассовал по карманам.

ГЛАВА 3

Тот, кто не знает, что есть мир, не знает и места своего пребывания. Не знающий же назначения мира,

не знает ни того, кто он сам, ни того, что есть мир. Тот же, кто остается в неведении относительно какого-нибудь из этих вопросов, не мог бы ничего сказать и о своем собственном назначении. Кем же кажется тебе тот, кто стремится избежать порицания

или удостоиться рукоплесканий и похвалы со стороны людей, не знающих ни где они, ни кто они?

Марк Аврелий

Я не удержался от того, чтобы по пути домой не накупить всяческой вкуснятины. Жене сказал, что злоключения мои закончились: я принят на новую службу, даже получил небольшой аванс. Только сейчас я понял, как мои домочадцы за меня переживали. У всех буквально камень свалился с души. Только у меня он остался. Я смотрел на сына, дочь, бродил бесцельно по дому, не в силах осознать, что действие происходит в реалии, и некие злые силы, бесцеремонно вторгшись в мою жизнь, лишали меня сейчас моей любимой троицы. Я не представлял себе, как я буду отныне без них обходиться.

Поразмыслив, я решил оставить восемьдесят тысяч евро в ящике своего письменного стола. Моя жена была весьма наивной женщиной, но, тем не менее, я был уверен, что у нее хватит ума не отнести эти деньги в полицию, а также тратить их потом с достаточной бережливостью и осторожностью. Ребята подскажут, если она сама не сообразит.

Не знаю, какие у них возникнут предположения, но как бы они ни ломали себе голову, ответ будет один: я пожертвовал собой ради них. Как, собственно, и было на самом деле. Я надеялся, что они поймут меня правильно.

Ну а пока все обстояло как обычно. Никто из них троих, в принципе, и не сомневался, что я найду какой-нибудь выход. Они верили в меня безоговорочно, привыкли к тому, что я всегда всплываю на поверхность, вот только в этот раз им непривычно долго пришлось поволноваться.

Дни тянулись за днями, складывались в недели, недели – в месяцы. По утрам я собирался и уходил будто бы на работу. На самом же деле просто бесцельно бродил по городу, каждый раз вздрагивая, когда жена звонила мне на смартфон. Но работа на самом деле уже началась, работа мысли.

Кто эти люди? Террористы? Естественно, это было первое, что приходило в голову. Быть может, меня наняли писать сценарий какого-нибудь очередного, глобального значения, теракта? А все разговоры вокруг какого-то Ведомого Влекущего – лишь видимость, чтобы запудрить мне мозги? Или речь идет о чем-то принципиально новом: терроризме духовном, гораздо более действенном? Тогда и в самом деле они не случайно меня выбрали.

Но что конкретно? И почему они представляли собой четыре разных вероисповедания? Ведь религиозная нетерпимость внезапно сделалась вопросом номер один в мире. И речь шла уже не об отдельных фанатиках, а о целых странах, даже регионах. Неизбежно подобное противостояние должно было закончиться большой мировой стычкой. Причем позиции христиан подтачивались с каждым годом.

Так что же, и в самом деле религиозная диверсия? Глобальная, ошеломляющая масштабами своей разрушительной силы? Кого она могла поразить, ослабить? Только христиан. И все-таки, почему четыре мировых верования вдруг, пусть на небольшой отрезок времени, объединились? Ведь за молокососами-клерками просматривались колоссальные материальные средства, значительнейшие личности. Они хотели спасти мир от грядущей катастрофы? Не смешите меня! Большие деньги никогда не делаются на созидании, исключительно на разрушении.

Может быть, задача поставлена в том, чтобы породить новых рабов? Совершив скачок от тоталитарных сект к мощнейшей тоталитарной религии? Но все религии тоталитарны. Так как все они, так или иначе, призваны закрепить существующие в мире неравенство и несправедливость. Узаконить нищету одних и роскошь других. Дать возможность миллионам дармоедов, ничего не делая, процветать.

Как бы то ни было, сколько я ни ломал себе

голову, мне так и не удалось прийти к какому-то определенному выводу. Что-либо узнать, понять можно было лишь в действии, принимая самое активное участие в каких-то, пока еще очень глубинных и непонятных для меня, процессах. То есть именно там, куда судьба, помимо моей воли, сейчас неудержимо засасывала меня.

ГЛАВА 4

Я был не настолько значительным человеком, чтобы удостоиться хотя бы самого крохотного некролога, просто имя и фамилия в списке жертв очередного террористического акта. Предполагалось, что меня разнесло на куски, как находившегося в самом эпицентре взрыва в вагоне метро.

Не понимаю, зачем такие сложности, столько людей вокруг ежедневно бесследно пропадают, неужели недостаточно было представить все, будто я просто исчез? Однако не мне было решать подобные вопросы. Просто поступил вдруг звонок на мой смартфон, и это была не жена. Какая-то ничего не значащая фраза, и я, словно зомби, отправился в заранее обусловленное место. Там мне сделали косметическую операцию, вручили новые документы и билет на самолет до Амстердама, до сих пор не могу понять, зачем они выбрали именно Голландию?

Подробности о самом теракте я узнал из газет, там же прочитал и свою фамилию. Нашли что-то из моих документов, что до фрагментов тела, то там было такое месиво, что и не разобрать. Такое не пишут в газетах, не показывают в репортажах по телевидению, но мои знакомые-очевидцы рассказывали мне, как после одного из подобных терактов (не буду уточнять конкретно, щадя чувства друзей, родственников и близких погибших) спасатели сгребали лопатами в общую кучу ошметки-останки человеческих тел, буквально отдирали их от стен.

Я навсегда покидал Россию, но успел уже примириться с этим. Жизнь, которую мне предстояло вести в новых условиях, не оставляла мне места для размышлений. По документам я был канадцем, родился и вырос в Торонто. Пару лет назад, после смерти жены, решил пожить немного во Франции, наладив там небольшой бизнес. Моих работодателей ничуть не смущало то обстоятельство, что я не имел ни малейшего представления об обычаях, особенностях той страны, из которой якобы был родом.

Это были мои трудности, никого больше они не интересовали.

Однако у меня накопилась уйма куда более важных вопросов, и я решил пойти ва-банк, поговорив на эту тему с Соотечественником. Он инструктировал меня один, так что больше мне поговорить было не с кем.

– У меня есть вопросы, – осторожно проговорил я сразу же после нашего визита к хирургу. – В прошлый раз все было слишком неожиданно, я не смог сориентироваться.

Он поколебался некоторое время, затем качнул головой.

– Ладно, но смотря, что это за вопросы.

Что ж, ва-банк так ва-банк, я начал с главного из того, что меня в тот момент столь сильно волновало.

– Признайтесь, я не первый, кому вы предложили подобную работенку? Что стало с тем человеком? Он сбежал?

Мой собеседник столь резко переменился в лице, что я понял – попадание точно в десятку.

– Одну минуту, – тут же сориентировался он и вышел из комнаты.

У меня появилось время хорошенько поразмыслить, пусть и задним числом (в прошлый раз ничего не получилось) над каждым из «великолепной четверки». Для начала я им дал первые, пришедшие на ум прозвища, обозначив, соответственно, иудея – Фарисеем, мусульманина – Пианистом, парня с серьгой — Продвинутым, россиянина — Соотечественником. Из них только двое говорили по-русски: Фарисей и Соотечественник, так что в прошлый раз мы общались в основном на английском, в котором я был не настолько силен, чтобы не упустить какие-то нюансы. Сейчас неожиданно представилась возможность кое-какие неясности уточнить.

В комнату вошел Пианист. Что бы это могло значить? Он был лидером, главным? Или наоборот? Лидер прислал его, чтобы укрыться за ним?

— Вы нас удивили, — неохотно признался Пианист, упершись локтями в стол и скрестив в замок перед собой свои знаменитые пальцы. — Предположим, вы правы. Почему это настолько важно для вас?

Я пожал плечами:

— У меня есть враги?

— Да, — кивнул тот, — и достаточно много.

— То есть, это не единственная утечка?

— Это было до нас. Мы начинаем все заново. Прежний состав полностью поменялся. Вот почему мы не стали связываться с профессионалом. Мы искали вас долго, тщательно, по всей стране, как кандидата на далай-ламу. Надеюсь, мы не ошиблись. Во всяком случае, и это уже совершенно очевидно, ума вам не занимать.

Я помедлил, комплименты меня не интересовали. Восточный человек, как вытащить из него правду?

– Вы ставите меня в неравное положение. У кого-то есть четвертая тетрадь, у меня ее нет. Вам не кажется, что в определенный момент этот фактор может оказаться роковым?

Пианист подумал, затем, ни слова не говоря, вышел.

Долго гадать, кто окажется следующим, мне не пришлось. Им оказался Продвинутый.

– Мы посоветовались, – вздохнул он, – но решили, что не можем рисковать. Может быть, когда-нибудь мы и удовлетворим вашу просьбу, и вы найдете флешку с содержимым четвертой тетради в одной из очередных банковских ячеек. Возможно, это не произойдет никогда, и работу с ней мы поручим совсем другому человеку. Вы не вправе настаивать. Тот, кто платит, тот и заказывает музыку. Ваше дело – исполнять. Хотя, конечно, вы вольны выразить любое свое мнение. От себя лично немного приоткрою завесу: четвертая книга – практическая, и человеку стороннему может показаться, что в некоторых моментах она первым трем в чем-то противоречит. Однако повторяю, не ломайте над подобными вещами себе попусту голову.

– Хорошо, – вздохнул я. – Вам решать. Хотя вы, безусловно, совершаете ошибку. Но не могли бы вы в таком случае, пусть даже в общих чертах, рассказать о том, кто такие гелекси?

Я ожидал, что Продвинутый тоже поднимется и уйдет или, по крайней мере, откажет мне в моей просьбе, однако он не колебался ни минуты.

– Галактические люди? Кто мы… – пробормотал он. – Что ж, я могу просветить вас, вот только в состоянии ли вы что-то о нас понять? Скажем так, люди самых разных вероисповеданий собрались вместе, чтобы построить своего рода новую Вавилонскую башню. Они назвали себя гелекси. Их эмблемой стал цветок бессмертника песчаного (Helichrysum arenarium). Как вы уже поняли из первых трех тетрадей, новая религия отрицает загробную жизнь. Она утверждает, что любое несовершенство обречено и исчезает без следа. А значит, и мы исчезнем. В чем же выход? Поумнеть! Мы вполне в состоянии в разы продлить годы нашей жизни, если только не будем обольщаться бессмысленными иллюзиями, а сконцентрируемся в полную мощь на этой задаче. То есть, оставаясь в рамках своих вероисповеданий и нисколько не отрицая загробную жизнь и жизнь после смерти, мы, тем не менее, абсолютно уверены в том, что мысли о продлении собственной земной жизни, нисколько не противоречат ни одной религии на Земле. Так же, как и желание сделать ее более счастливой, насыщенной. Что в результате? Ведь большинство людей не захотят меняться, останутся при своих прежних взглядах. Параллельное сознание, параллельное существование. У нас много преимуществ. Нам нет необходимости заботиться о сирых и убогих, если только они сами не возжелают поумнеть либо разбогатеть. Мы имеем возможность свободно перемещать капиталы, производства, технологии по всему миру. У нас уже сейчас лучшие врачи, лучшие ученые, лучшие умы. Мы выискиваем их по всему свету, даем им образование, создаем благоприятные условия для жизни, работы. Но главное: мы готовим сокрушительный прорыв в Космос, так как только там видим по-настоящему площадку для реализации наших планов. Собственно, об этом можно рассказывать бесконечно…

— Но есть проблемы, — тихо констатировал я, безжалостно отметя в сторону его последние слова.

Продвинутый замолчал. Наверное, впервые ему пришло в голову, что они заигрались со мной, что я не только могу быть с ними на равных, но и вполне могу оказаться орешком им не по зубам.

— Да, разумеется, — наконец, собрался он. — Иначе бы мы не искали помощи со стороны. Образовалась брешь после смерти Ведомого Влекущего, и мы никак не можем залатать ее. Начались разногласия…

— Он не умер, он ушел, — перебил я Продвинутого, поправив его.

— «Он не умер…», — озадаченно проговорил он, пытаясь осознать преподнесенную мной фразу.

— Гелекси не умирают, они уходят, — вынужден был дальше прояснить свою мысль я, видя, что процесс осознания может растянуться надолго.

Теперь настал черед Продвинутому ретироваться.

— Ни в жизни, ни в смерти, — пробормотал я ему

вслед.

Он обернулся. Чувствовалось, что я добил его окончательно.

– Бог не покинет нас, – ехидно закончил я свою фразу.

Я с нетерпением ждал Фарисея. Тот не замедлил появиться с сиропной улыбочкой на губах.

– Ни в жизни, ни в смерти, – поспешил он поприветствовать меня.

– Бог не покинет нас, – эхом отозвался я.

– Да, здорово сказано, – восхитился он. – «Гелекси не умирают, они уходят». Минимум, что они могут сделать – запечатлеть свои мысли, память о себе, сохранив их в веках или хотя бы для потомства. Максимум – сохранить свою плоть (то бишь, первую оболочку) для последующего воскрешения, ведь медицина сейчас шагает, будто в семимильных сапогах. Собственно, мы сказали вам сегодня все, что могли, но в награду за этот великолепный слоган: «Гелекси не умирают...» и пароль – приветствие-прощание, я приоткрою вам еще одну тайну: быть гелекси не просто, это не только большая наука, но еще и – хоть и весьма насыщенная, но полная опасностей, жизнь. Приведу лишь одну из наших нравственных заповедей: «Война всему, что убивает». Как видите, не такие уж мы пушистые. Так что без труда можете себе представить, сколько у нас врагов. Вы должны понять: мы не хотим власти над миром, предел наших мечтаний – отстоять, сохранить себя. И чтобы нам никто не мешал при этом. Но слишком многих не устраивает такое положение вещей. Этим людям куда удобнее было бы видеть нас в привычном состоянии – рабами.

– То есть, если быть кратким, – поморщился я его велеречивости, – гелекси – это люди «второй оболочки»? В ней начальная и конечная цель их устремлений? Разными могут быть лишь пути ее достижения.

Фарисей некоторое время помолчал, ошарашенный. Затем кивнул:

– Что ж, и за это рассуждение спасибо. Оно не уменьшит количество наших врагов, но вполне может умножить число наших сторонников.

ЧАСТЬ ВТОРАЯ

ГЛАВА 1

Оставшись один на один с металлическим ящиком, вынутым из банковской ячейки, я минуты две помедлил, не решаясь повернуть ключ. Слишком многое зависело от того, что там внутри могло находиться. Европа – не Россия, цены здесь на все бешеные, а у человека, который скрывается, ко всему прочему, расходов куда больше, чем у того, кто живет отлаженной, легальной жизнью. Так что не мудрено, что за год я основательно поиздержался.

Много раз я пытался решить вопрос заранее: что я буду делать, если «клерки» забракуют тот материал, что я им представил? Разорвать в одностороннем порядке наши отношения, какими бы последствиями мне это ни грозило? Стерпеть, утереться, устроиться где-нибудь на работу, как-нибудь просуществовать еще один год?

К счастью, деньги, ключ от новой банковской ячейки были на месте, я быстро убрал их в кейс и навсегда покинул хранилище банка Сосьете Женераль.

Снова сто тысяч евро, новый банк, на сей раз «Креди Лионне» в Марселе и никаких записок: инструкций, пожеланий. Тем более, загадочной четвертой тетради. Карт-бланш, который открывал мне многое. Пожалуй, идеальный вариант.

Прошедший год дался мне нелегко. Больше всего меня терзали мысли о моей семье, но, по вполне понятным причинам, я не решусь доверить этим страницам какие-либо подробности о своих родных и близких. Я понимал, что не смогу больше даже помогать им материально – я не мог допустить, чтобы их жизням угрожала хоть какая-то опасность, а для этого я должен был стереть их в своей памяти, и самому так глубоко зарыться в ил, чтобы меня никто и никогда не нашел.

Второй болью была Россия. Чужбина есть чужбина, все здесь, на Западе, раздражало меня. («Родина нам – вся земля, где родимся и где нас хоронят» Катон. «Где хорошо, там и родина» Аристотель. «Людей, покидающих свое отечество для чужих краев, на чужбине не уважают, а на родине чуждаются» Эзоп).

Я привык к совершенно другому укладу жизни и,

хотя ура-патриотизмом переболел еще во времена своей далекой юности (особенно армия вылечиться помогла), мне и в голову не приходило, что я когда-нибудь буду вынужден покинуть родные места. Уже один тот факт, что я никогда не смогу посетить могилу родителей, отравлял мне все мое новое существование. Однако признаться, на ностальгию у меня тоже совершенно не было времени.

Размышляя о том, что со мной произошло («Почему я?»), я нашел только одно объяснение тому, что меня столь неожиданно вырвали из привычного состояния и поставили на грань жизни и смерти: мои потуги в богословии. В молодости я вполне довольствовался атеизмом, который мне вдалбливали в голову еще со школьной скамьи, затем сам собой пришел естественный интерес к тому, как же все-таки на самом деле устроен окружающий мир? Однако ни одно из существующих вероисповеданий при ближайшем рассмотрении не удовлетворило меня, я так и остался на перепутье. Потом небезызвестной «перестройкой» жизнь устроила мне такую встряску, что сделалось вообще не до подобных раздумий. Сейчас, пожалуй, впервые в жизни, времени пораскинуть мозгами над этим вопросом, у меня было предостаточно.

Идя шаг за шагом дальше в своих размышлениях, я понял, что мои последние неудачи в поисках работы были отнюдь не случайны. Ясно было, что если бы не «клерки», работу я давно бы нашел, да и вряд ли потерял ту, прежнюю, которая до того была у меня. Я не знаю, как именно они строили свою игру, скорее всего, просто занимались каким-нибудь грубым, примитивным очернительством, но своих целей, тем не менее, они добились, и я запутался в их сетях.

Мысли, много мыслей, безумное количество мыслей, но главный факт был все же в другом. Еще тогда, в самом начале нашей знаменательной встречи, я посмеялся над сроками, которые мне были поставлены – десять лет. На ту работу, которую я выполнил за год. («Несчастье имеет свойство вызывать таланты, которые в счастливых обстоятельствах оставались бы спящими». Гораций). Вполне возможно, что как раз так со мной и произошло, хотя о каких-либо подобных способностях в себе (именно такой величины) я раньше не подозревал.

Но я опять не о том. «Фирс сделал свое дело...» — наверное, надо было растянуть процесс, однако не в моих правилах было играть в подобные игры. Я всегда отличался добросовестностью. Ничего не поделаешь, такая уж у меня натура.

Как бы то ни было (каюсь, я не чужд тщеславия!), из трех тетрадей я слепил неплохую книжицу. Да, собственно, автор достаточно точно выразил свои мысли, чтобы нужно было их слишком разжевывать. Вместе с тем я понимал, что в тот момент, когда моя работа будет закончена и во мне отпадет необходимость, меня, скорее всего, без лишних раздумий убьют. Однако все-таки решил рискнуть. Больше всего я рассчитывал на их любопытство: что я буду делать дальше? Они вполне могли позволить себе роскошь поиграть еще год со мной в кошки-мышки.

Уже в гостинице, переодевшись и усевшись за стол, я достал из кейса и повертел в руках ключ от новой банковской ячейки. Я был твердо убежден, что она окажется пустой в тот день, когда придет время в нее заглянуть, но также хорошо понимал, что, невзирая ни на какой риск, обязательно ознакомлюсь с ее содержимым.

Это обстоятельство как раз само собой решало вопрос, который стоял у меня сейчас первым на очереди: использовать данный мне Богом шанс и укрыться так, чтобы меня никогда не нашли (во всяком случае хотя бы попытаться это сделать) или продолжать жить дальше ничего не меняя. Первый вариант был теперь совершенно невозможен: мое появление в Марселе, в «Креди Лионне» свело бы на нет все мои усилия.

Как бы то ни было, первый раунд я выиграл. Доказательства были налицо: жизнь, сто тысяч евро, ключ от новой банковской ячейки. Наверное, надо было отложить сейчас в сторону все дела и как следует отпраздновать это событие, но мое новое существование таило слишком много опасностей, чтобы в нем расслабляться.

Во-первых, подаренные игрушки ничего мне не гарантировали, их могли отобрать у меня в любой момент вместе с телом и душой. Во-вторых, не следовало забывать о врагах – самый момент был им появиться и как следует попотрошить мой планшет.

С этого я как раз и начал – с планшета. Весь год я делал в нем в отдельном файле пометки, откладывая разрешение их до получения заветного ключа.

Одно из самых первых моих открытий было в том, что я осознал лишь после долгих раздумий мысль, которая поразила меня еще в самом начале: «Их было четверо. Не слишком ли много для меня одного?» Действительно, они безрассудно рисковали бы, поставив все на одну карту. А значит, нас должно было быть тоже, как минимум, четверо. Пожалуй, точно четверо. Четверо «новых евангелистов». Не следует забывать также, что мои «переговорщики» (не могу называть их, как прежде, «нанимателями») были просто клерками. И, стало быть, в их же собственной иерархии я был по рангу гораздо выше любого из них.

Какие еще выводы диктовала мне логика? Каждому из нас («новых евангелистов») должны были быть созданы одинаковые условия, определены одни и те же задания. Радовал ли меня или, наоборот, разочаровывал, подобный факт? Трудно сказать, но я бы дорого дал, чтобы знать наверняка, как обстояло дело в действительности.

Естественно было предположить также, что не все

четверо в итоге получили заветный ключ. Как бы я сам поступил с аутсайдерами? Пустил бы их по следу более удачных соперников. Как с целью охраны, так и для самой заурядной слежки. Но меньше всего на свете мне хотелось сейчас опираться на свои собственные предположения. Нет, надо было влезть в шкуру «переговорщиков» и руководствоваться именно их мыслями.

Пожалуйста, первый же, пришедший на ум, пример. Превратить своего подопечного в соглядатая, означало бы поставить себя в подчиненное положение в сравнение с остальными, а этого никто из «великолепной четверки» не мог себе позволить: все они были слишком амбициозны, слишком честолюбивы.

А значит, если кто-то из «евангелистов» не оправдал надежд, то самым целесообразным после его устранения было бы просто подобрать ему замену, дав новому кандидату новое задание и зарядив новыми, точнее, обновленными, данными.

Кстати, меня меньше всего на свете интересовало, кто именно из «клерков» являлся моим непосредственным куратором. Мои умозаключения и так были слишком зыбки, чтобы такими деталями их перегружать.

Однако все-таки наиважнейшим вопросом для меня сейчас было: как и над чем работать дальше? Только, исходя из этого (работы), я мог выстраивать свою дальнейшую жизнь.

Тот самый карт-бланш. Перетирать и дальше содержимое трех тетрадей или же проявить себя, как личность? Собственно, требовалось лишь уточнить, на самом деле, этот вопрос давно уже был решен мною.

С легким сердцем я закрыл и сдал в гостиничный сейф планшет и отправился «кутить». Хотя, собственно, в чем конкретно это могло выразиться? Напиться? Провести ночь с женщиной?

ГЛАВА 2

Кто ненавидит мир?

Те, кто растерзал истину.

Аврелий Августин

Четвертая тетрадь... Теперь у меня не оставалось никаких сомнений: именно в ней было все дело. Четвертая, но не последняя. И если говорить об учениях, то учение о гелекси, как итог, никак не могло быть посередине, его следовало искать в самом конце.

Вот эту прореху я и собирался восстановить. Занятие со всех точек зрения бессмысленное: как я мог состязаться с Пророком? Но был ли у меня какой-нибудь другой выход? Если промежуточные тетради уничтожены или им еще только предстоит уйти в небытие, можно ли смириться с подобным фактом? Я, во всяком случае, не мог.

Вот это я и определил своей работой. Какой же, исходя из нее, должна была сложиться теперь моя жизнь?

Клерки вправе были наказать меня за строптивость, в любой момент прихлопнуть и растереть, как зазевавшуюся муху. Как я уже сказал, мне не оставалось ничего другого, как только надеяться на их любопытство. Точнее, на любопытство тех, кто стоял за ними. Кто знает, быть может, тем слоганом «Гелекси не умирают…», паролем, и, в особенности, рассуждением о «второй оболочке», как о начальной и конечной цели, я и спас в день нашей знаменательной встречи свою жизнь?

Враги. О врагах поподробнее. Вряд ли у них на руках были промежуточные тетради, а содержание их им крайне необходимо было знать. Так что их я пока тоже мог не опасаться. Как говорится, Господи, убереги меня от друзей, а от врагов своих я уж сам себя как-нибудь уберегу.

Сказано: *«Среди учителей твоих только Бог и Пророки навсегда, все остальные учителя на время»* *(Курсивом здесь и далее по всему тексту романа выделены цитаты из откровения Ведомого Влекущего «Книга Вечной Жизни»* -Прим. редактора).

«Но если Бог так далеко, как определил его Ведомый Влекущий, – начал я свои рассуждения, – то кто вместо него важнее всех остальных здесь, рядом?»

«Посредник, пророк».

«Однако пророков много, как же не затеряться среди них?»

«Значит, бывают пророки и Пророки».

«Не было никогда Сына Божия, никогда не приходил он к людям и не придет. Как может целое прийти к своей части? Только откровением из уст Пророка».

Но где же здесь Мессия? И как определиться с извечным спором: был ли Он уже на Земле или Его приход только грядет?

«Как происходит процесс явления личности, которая переворачивает собой историю?

Накапливаются какие-то знания, которые необходимо слить воедино и представить людям то, мимо чего они раньше равнодушно проходили, в таком виде, чтобы они теперь от этого глаз не могли отвести?

Люди должны сами созреть для подобных знаний?

Происходит вмешательство неких высших сил?

Наступает поворотный момент в истории

человечества, неотвратимо несущегося к своей гибели и, как результат – спасение?

Невозможно объяснить.

Но приходит Он и меняет в корне жизнь миллионов, а порой и миллиардов людей. И даже не просто людей, но и народов, поколений, цивилизации, человечества.

Таких людей мало назвать пророками, они – Мессии. Ибо пророков было великое множество, но Мессий было только пятеро.

Он Шестой?

Он пришел? Столь долгожданный, желанный, пробился сквозь толщу веков?

Многие с удовольствием отринули бы факт его явления, если бы не его мысли. Но мысли эти от Бога, нельзя не признать их величия.

С тех пор, как Он заронил их во мне, я на все смотрю Его глазами, Его мыслями думаю.

Для меня нет никаких сомнений: Он – Шестой».

(Арсентий Сириус «Слово Пророка»).

Так родилась у меня книга, которую я назвал: «Слово Пророка».

И уже с первой страницы я понял: Бог подарил мне новую, вторую, жизнь. Перебирая в памяти то, прежнее свое существование, первое, я не нашел никаких причин для недовольства им. Да, мне было нелегко, по сути, я пожертвовал собой, все свое время, энергию посвятив своей семье. И я был счастлив, очень счастлив. Несомненно, так и прожил бы счастливо весь, отпущенный мне Богом век, если бы не эта случайность. Но было и другое: я изжил себя в той, первой, жизни, достиг потолка, мог двигаться в ней дальше только по инерции. Наверное, я заслуживал большего, и это большее я теперь получил.

Осознав это, я понял, насколько я был неблагодарен. Такое ни присниться не могло бы мне, ни вообразиться в самых смелых мечтах: полное решение всех моих материальных проблем и возможность заниматься без помех и ограничений любимым делом. Боже, я и не подозревал о том, насколько оно мною любимо.

ГЛАВА 3

Не было ни гроша да вдруг алтын. Вторая жизнь, глубочайшие перемены в моей личности, жизни, и эта неожиданная встреча.

Я отправился «кутить» в тот вечер, и все время посмеивался над собой: вот я работал как вол целый год и заработал кучу денег. Как же мне было себя хоть чуть-чуть вознаградить?

Ее звали Лиля. Загадочная Лилит? Двуликая Лилианна: ее можно было звать как Лилей, так и Аней. Наутро я пытался осознать то невероятное чувство эйфории, которое испытал накануне.

Обыкновенная женщина из России, приехала с группой туристов посмотреть легендарный Париж. Тоже была взволнована, своя эйфория. Не богата, но наскребла денег.

– Вы так хорошо говорите по-русски!

Наверное, надо было притвориться, коверкать иногда слова, неправильно ставить ударения, переспрашивать, уточнять, что значит это, то выражение, фразеологический оборот. Но целый год...

Целый год я прожил анахоретом. Одичал, забыл

родной язык, что такое женское общество, вообще общение. Работа над «Книгой», «Книгой Вечной Жизни» далась мне нелегко, я был поражен, сколько новой литературы по богословию появилось в последнее время, да и «железный занавес» сильно ограничивал мои возможности на этом направлении в свое время. Приходилось наверстывать упущенное, а чаще даже – осмысливать то, что вообще не имело аналогов.

Ну а еще, конечно, боязнь разоблачения. Меньше всего на свете мне хотелось привлекать к себе внимание. А тут меня прорвало.

Быть может, со стороны это сильно походило на диалог слепого с глухим: каждый слушал себя, да и вообще не слушал – важным было выговориться. Как видно, в группе интересы были достаточно приземленными и Лиля (Аня) тоже оказалась в своеобразной изоляции.

Иногда я спохватывался и начинал маскироваться. Рассказывал Лиле о Канаде, Торонто, о нашем весьма своеобразном климате, о своих якобы русских корнях: мифическом «дедушке», который нашел так далеко от родины свое счастье. Потом я вновь забывался и сыпал такими примочками, аллюзиями, которые никак не вязались с моим утверждением, что я никогда не бывал в России.

Мы, не знаю с какой стати, вдруг заговорили о кабаре «Мулен Руж», было интересно, существует ли оно до сих пор? Решили разрешить наш спор у портье.

– Конечно, конечно, незабываемое зрелище! Но знаете, там так дорого! Просто непомерные цены, если учесть, что это все-таки немного вчерашний день. Я мог бы вам порекомендовать много заведений подобного рода гораздо интереснее, но дешевле. «Лидо», например.

Мы с Лилианной молча переглянулись. Какой недотепа! «Лидо», например»... Кому в России известно это слово? Можно ли им поразить наповал родных, друзей, близких, товарищей по работе, рассказывая им о достопримечательностях Парижа? Вот «Мулен Руж» – это наверняка! Для россиянина это название, как сейчас, так и во времена социализма, было ничуть не менее красноречиво и захватывающе, чем Эйфелева башня.

Воображение наше заработало в одном

направлении, на полную мощность. Ла Гулю, Валентин Бескостный, Тулуз-Лотрек, что-то рисующий за своим персональным столиком. Натуралистическая кадриль – Френч Канкан. А то, что дорого... Не было проблем. С моими-то деньгами!

Чтобы не обижать портье, мы попросили его вызвать для нас такси. И не пожалели об этом. Уже через пару минут он, лукаво улыбаясь, спросил, зажимая микрофон у телефонной трубки:

– Что вы предпочитаете? Ужин и спектакль или просто спектакль?

– Конечно, и то и другое, – незамедлительно отозвался я.

– Ну а меню? – спросил портье, обращаясь уже не ко мне, а к даме: – «Френч-Канкан», «Тулуз-Лотрек»? Мой приятель рекомендует «Бэль эпок».

– Что ж, последуем совету вашего приятеля, – радостно улыбнулась Лиля.

Мне стало неловко. Недотепа-парижанин, тем более, портье... Такое могли вообразить себе только, действительно, недотепы-россияне. Ну а честнее было бы сказать так в единственном числе. Мне как-то и в голову не пришло, что могут быть поистине неразрешимые проблемы с билетами. И я постарался хоть как-то восполнить свою несообразительность щедрейшими чаевыми.

Ужин и спектакль или просто спектакль... Конечно, было куда большим наслаждением восхищаться потрясающим зрелищем, переваривая жаркое из ягненка «Провансаль».

Ревю «Феерия»... Да, представление было действительно феерическим. Необыкновенные костюмы: блестки, перья, стразы, красивейшие девушки, собранные со всей планеты: Дорис Герлз.

«Любовь – это праздники жизни, а жизнь – это праздник любви» – не помню, откуда это, но праздник и в самом деле был незабываем.

Когда мы возвращались в отель, я поделился с Лилит своей мечтой: попутешествовать по «святым местам». Да, да, согласилась она со мной, это было бы невероятно здорово: увидеть Иерусалим, Стену плача.

Я так и не заснул в ту ночь. Наутро они уезжали. Мне удалось перехватить Лилю уже в фойе.

– Я забыл спросить: вы замужем?

– Нет, – покачала головой она. – Я разведена. У

меня две дочери. Они здесь, со мной.

И рассмеялась моему изумлению.

– Да, да, мы долго спорили на семейном совете. Небольшое наследство от моей бабушки: «домик в деревне». Но в зеленой зоне, не очень далеко от Москвы. В конце концов, решили не менять ничего в своей жизни, просто позволить себе что-то невообразимое. С трудом, но хватило. Вы не одобряете столь безрассудный поступок?

– Ну почему же? – пожал я плечами. – Но я, в свою очередь, хочу предложить вам нечто еще более безрассудное. «Иерусалим. Стена плача». Не согласились бы вы отправиться со мной в такую поездку?

– Как-нибудь в другой раз. Быть может, не в этой жизни. В этой нам точно больше уже так не подфартит.

– Вы не поняли, у меня есть деньги, – заволновался я. – Так получилось, что после смерти жены я остался совсем один на белом свете. В этой жизни. Дети взрослые, им не до меня. Так что мне ничего не нужно от вас, просто такое путешествие было бы для меня в чьем-то обществе гораздо приятнее и интереснее. Бог послал вас. Бог так решил, не я.

Она посерьезнела, поколебалась какое-то время.

– Вам сложно будет продлить отпуск? – удрученно спросил я.

– Нет, это как раз самое легкое. Позвоню, договорюсь. Начальница – моя подруга. Я не такой уж важный работник, чтобы настолько быстро почувствовалось мое отсутствие.

Лилианна подумала еще немного, затем вздохнула.

– Хорошо, через три дня наша поездка заканчивается. Я поговорю с девчонками, решу все остальные вопросы. Если вы не передумаете к тому времени, как нам пересечься? Кстати, я совсем не подумала: а как же виза?

– Я все утрясу. У вас есть сотовый телефон?

– Да, один на троих.

– Прекрасно. Я вам позвоню.

– Ладно. – Она замялась. – Но если вы вдруг передумаете…

– Я не передумаю, – прервал ее я.

ГЛАВА 4

Оставшись один, я попытался понять причины своего столь рискованного поступка. Однако поразмыслив хорошенько, не нашел в нем ничего безрассудного.

Волшебный ключик, полученный мною в банке Сосьете Женераль, внес в мою жизнь много перемен. У меня теперь появилась возможность повидать мир. Раньше, с теми деньгами, которые у меня были, об этом не могло быть и речи. Движим я был здесь в первую очередь не любопытством, а необходимостью посетить места, связанные с зарождением и расцветом мировых религий, я хотел посмотреть на них собственными глазами. Кроме того, путешествуя, проще было затеряться, а это обстоятельство тоже было немаловажно для меня.

То есть, Лилит поистине оказалась для меня подарком судьбы. Ничтожность дополнительных затрат, которые у меня появлялись, не шла ни в какое сравнение с тем, что я получал взамен. Мне надоело мое безмолвие, мне хотелось с кем-нибудь в предстоявшем путешествии делиться своими впечатлениями, наблюдениями, получить неограниченную возможность поговорить о России, поговорить по-русски. Меньше всего я думал о Лилианне, как о женщине, и не оттого, что она была на голову выше меня ростом и никак не смахивала на красавицу, просто то, о чем я говорил вначале, было для меня не в пример важнее.

Оставшись один, я тут же включился в работу, но не ту работу, которой занимался целый год, а куда более приятную: я обложился справочниками, туристическими проспектами, биографиями Пророков, богословскими книгами, священными текстами и принялся вычерчивать интересующий меня маршрут. Потом я понял, что если попытаюсь охватить весь круг своих интересов, то мне не хватит и года, в то время как необходимо было уложиться максимум в месяц, и принялся тщательно ужимать тот вариант, который поначалу был мной очерчен.

Три дня пролетели незаметно. Лилианна не подвела меня, хотя времени, чтобы поговорить, у нас было в обрез. Мы беседовали уже в аэропорту.

– К сожалению, я вынуждена отказаться от вашего предложения, – вздохнула Лилит. – Моя старшая дочь поступает в этом году в институт, и хотя до сего знаменательного события еще почти полгода, к нему нужно готовиться очень тщательно. Если я уеду в столь ответственный момент, девчонки меня просто не поймут. Это не отговорки. У меня нет никакого комплекса, что вы оплачиваете мою поездку, я считаю это лишь продолжением того чуда, которое уже произошло со мной. Я долго анализировала вашу личность (было достаточно времени) и пришла к выводу, что, как бы это вам сказать поделикатнее: вы не совсем тот человек, за которого себя выдаете, но, скажу откровенно, мне это тоже все равно, совершенно не пугает меня. Я почему-то уверена, что вы никогда не причините мне зла, и этого мне вполне достаточно.

Я молчал, разочарованный, хотя она была во всем права. Просто я смотрел на свою мечту, разлетевшуюся вдребезги, как упавший хрустальный шар, и даже осколки ее были необычайно красивы.

Лилит оглянулась на двух девчушек, стоявших в стороне, очень похожих на нее. Видно пора было поторапливаться. Одна из девчонок (младшая) показала большой палец и даже сделала жест другой рукой, будто присыпает его чем-то, старшая же, наоборот, многозначительно постучала себя по лбу кулаком.

– Мне надо спешить, – сказала, повернувшись ко мне, Лилианна. – Но я не договорила. Отпуск у меня еще впереди, я потратила лишь отгулы. Так что, как только я освобожусь, я тут же вам позвоню. И обязательно приеду, если у вас к тому времени еще сохранится желание видеть меня.

Я хотел было возразить, но она предупредила меня, подняв вверх палец.

– Можете не говорить, я понимаю, что к тому времени вы уже используете свой отпуск и вернетесь к своей работе. Но я вполне могла бы обойтись без всяких поездок, просто побыть вместе с вами, немного скрасить вашу жизнь. Я вам совершенно не помешаю. Не беспокойтесь за меня, я ничего не прогадаю: увидеть изнутри то, что я только что видела лишь снаружи… Уверена – впечатлений будет столько, что мне их все не переварить.

Я кивнул, тщательно маскируя свое разочарование.

– Да, конечно, меня это вполне устроит.

Даже проверил, сохранился ли в памяти ее

мобильного телефона мой номер.

ГЛАВА 5

Хрустальный шар – наверное, это прозвучало слишком вычурно, но трудно было выразить по-другому и красоту нашей встречи, и мое разочарование. Однако жизнь продолжалась и, может быть, так было к лучшему: идея поездки как паломничества, «путешествия по святым местам» разваливалась на глазах, едва я принимался что-то на ее основе выстроить. Непрекращающиеся теракты, волнения, столкновения, сплошь и рядом перераставшие в военные конфликты, создавали слишком большие проблемы. А жаль, ведь речь шла не об отдыхе, а о работе, мне многое необходимо было узнать, уточнить, проверить и перепроверить.

ЧАСТЬ ТРЕТЬЯ

ГЛАВА 1

Работа над «Книгой», как я уже говорил, поначалу давалась мне очень нелегко, однако к концу года я уже неплохо в ее постулатах ориентировался. Решение же следовать своим путем совершенно меня переменило. Я вдруг почувствовал, как у меня выросли крылья. И уверенность мою в себе, своей уникальности, уже ничем нельзя было поколебать. Вопросы буквально переполняли меня, но и открытия, откровения следовали одно за другим.

Несомненно, исключительно благодаря силе инерции, в запальчивости, так легко вскарабкавшись на вершину с «Книгой Вечной Жизни», я и написал первую главу «Слова Пророка». Затем работа застопорилась. До тех пор, пока я не нашел формулу, ставшую потом на долгое время путеводной звездой для меня: «Стань ведомым, и станешь влекущим».

Мне так и не удалось разгадать, что имел в виду Пророк, выбирая для себя такой псевдоним, но я в нем обнаружил ключ ко многим своим открытиям.

Ведом своей целью. Выбери цель, неустанно

следуй ей, и, в конце концов, она сама приведет тебя к себе.

Примерно так я рассуждал раньше, исходя из откровения – *«Цель, осознанная, обладает способностью приближать к себе, сокращать время»*, но здесь мне открылся совсем иной путь, и даже одновременно два в одном: ведомый Богом и ведомый Пророком.

Я сознавал, что у меня есть заказчик, что моя работа хорошо оплачивается, и что я обязательно должен ее выполнить... но в чем же заключалась теперь она, моя работа?

Стать влекущим, ведомым я уже стал.

Что влекло меня самого? Я вдруг понял, что у меня нет ни малейшего желания предпринимать какие-либо паломничества. Самым большим моим желанием на тот момент, как это ни покажется странным, было поклониться Смерти – главной загадке человеческого бытия.

«Бог есть любовь», сказал Иисус, но мы ничего не поймем в этом откровении, если не переведем его из категории Морали в категорию Нравственности.

Сознание тем, главным образом, и отличается от Жизни, что оно воплощается в реалии не инстинктом, и не рассудком, и даже не страстями, а в первую очередь чувством, главнейшим из которых является Любовь. Уберите это чувство из жизни человека, и он умрет, потому что ему не для чего станет жить. Чувством, следующим за Любовью по значимости, является Страх, как угроза потерять то, что ты любишь. Главнейшая ценность, которая есть у нас – наша жизнь, и значит главный страх наш – перед смертью.

Этот страх терзает нас от самого рождения, он и животный, и моральный, но в первую очередь нравственный.

Невозможно найти человека, который никогда не задумывался бы о смерти, но всякий раз перед этой тайной сознание наше отступает, из тайны превращая его в табу. Мы утешаемся иллюзиями или откровенным обманом».

Арсентий Сириус «Слово Пророка»

Ни одна религия не делает нас в этом вопросе свободными, но ни одна из них и не ставит перед собой такой задачи, поскольку прав был Аврелий Августин, восклицая: «Церковь должна заботиться не о том, чтобы сделать рабов свободными, но чтобы сделать их добрыми». Вот почему я и не нашел себя ни в одном из существующих в мире вероисповеданий.

«И все-таки мы смертны…» Смерть, смерть, смерть… как же она все-таки несправедлива!

«Но почему же мы так легко миримся с этим?»

Сколько раз я вопрошал древних в попытках найти ответ на этот вопрос!

Соединилось и разъединилось, и вновь ушло, откуда пришло: в землю – земля, дыхание – в небо. Что тут страшного? Ничего!

Эпихарм

Это боги устроили так, что всякий может отнять у нас жизнь, но никто не в состоянии избавить нас от смерти.

Сенека

«Что тут страшного?» Но если нет страха,

значит… не было и любви?

«Я не хочу умирать!», сколько людей твердили до меня эту фразу, но безнадежно. Сколько веков! Прежде чем пришел человек, который рассказал нам о Вечной Жизни, провозгласив: *«Право на бессмертие – неотъемлемое право каждой души, каждой цивилизации, более того – это единственная по-настоящему великая их цель. И не беда, что понадобятся для этого труды многих поколений – цель, осознанная, обладает способностью приближать к себе, сокращать время».*

Самое ужасное из зол, смерть, не имеет к нам никакого отношения; когда мы есть, то смерти еще нет, а когда смерть наступает, то нас уже нет.

Эпикур

Смерть для человека – ничто, так как, когда мы существуем, смерть еще не присутствует, а когда присутствует, тогда мы не существуем.

Эпикур

Ах, как, оказывается, просто – попытаться

спрятаться за игрой слов от «старухи с косой».

Жизнь подобна игрищам: иные приходят на них состязаться, иные – торговать, а самые счастливые – смотреть.

Пифагор

Смерть не есть зло. – Ты спросишь, что она такое? – Единственное, в чем весь род людской равноправен.

Сенека

«Быть равными в смерти – разве этого мало?» Да, действительно, смерть – великий уравнитель. Богатых не спасает их богатство, негодяев – их цинизм. Но в этой «справедливости» я почему-то нахожу для себя мало утешения.

А что такое люди? – Смертные боги.

Гераклит

Нет, люди – не боги. Человек смертен, но это совершенно не мешает ему продлить свою жизнь настолько, насколько ему захочется.

Бессмертные – смертны, смертные – бессмертны; смертью друг друга они живут, жизнью друг друга они умирают.

Гераклит

Это, пожалуй, самое загадочное и вместе с тем самое достоверное, что я нашел о смерти у древних. Этот путь, путь Вечной Жизни, Главный Путь, как определил его Ведомый Влекущий, так устроен, что человек один, идя по нему, не может достичь ничего. (*«Вечная жизнь – это не состояние, это Главный Путь, он лежит прежде всего через осознание человеком своего величия»*).

И в то же время:

«Мы не войдем в Вечную Жизнь стадом. Каждый человек сам вправе решать: жить ему или умереть.

Вечная Жизнь невозможна для всех, она лишь для избранных. Тех, кто избрал себя для нее и упорно ей следует».

ГЛАВА 2

Неисповедимы пути, где лежат для нас наши откровения. Встреча с обыкновенной русской женщиной, посещение знаменитого кабаре сдвинули с мертвой точки мои изыскания. На данный момент все мои устремления сосредоточились на двух книгах: поэме «О все видавшем» или, как ее еще принято называть: «Эпос о Гильгамеше» и «Книге выхода днем», более известной, как египетская «Книга Мертвых».

Собственно, свое паломничество я хотел начать с Месопотамии, чтобы поискать духовные следы легендарного царя шумерского города-государства Урука, который, будучи сыном богини и человека, обделен был бессмертием, но страстно жаждал его. После долгих поисков мятущийся царь так и не достиг цели своих устремлений и примирился со своей долей. Почти пять тысячелетий отделяло меня от этого человека, я начинал тот же путь, хотя ничто так, как мои поиски, не приближало меня, на сей раз, к моей собственной смерти.

К сожалению, современный Ирак, на территории которого в свое время происходили указанные события, менее всего подходил для туризма: террористы, полицейские и армейские патрули – документы мои вряд ли могли бы выдержать тщательной проверки, особенно учитывая мою «канадскую» легенду. Поэтому я решил не рисковать.

Также умозрительно, виртуально, решил я побывать и в Египте. Не знаю почему, но мне казалось тогда и до сих пор кажется, что никто и никогда не был столь близок к гелекси, как древние египтяне. Никто и никогда, ни до, ни после них, не подходил так близко к истине Вечной Жизни. Думая о душе, они в то же время пытались, настолько, насколько позволяли возможности того времени, сохранить после смерти свое тело. А пирамида – чем не Вавилонская башня? Надо отдать им должное: ни шумеры, ни египтяне не были материалистами, они и представить себе не могли, что *человек рождается случайно, а умирает навсегда*, что даже души наши смертны, однако жизнь земная не шла для них ни в какое сравнение с жизнью загробной. Идея Рая возникла впервые в зороастризме, и начала все больше совершенствоваться, оттачиваться в других религиях, все дальше уводя человека от действительного положения вещей. И лишь Ведомый Влекущий вернул нам истину в этом вопросе.

ГЛАВА 3

«Кто, мой друг, вознесся на небо?

Только боги с Солнцем пребудут вечно,

А человек – сочтены его годы,

Что б он ни делал, – все ветер!»

(Перевод И. М. Дьяконова)

В безысходном отчаянии шептал я про себя эти строки из поэмы «О ВСЕ ВИДАВШЕМ». История Гильгамеша со слов Синликиуннинни, заклинателя».

Все было, как пять тысяч лет назад, но все было совсем по-другому. Легендарный царь Урука искал бессмертия для себя, я же искал его для всех людей. Гильгамеш просил бессмертия у богов, он надеялся, что они примут его в свой сонм, позволят ему им уподобиться. Он частично имел на это право, но боги по-своему решили его участь.

За мной не было богов, только слова Ведомого Влекущего. И основные вехи, им отмеченные.

Мы не войдем в Вечную Жизнь стадом. Каждый человек сам вправе решать...».

Я решил жить.

«Вечная Жизнь невозможна для всех…».

Я избрал себя, избрал солдатом Вечной Жизни и не собирался никуда с этого пути сворачивать.

«Следует стремиться к раю на земле, а не на небе…».

Я выбрал землю. Навсегда. Скорее, она меня выбрала. Теперь мне предстояло открыть ее для себя и для других людей заново.

«Если рай не в тебе самом, то ты никогда не войдешь в него». Так провозгласил Ангелус Силезиус.

Я жаждал узнать истину о Рае, и ничего так не хотел сейчас на свете, как того, чтобы его врата как можно скорее открылись для меня.

«Первое, что ты должен осознать – мы живем в Аду…».

Я уже не жил в Аду, Ад был вокруг меня.

«… если истинны твои цели».

Я шел вперед, не оглядываясь. Я не сомневался в том, что рано или поздно кто-нибудь за мной да последует. Ибо… опять же, если верить Пророку – *«нет другого пути».*

Но, повторяю, я слишком хорошо понимал, что ничего не достигну из намеченного, если не преодолею в себе древнего, «ветхого» и даже «нового» человека».

«Мудрый! Обязан будучи жить среди простого народа, будь подобен маслу, плавающему поверх воды, но не смешивающегося с оною». Пифагор.

«Быть мудрым означает умереть для этого мира». Аврелий Августин.

Из великого множества изречений об уме, глупости и мудрости я выбрал только эти два, как крайности. В каком же из них была истина? Думаю, как всегда – посередине.

Богоискательство и богостроительство. Идеал и догма. В своих поисках, отталкиваясь от «нового» человека, я не пошел дальше, а наоборот, следуя указаниям Пророка, повернул вспять. Я прошел равнодушно мимо человека родового – «избранного», «ветхого» и остановился возле человека античного, найдя именно в его представлениях о мире свой *«полосатый пограничный столп»*. Собственно, было бы странно, если бы я поступил иначе.

Я начал сокрушать в своем сознании истуканов-идолов, но не во имя Христа – зачем было повторять период, уже человечеством пройденный? Ибо человек ничем не пожертвовал тогда, он взял всех своих идолов в христианство вместе с собою. С той лишь разницей, что из богов, божков большей частью они стали ангелами, демонами, злыми духами, дьяволами. Церковь не растерялась, включила их в свой арсенал, как дополнительное, мощное средство воздействия на верующего человека.

Человек – тварь божья или частичка Бога? Вот что стало для меня сейчас основным вопросом. И я вовсе не занимался мудрствованием, я искал здесь для себя ориентиры, руководства к действию.

Я не хотел больше быть жертвою, жертвоприношение в любом его виде вызывало во мне отныне лишь отвращение и резкий протест. Несмотря на то, что я стал маслом, маслом поверх воды (Пифагор) и мертвецом для этого мира (Августин), у меня не было ни малейшего желания закрыть собой какую-нибудь амбразуру. Наоборот, жажда жизни с тех пор, как я вышел из полумрака, начала определять все в моем сознании.

Я поднимался с колен, я не хотел больше быть «коленокопытным», рабом, а уж тем паче – «венцом творения», и сам удивлялся той силе, энергии, стремления к действию, которые отныне переполняли меня.

Однако вскоре, как и следовало ожидать, наступил отток. Вызван он был опустошением, которое слова Пророка произвели в моей личности – во мне образовался вакуум, который грозил взорвать меня, если я его срочно чем-нибудь не заполню.

Но чем я мог наполнить его? Новой ложью? То, что поселилось в моей душе, требовало осмысления, а у меня, к сожалению, совершенно не было времени ждать».

(Арсентий Сириус «Слово Пророка»).

«Как бы мы ни старались, в существующих представлениях Человека о Боге невозможно отделить языческое от духовного, одно только определение «раб божий» способно низвести нас не только до рабского, но даже до скотского, состояния, ибо понятия «рабство» и «Вера» несовместимы».

Жертвоприношение до сих пор является важнейшим элементом не только Общества, Культа, но и одной из важнейших составляющих Личности (Либо ты приносишь жертвы сам, либо приносят в жертву тебя).

Дикость, насилие, варварство не только не искореняются, а наоборот, насаждаются, все более становясь нормой жизни.

Я уже не говорю о раздвоении. Люди говорят одно, а делают совсем другое: поступки их часто совершенно противоположны их высказываниям, а порой даже и намерениям. Никто не озабочен поиском Истины, а уж тем более – служением Ей. Люди тонут ежедневно и ежечасно в потоках лжи, низвергаемых на них и извергаемых ими самими.

Но наряду с болью существо мое наполняется счастьем. Я не вижу отныне врагов вокруг себя. Совершенно чужие люди становятся мне вдруг близкими и понятными. Они пока еще чужие, но уже не чужды мне.

Я отрываю глаза от страниц «Книги» и не устаю удивляться, как каждое слово, почерпнутое в ней, взрывает мое сознание, меняет мою личность, и очень надеюсь на то, что когда-нибудь, хоть немного, точно также оно изменит и окружающий меня мир».

ГЛАВА 4

Я не успел, конечно. Меня охватило вдруг острейшее чувство одиночества, налицо были и все признаки надвигавшейся депрессии. Как следствие – работа над «Словом» почти полностью сошла на нет. Я понял – нельзя столько времени безнаказанно заниматься самоедством, пора хоть ненадолго выбраться из своей норы.

Первое, что я попытался преодолеть в себе – страх разоблачения. В Европе разгуливало в то время столько нелегальных иммигрантов вообще без какой-либо видимости документов и что же им грозило при задержании? В худшем случае, высылка из страны. Но перед этим несколько месяцев бесплатного жилья, питания, их даже развлекали, учили языку страны пребывания, основам ее законодательства, давали деньги на карманные расходы. Сколько людей подобной дармовщинкой пользовались – просто не сосчитать. Что говорить обо мне при моих-то деньгах? Я мог нанять кучу адвокатов для проволочек, в очередной раз обзавестись новыми документами, изменить внешность, притвориться, что страдаю амнезией – потерей памяти. В общем – на голове ходить. Но я был предельно осторожен. Пожалуй, слишком осторожен и, осознав это, тотчас же из своего анахоретства бросился в другую крайность: искал общения, перемены мест, везде, где только мог их найти.

Я бесцельно бродил по улицам города, о котором еще утром не имел ни малейшего представления, знакомился с совершенно незнакомыми людьми в кафе, барах, при осмотре достопримечательностей. Перемещался неустанно: из Бретани в Нормандию, из Прованса в Бургундию, всякий раз поражаясь, насколько разнообразна Франция, а ведь помимо нее было множество и других, не менее замечательных, стран.

В бесконечных разговорах, где темы, мнения менялись как в калейдоскопе, общении с природой, которая буквально ошеломляла своей первозданностью и величием (с ума сойти, к примеру, как прекрасна та же Бретань (древняя Арморика): Канкаль, Динар, Сан-Мало, Прентиви, Киберон – я облазил там каждый уголок), я быстро забыл и об одиночестве, и о депрессии, даже творческий кризис исчез сам собой, повис легкой дымкой на горизонте.

Чудеса противоречат не природе, а известной нам природе.

Аврелий Августин

Вот эти два рычага: отрицание сверхъестественного в чуде и открытие, как основной путь познания, как раз и довершили происходивший во мне процесс. Мой вакуум стал быстро заполняться, но я был поистине бездонной бочкой, ничто уже не в состоянии было меня вдребезги разнести.

Как раз в это время я и получил весточку от человека, о котором уже успел забыть совершенно, отослав воспоминания о нем в самые глубокие кладовые своей памяти.

ГЛАВА 5

Я был не просто раздражен, я был в ярости. Действительно, более неподходящий момент для подобного звонка трудно было и представить, тем более, сейчас, когда я начал, наконец, выходить из тупика. Вот почему первой моей реакцией было наплевать на какие бы то ни было обязательства и обещания, и попросить Лилианну отложить на неопределенное время предполагавшийся ее визит. Затем я сумел все-таки взять себя в руки и даже изобразил в разговоре по телефону какое-то подобие любезности. В конце концов, она ведь сама предполагала возможность такой ситуации и пообещала не быть обузой. Что я терял? Пусть делает все, что ей заблагорассудится: попутешествует по стране, накупит себе каких-нибудь тряпок, сувениров, я никогда не был жмотом. Главное – не дать понять человеку, что он в тягость, поактерствовать даже, если понадобится. В конце концов, вся моя жизнь с некоторых пор стала сценой с постоянно открытым занавесом.

Однако я, конечно же, себя переоценил. Одно дело болтать не пойми о чем где-нибудь за кружкой пива с совершенно незнакомым человеком и совсем другое – перспектива прожить бок о бок целый месяц с женщиной, которая прекрасно понимает не только твой родной язык, но любую шутку в нем, намек, отсыл, аллюзию.

Мы встретились там же, где и расстались несколько месяцев назад – в Руасси, аэропорте Шарля де Голля. Лилианна сразу отметила резкую перемену в моем отношении к ее приезду, но была, как видно, подготовлена к ней. Она определенно ехала не просто за границу, а к человеку, к которому была неравнодушна. Все в ее внешности, одежде было продумано до мелочей. Настолько, конечно, насколько ей позволяли средства. И нужно было быть последним скотом, чтобы не оценить такое.

Мне ничего не оставалось другого, как только смириться. Мы добрались до Парижа, поселились в скромном, но вполне уютном отеле, затем посидели немного в ресторане, где я перво-наперво попросил Лилю составить список мест, которые она желала бы посетить.

– Понятно, – с усмешкой кивнула она,

разделываясь с esturgeon a la broche – осетриной, жаренной на вертеле, так, как будто это было для нее самым обыденным делом. – Хотите отвязаться от меня? Вообще-то, мы договаривались, что я буду всего только вашей тенью, но если вам понадобится отослать меня куда-нибудь на день, на неделю, даже на месяц, что я наметила с вами провести, я не вправе возражать. Желательно только, чтобы вы не отослали меня обратно в Москву.

Мое молчание было достаточно красноречиво.

Утром, когда я проснулся, на столе меня ждал завтрак. Лилианна с утра сходила на рынок, на крохотной кухоньке в нашем номере заодно сварила и обед. Поприветствовав меня и обозвав «соней», она с самым будничным видом собрала мое грязное белье и отнесла в прачечную самообслуживания. В конце концов, исчезла и не появлялась до конца дня. Послонявшись по номеру, я все-таки достал свой планшет и через некоторое время забыл обо всем на свете. Не знаю, что нахлынуло на меня, но пальцы мои так и носились по клавишам, как будто бы мне и не принадлежали.

Так продолжалось дня три, а затем я сам заскучал

по своей гостье, которую практически не видел. Следы ее заботы были повсюду, но она так выстраивала свое время, что мы с ней практически не сталкивались. Я по натуре «жаворонок», «соня» – это совершенно не обо мне. Вот почему к обеду я обычно выдыхаюсь и, опустошенный, испытываю огромную потребность восполнить хотя бы частично то, что из себя излил. Так что Лилианна пришлась тут как нельзя более кстати. Однако я совершенно не ожидал того, каким необыкновенным стимулом будет для меня общение с человеком с моей родины, на родном языке, да еще с каким-то своим, недоступным для меня, видением того мира, в котором я уже больше полгода волею судьбы находился. Но дело было даже не в том, дело было в самой этой простой русской женщине.

«Все мы родом из Мифа. Мифами живем (в них обретаемся), мифами же и питаемся. Именно так устроено человеческое сознание, и с этим уже ничего поделать невозможно.

Но что же такое миф? Греза? Сказка? Выдумка?

И то, и другое, и третье. То есть, не более, как

попытка осмысления Истины.

Если присмотреться, то всякий миф возникает из тайны, мечты, идеала. Ну а чем заканчивается? Вероятно, догадались уже: догмою. Большинство мифов как раз и преподносятся нам в виде готовых догм, составляющих основу нашего самосознания. (*Что такое религия? Мышление идеалами. Однако на практике она сплошь и рядом превращается в мышление догмами*»).

Догма – страшное слово. Что ожидало того, кто решался когда-либо посягнуть на сложившиеся веками и даже тысячелетиями, основы основ? В лучшем случае, обвинение в еретичестве. В худшем, не просто изгнание, гонение, на кон ставились, да и до сих пор так, его свобода, а порой и сама жизнь.

И все-таки, куда хуже бывало, когда люди замахивались на святое, крушили все, во что раньше безоговорочно верили, не противопоставляя этому ничего взамен.

Где же в таком случае истина? И здесь, как всегда, как извечно – посередине. То есть, в проблемах, размышлениях, решениях. Завершаясь догмою, миф чаще всего становится ложью, и это печально, однако другого строительного материала у человека и человечества под рукой нет, да и не предвидится. Во всяком случае, в обозримом будущем.

Невозможно здесь выдумать что-то новое – хотим мы или не хотим этого, но надо исходить из того, что весь мифологический свод уже нам явлен.

Что же доступно тогда нашему сознанию, чем мы можем развиваться, продвигаться вперед? Только новыми догмами – идеалы на то и идеалы, что они неизменны.

О чем, собственно, я? Да о чем угодно. Любую проблему можно рассмотреть под таким углом и убедиться, насколько она устарела.

Пример новой догмы: Прамужчина и Праженщина едины, они составляют собой одно и то же понятие: Прачеловек. Для Бога они равны, для Природы тоже.

Принимается, но важен путь: как, каким образом, мы пришли к подобному утверждению?

Мы уже обсудили: все догмы в нашем сознании, а без них оно (и это мы тоже выяснили), просто несостоятельно, восходят к своим истокам. Так что, заводя разговор о новой догме, мы не можем возвести ее на пустом месте, а должны выстроить ее от начала и до конца, и, соответственно, в первую очередь определить, откуда она появилась.

Конечно, у нас нет сомнений: Адам, Ева, Лилит – творение ума человеческого, а не действительно существовавшие личности. То есть, с точки зрения современного, свободного от устаревших представлений и предрассудков, человека – не более чем мифологические (читай: сказочные) персонажи. Однако персонажи, всегда наводившие, и до сих пор продолжающие наводить, на глубокие размышления. Как ни крути, они – часть истории, причем в куда большей степени, чем многие реальные ее герои: злодеи, обыватели, злопыхатели и иже с ними.

Не будем рассуждать об Адаме, с ним все просто, но вот его женщины…

Ева или Лилит, кто первичен, а кто вторичен из них – вопрос так не стоит. Первична – Лилит. Вторичными в данном случае можно считать лишь попытки извратить, очернить ее образ. Одна из таких попыток – прежняя, властвовавшая над умами человечества три тысячи лет догма: Праженщина – только Ева, кроме нее вообще никаких других вариантов не было, и быть не могло.

Сказать, указать, приказать, конечно, можно что угодно, но как же глиняные таблички, пергаменты, папирусы, то бишь, исторические документы? С ними не поспоришь.

Итак, что несомненно? Лилит была сотворена во всем равной Адаму, то есть из праха земли, грязь здесь – не что иное, как первая попытка все того же очернительства. Адам не пожелал равенства между ними (причины приводятся самые разные, начиная от той, кто из них должен был быть внизу (суккубусом), а кто наверху (инкубусом) для того, чтобы исполнять побойчее наказ Вседержителя «плодиться и размножаться», до куда более важного момента: кому из них в итоге, может даже после длительной борьбы, предстояло быть под пяткою (каблуков тогда еще не было) у другого.

Чушь, конечно! Предположить, что они были совсем без мозгов, чтобы днями и годами заниматься любовью в одном и том же положении? Тоска, да и только! Ну а насчет пятки... что, спрашивается, было делить этой парочке в Раю, где всего было и так в преизбытке?

Что еще? Лилит сбежала? Куда? Зачем? А главное,

к кому? Других-то мужчин, ни в Раю, ни в Аду, а уж тем более на Земле, в тот момент не было.

Адам пожаловался Богу, попросил замены. Бог хотел вернуть Лилит обратно (Куда, интересно? Обратно в прах или грязь?), но она не подчинилась.

Бессилие Бога? Наверное, логичнее было бы предположить другое: люди не духи, они были из плоти и крови, небо на столь неимоверное количество человеческих особей просто не было рассчитано, рано или поздно оно должно было бы рухнуть на землю, так что куда проще было низвергнуть на землю самих людей.

Далее: Лилит была слишком умна и, быть может, даже слишком добродетельна, чтобы прельстится уговорами змия, пришлось сотворить дурочку Еву, которая и на земле впоследствии должна была играть исключительно подчиненное положение (коли уж произошла из ребра своего мужа).

Лилит же уготовано было в итоге отлететь в сонм демонов и обрести бессмертие (неплохой подарочек, редкий бы отказался от такого, ничего себе наказаньице!).

Ну а дальше уже можно было измышлять что

угодно – как говорится, папирус «все стерпит»: соблазнение во сне мужчин, высасывание крови у младенцев, распутство с другими демонами, определения: «ночная ведьма», «ужас в ночи», и так до бесконечности: было бы на кого списать собственные, вполне земные, пороки.

Что же касается истории, точнее – религиоведения, Лилит была и останется на веки вечные. Можно и так подумать: в ее неудачном соперничестве с Евой за сердце Адама мы имеем первый в истории человеческого рода развод.

Что стало с ней дальше, мы не знаем, скорее всего, с помощью Божьей (а как иначе?), она повторно вышла замуж и (о бесплодии тогда никому, даже Богу, было неведомо) наплодила кучу прелестных розовощеких ребятишек.

Напрашивается другой вопрос – была ли Ева? Не продукт ли она творчества жрецов, их собственная, не религиозная, а именно церковная, выдумка?

Полагаю, что три тысячи лет – достаточный срок, чтобы считать этот вопрос чисто риторическим. Как и ее соперница, Ева была, есть и пребудет вечно.

Хотя, если разобраться, истинная проблема

гораздо сложнее. Мы понимаем, конечно, что Общество в то время, да и три тысячи лет после, не могло развиваться без идеологического, якобы определенного Высшим Законодателем как изначальный порядок вещей, закабаления Женщины, но вместе с тем, вправе ли мы и дальше позволять себе делать вид, что продолжаем обманываться на сей счет?

Итак, в чем же суть новой догмы? Дух не имеет пола, плотью же своей и мужчина и женщина на равных подчиняются Природе, следовательно, они во всем равны. Их неравенство существует лишь в Обществе, но не само по себе, оно проецируется там имеющимися религиями и церквями, а следовательно, справедливость здесь можно и нужно, причем желательно в рекордно короткие сроки, восстановить».

(Арсентий Сириус «Слово Пророка).

Но это была теория, что же касается непосредственно Лилианны, не было никаких сомнений, что она не имела к Еве ни малейшего отношения. Видно было невооруженным взглядом, что она ничего не смыслила в феминизме, но ей и не нужно было за что-то бороться, чего-то добиваться: в отличие от подавляющего большинства других женщин, она со свободою родилась. Этот удивительный феномен я почувствовал в ней уже при первой нашей встрече, но только сейчас его осознал.

Так пришла любовь, и все вокруг изменилось. Многое из того, что я не мог понять у Учителя, что никак не мог осознать в себе самом, теперь, благодаря нежданно-негаданно нахлынувшему чувству, стало вдруг простым и естественным, без слов объяснимым, органической частью моего существа. Ведь как я ни изощрялся раньше в своих поисках, какие усилия ни прилагал, происходило нечто странное: чем ближе я подбирался к себе истинному, тем дальше отдалялся от того мира, в котором жил. Он становился вдруг не просто чужим, но во многом даже и враждебным для меня. Постоянно возникали вопросы: что делать, как дальше жить? Как устраиваться в новом своем качестве в мире, который, в отличие от меня, не изменился ни на йоту?

В разговоре с клерками я назвал гелекси «людьми второй оболочки», но сам-то я был из плоти и крови.

Как-то так получилось, что я забыл об этом, увлекся новыми идеями, слишком во многом стал жить неким неопределенным будущим. Которое уж точно было не мое – слишком было отдалено во времени от моих насущных проблем.

Теперь, наконец, все встало на свои места.

И я не мог предать себя, нас, решив осуществить нашу мечту хотя бы частично.

ЧАСТЬ ЧЕТВЕРТАЯ

ГЛАВА I

Как тишина есть отсутствие всякого шума, нагота – отсутствие одежды, болезнь – отсутствие здоровья, а темнота – света, так и зло есть отсутствие добра, а не нечто, существующее само по себе.

Аврелий Августин

Средства борьбы со злом оказываются иногда хуже, чем самое зло.

Публилий Сир

Конечно же, я выбрал Египет. Что нового для себя я мог бы почерпнуть, скажем, в том же Израиле? Тысячелетние догмы, которые я сейчас с такой легкостью опровергал? Нет, меня интересовало совсем другое: поиск, неистовство мысли и главным образом, наверное, тот роковой и крайне любопытный для меня момент, когда этой мысли наступили на горло, приговорив мир к христианству и горделиво провозгласив: отныне мы знаем все, что нам только нужно знать.

Впрочем, первое впечатление от родины пирамид и фараонов было для меня поистине шоковым. От великой цивилизации, когда-то на тысячелетие, как минимум, опередившей остальной мир, да и до сих пор во многом неразгаданной, мало что осталось.

Страна никак не могла выйти из политического кризиса, находиться в ней было отнюдь не безопасно.

Мы прилетели в Хургаду, и с первого же дня все пошло наперекосяк: нам не повезло с отелем, с окружением, лично меня раздражало вообще все вокруг. Первым моим поползновением было немедленно удрать отсюда. Однако стоило только удалиться на пару десятков километров на такси, как я понял: единственный выход – тут же вернуться обратно. Жара была невыносимой, антисанитария такая, что трудно себе и представить, машины, машины, машины и... никаких правил дорожного движения.

Положение мое осложнялось еще и тем, что я был здесь не один, а в связке с незнакомым, в сущности, чуждым мне человеком. А оттого даже решение о том, чтобы сесть в первый попавшийся самолет и улететь отсюда куда угодно, хоть к чертовой матери, я не мог принять в одиночку.

Два дня я просидел в номере, не в силах разрешить эту проблему. К счастью, Лилианна понимала мое положение и старалась, без крайней нужды, не досаждать мне. Больше всего меня поражало в ней чрезвычайно редкое для женщины качество: она умела быть незаметной.

Сама она ориентировалась прекрасно в этом театре абсурда: приучилась говорить только по-английски: русская речь здесь сразу же вызывала повышенный ажиотаж – легкая добыча! На тебя набрасывались со всех сторон и старались всучить все, что только можно, а то и просто тянули и тянули руку: «Дай! Дай денег!»

Никогда не таскала с собой сумочку: «Нет денег! Нет! Извините! Вы очень любезны! Я очень люблю Египет! Я в восторге от вашего обслуживания». Неустанно повторяла эти фразы, как попугай (попугаиха), мило всем улыбалась и вообще несла такую ахинею, что даже самые закоренелые попрошайки буквально шарахались от нее, как от зачумленной.

Время – лучший подсказчик и, наконец, я

потихоньку стал выбираться из тупика, который, как я понял, присутствовал лишь в моем воображении. Поразмыслив как следует, я пришел к выводу, что у меня есть только три варианта выхода:

- как я уже говорил, немедленно уехать, осознав свою ошибку;

- просто посвятить все время отдыху, проводя его на пляже у моря – здесь, под неусыпным надзором охранников, мы были надежно ограждены от всех неприятностей;

- наплевать на осторожность, быть самим собой, вычертить свой собственный маршрут и неукоснительно ему следовать, при необходимости разделяясь с Лилианной, затем, к вечеру, встречаясь и делясь впечатлениями.

Конечно, я выбрал бы третий вариант, однако он напрочь исключал тот образ жизни, который я вел последние полгода, и в который успел вжиться до мозга костей. Главным правилом было – ни в коем случае ничем не выделяться, быть серенькой мышкой, таким, как та толпа, которая меня окружала. И у меня, как мне казалось, были все основания для того, чтобы так себя вести и впредь.

А вот здесь, в Египте, неожиданно исчезли «параноидальные тополя» на «темных аллеях», сродни описанным Иваном Буниным, в моем сознании. Создавалось впечатление, что я никому вообще тут не нужен и не интересен. Вот почему я решил все-таки рискнуть, наплевав на осторожность.

Теперь оставалось только придумать, как реализовать свое намерение. Что само по себе было не просто. Болтаться вдвоем по столь проблемной стране было, как я уже упоминал, и нерационально и небезопасно, однако и мысль о том, чтобы присоединиться к какой-нибудь туристической группе была для меня совершенно невыносима. Выбор был только один, и он с самого начала был сделан: индивидуальный тур. С тем мы и отправились с Лилианной в ближайшее туристическое агентство. Как я и предполагал, сначала был категорический отказ, даже возмущение. «О нет, сейчас такой наплыв туристов (где они, интересно?), при всем желании мы не можем вам подобную услугу предоставить!» Затем дело свелось, как всегда в подобных случаях, к деньгам, и тут же появились кандидатуры. Однако ни один (одна) из этих претендентов ни в малой мере не устраивали нас, тщетно туроператоры щелкали мышкой компьютера: нам нужен был человек, который не просто помогал бы нам отбиваться от местного, весьма навязчивого, сервиса, а, насколько это возможно, вообще отгородил бы нас от него.

Наконец, я понял, что мои претензии нереальны и решил, что не остается ничего другого, как только продвигаться по намеченному маршруту одним, на собственный страх и риск. В этот момент как раз и появилась пани Гражина. Просто из одного турбюро, в котором мы уже безуспешно пытали счастья, нам позвонили и сказали, что есть как раз то, что нам нужно.

С этого момента дальше все совершалось как по волшебству, никаких проблем у нас больше вообще не возникало. Даже когда что-то нас удивляло, все равно в итоге оказывалось, что так и только так все и должно было быть.

Почему полячка? Да потому что Гражина знала в совершенстве русский язык, а уж коли экскурсии, то пусть они будут на достаточно высоком уровне, чтобы мы все понимали (я беспокоился больше за себя, нежели за Лилианну).

Муж Гражины – Рамзес (имя наверняка не настоящее, но туристам нравилось, добавляло экзотики, мы против него тоже не возражали), являвшийся также шофером нашего шатра на колесах, брал на себя все переговоры с аборигенами, в случае необходимости охотно демонстрируя свою могучую фигуру и рост два с лишним метра.

Мы ничего не понимали в том, что могло соединять этих людей: изящную, интеллигентную пани из Вроцлава, типичную католичку и свирепого на вид египтянина-копта. Однако они относились друг к другу с таким вниманием, с такой нежностью, что можно было просто истечь слюнями от зависти, если бы мы с Лилианной не находились на самом пике наших отношений.

Наш микроавтобус был поистине маленькой крепостью, в которой присутствовал даже кондиционер (что могло быть важнее в стране, большую часть которой занимает пустыня?). Сиденья сзади раскладывались и, с помощью каких-то нехитрых приспособлений, превращались в две вполне сносные кровати, минибар, а с водой здесь по той же причине – пустыня, были очень большие проблемы. В ответ на наши ахи-охи Гражина сразу объяснила нам, что имеет дело только с достаточно богатыми туристами, в основном, немцами, и одно из качеств, за которые ее так уважают клиенты – она им экономит кучу денег. Не случайно, первым делом она поинтересовалась, сколько за нее запросило то злополучное турбюро, которое нам ее сосватало, а узнав сумму, тут же попросила мужа развернуть машину и устроила грандиозный скандал сидевшему в офисе менеджеру. Мы получили колоссальное удовольствие, слушая с разинутыми ртами ее виртуозную ругань на арабском и наблюдая очень смешной спектакль, но сами от этого не выиграли ни гроша, все досталось актерам (в решающий момент, откуда ни возьмись, появился гигант Рамзес и уставился на менеджера немигающим взглядом своих горящих, как два маленьких уголька, глаз), с таким рвением отстаивавшим свои интересы.

С этого момента желания уехать, так ничего и не посмотрев, у меня больше не возникало, мы с Лилей, действительно, почувствовали себя под надежной защитой. А деньги... скупой платит и дважды, и трижды – столько, насколько глупость в нем сочетается с жадностью.

Но, конечно, расслабляться нельзя было. Первым делом я согласовал с Гражиной маршрут, дав ей понять, что, хоть я и никогда не был в Египте, но турист бывалый и к поездке подготовился основательно. Гражина быстро поняла это, но свою дань уважения проявила несколько необычно: она тщательно расписала на планшете каждый день нашего маршрута, проставила везде цены, вывела итог, а затем подсчитала и общую сумму. Затем подала свое «произведение» нам с Лилианной. Лиля лишь развела руками, я же что-то вычеркнул, что-то дополнительно включил и вернул компьютер нашей очаровательной «пани». Она кивнула, добавила в импровизированный прайс– лист графу «непредвиденные расходы», затем вывела получившееся с планшета на бумагу и дала нам на руки распечатку вместе с массой буклетов и прочего рекламного мусора. Оставалось только молить Бога, чтобы все это не оказалось надувательством, а, и в самом деле, воплотилось в жизнь.

— Потрясающе! – сказала Лилианна, когда мы уселись в креслах небольшого уютного номера на двоих, (Гражина первым делом переселила нас в другой отель), в банных халатах, разморенные после контрастного душа. – Теперь я верю, что ты, и в самом деле, бизнесмен. Это просто сказка по сравнению с тем, что я слышала от моих знакомых, которые здесь бывали. У некоторых из них тут были сплошные неурядицы, когда они пытались строить свой отдых индивидуально, у нас пока их совершенно нет. (Перед тем, как выйти из автобуса, Гражина нас предупредила, чтобы мы не брали никаких напитков из холодильника в номере (умопомрачительно дорого!), что пронести в отель напитки, купленные в другом месте, совершенно невозможно – охранники чуть ли не обыскивают постояльцев у входа, и вообще это не наша забота, все проблемы она берет на себя, мы будем всегда и везде обеспечены всем, чем нужно. Что не стоит гнаться за пятизвездочными отелями, иногда вполне достаточно и трех звезд, а вообще оптимальный вариант – это четыре звезды, ну и много всякой другой полезной ерунды. Поздновато немного, мы имели «счастье» в этом убедиться, взглянув на счет, когда выселялись из своего прежнего отеля. Принцип «все включено» оказался полным надувательством.

Все складывалось настолько удачно, что в какой-то момент я задумался: а может, права Анюта: уж коли у меня такие способности вести дела, зачем мне вообще богословие? Но я быстро прогнал эти мысли. Хоть я и вычищал из себя в последнее время поганой метлой суеверия, зачем Бога гневить?

ГЛАВА 2

Луксор. «Город-дворец». Когда-то имя ему было Фивы, почти две тысячи лет он являлся одним из самых почитаемых чудес света, удивляя весь древний мир своей сказочной роскошью и уникальной архитектурой, пока его не разграбили и не разрушили ассирийцы еще в VII веке до н. э. Но кое-что все-таки осталось.

Мы с Лилианной сразу договорились, как я и намечал, что будем осматривать достопримечательности врозь, вечером встречаясь и делясь впечатлениями. С тем мы и расстались: Анюта, не выпуская из рук знаменитый путеводитель Томаса Кука, загодя купленный еще во Франции («En russe? Pourqua pas?» – «На русском? Почему бы и нет?» – франц.), о чем-то увлеченно разговаривала с Рамзесом, я, в свою очередь, с некоторым опасением ожидал, выдержит ли мой весьма и весьма своеобразный маршрут Гражина, но, в конце концов, решил не щадить очаровательную полячку: если сойдет с дистанции, я вполне смогу и без нее обойтись.

Для начала я несколько раз пересек туда и обратно

на катере Нил, перемещаясь поочередно то в Город мертвых, то в Город живых. Это был как контрастный душ под нещадно палившим солнцем, у меня сложилось впечатление, что в течение пары часов я прожил несколько перевоплощений.

– Такое разделение: на город живых и город мертвых было очень характерно для городов Древнего Египта, – занудным экскурсоводческим голосом начала свою лекцию полячка, но я поспешил прервать ее.

– Послушайте, пани Гражина, вынужден повториться: к сожалению, вам достался не совсем обычный турист, тем более что я к этому путешествию тщательно подготовился. Меня не интересует обзорность, но есть места, которые я хотел бы не просто посетить, а изучить. Так что я нисколько не обижусь на вас, если вы не будете бегать за мной вприпрыжку по этим камням, которые вам наверняка уже давно осточертели, а подождете в автобусе, либо присоединитесь к моей жене и Рамзесу.

– Так Лилианна ваша жена? – спросила Гражина, больше не из интереса, а чтобы сбить меня с толку и выиграть немного времени для того, чтобы переоценить ситуацию.

– Практически, да, – без зазрения совести тут же откликнулся я (врать, так напропалую), – гражданская, но мы решили в самом ближайшем времени оформить официально наши отношения. В принципе, можно считать, что это наше свадебное путешествие.

Гражина чисто по-женски скривила губки: то есть слегка, ни на минуту не забывая о возможных грядущих морщинах.

– Вы это только сейчас решили? Дело в том, что нам почему-то понравилось секретничать, или как это у них, русских, называется – шушукаться, с вашей... супругой, но она мне ничего подобного не поверяла.

– Вы думаете, она мне откажет? – ничуть не смутившись, предпочел я ответить вопросом на вопрос.

– О нет, конечно, – поспешила заретушировать свое излишнее любопытство Гражина. – Мы, женщины, вообще очень любим сюрпризы, когда они такие – приятные. Что же касается наших с вами отношений, то вы в чем-то задели мое профессиональное самолюбие. Я думаю, лучший выход в такой ситуации — несколько подкорректировать тот экскурсионный план, который мы выработали в самом начале. К примеру, там не было разделения на две группы. Сразу оговорюсь, никакие индивидуальные пожелания меня не пугают. Думаю, мы еще немного поелозим пальчиками на моем планшете сегодня вечером, и все вопросы без труда утрясем. Не исключено, что это будет стоить немного дороже, но... я не предвижу ничего невозможного. Здесь, в Египте, нет вопроса, который нельзя было бы решить. Если, конечно, есть деньги.

О да, я понял. Вплоть до шведского или любого другого варианта — только плати. Я ухмыльнулся. «Ну, насчет секса — так зачем, спрашивается, для этого нужно было уезжать из Европы? А вот насчет всего остального, милая пани, вы поступили крайне опрометчиво, выдавая мне карт-бланш, я ведь тот еще дятел — все мозги выдолблю, буквально вымотаю своим занудством».

— Что ж, мне не остается ничего другого, как только проверить, действительно ли вы такая волшебница? К примеру, я хотел бы приобрести какой-нибудь уникальный экземпляр «Книги мертвых». Не подделку, не новодел, а что-нибудь и в самом деле стоящее. Такое возможно?

Не знаю, зачем мне пришло в голову такое пожелание. Не в моем положении было обременять себя какими-либо пожитками. В своих постоянных перемещениях я был похлеще любого цыгана: ни шатра, ни даже ложки мне не требовалось. Даже такие сугубо индивидуальные вещи, как зубную щетку или электробритву я в любой момент мог сменить. Подарить такой раритет Лилианне? Это означало бы окончательно расшифроваться, да и дарить что-либо подобное любимой женщине – для этого надо быть, по меньшей мере, шизофреником.

– Я уже сказала: в Египте нет ничего невозможного, – между тем прервала мое затянувшееся молчание Гражина. В ее взгляде я неожиданно обнаружил столь жгучее женское любопытство, что даже вздрогнул. Ноздри буквально раздувались, как у породистой лошадки. Поистине, неисповедимы пути, которыми можно привлечь к себе внимание женщины (хороших кровей, разумеется). Я решил добить ее до конца.

– Ну, уж если вы настолько любезны, я бы хотел

пойти еще дальше в своих капризах: учитывая дороговизну, мне желательно было бы не покупать, а взять напрокат подобную книгу, то есть, лишь попользоваться ею. На период своего пребывания в Египте.

Гражина подумала, наморщила лоб.

– Ваше имя случайно не Крез? Такие причуды!

– Нет, мое имя – Дэниел, как вы прекрасно знаете, Дэниель Харни, – ответил я, скромно потупив взгляд.

– Дэниел Крейзи (сумасшедший – англ.) – тоже звучит неплохо, – Гражина была достойным противником, надолго сбить ее с толку, завести в тупик, было совершенно невозможно.

– Однако к делу, – поспешил я перевести разговор на другую тему, опасаясь, что подобное пикирование может нас слишком далеко увести и, в который раз уже, направился к трапу катера.

Гражина ухмыльнулась.

– Знаете, я, пожалуй, воспользуюсь вашим послаблением – не буду болтаться и дальше с вами по волнам, а здесь, на западном берегу вас подожду. Как я поняла, вас почему-то тут, в Луксоре, а может, и вообще в Египте, интересует все замогильное, гробовое, так что там, в Городе живых, вы вряд ли надолго задержитесь.

Она была совершенно права. Что больше всего меня поражало в бывшей жемчужине, несравненном чудо-граде Востока – кошмарная нищета. Сплошь ишаки, лошади – даже велосипеды выглядели на этом фоне экзотическим видом транспорта, что говорить об автомобилях! Так что немудрено, что уже через час я воссоединился с Гражиной.

Не думаю, чтобы стоило здесь рассказывать о Карнаке, Долине фараонов – прочитать о них можно в любом справочнике, но, только увидев воочию, можно что-либо о них понять. Подведя итог, скажу лишь одно – день этот стал для меня, действительно, незабываемым. Не зря же гиды любят так часто повторять поговорку: «Кто не видел Луксора, тот не видел Египта».

ГЛАВА 3

Вечером мы встретились снова все четверо. Как и следовало ожидать, Лилианна не уставала восхищаться Долиной фараонов, особенно много она шутила об упавшей гигантской статуе Рамзеса II в Рамессеуме и обзывала нашего гида потомственным лежебокой, хотя тот не поленился и свозил ее за 30 км в Мединет-Хабу, где храм Рамзеса II был поменьше и в гораздо более приличном состоянии, и где статуя знаменитого фараона не лежала поверженной. «Тот для простых туристов, этот для знатоков!» — добродушно отшучивался копт, хотя насмешки Лилианны все же немного его задевали.

Мы уже заканчивали ужин, только приступив к десерту, когда в дверь нашего микроавтобуса негромко постучали. Высокий худой старик зашел внутрь и долго разговаривал о чем-то с Гражиной. Рамзес в их разговор не вмешивался, но и не шутил больше с Лилей, лишь добродушно улыбался. И он, и Гражина выказывали Старику столько почтения, что я и сам им заинтересовался. Наконец, все трое повернулись ко мне. Я тоже поспешил, как мог, исполнить все необходимые телодвижения, означавшие крайнюю степень почтения. Старик долго смотрел на меня своим пронзительным взглядом, затем бережно достал из-под полы халата книгу в затейливом переплете, казалось, хранившую в себе всю толщу веков, которые она пролежала под бережным присмотром строгих жрецов.

– Это вы хотели видеть? – спросил через Гражину Старик.

– Да, – кивнул я.

Я был поражен тому, как верно он угадал. Что меня совершенно не интересовали папирусные свитки, и хотя, действительно, нужна была инкунабула, но в традиционном, ближе к европейскому, оформлении, называемом среди специалистов кодексом. Фолиант был не из тех компактных, что печатаются в половину листа, а большим, рукописным, и в то же время не слишком старым. И был совершенно уникален, главным образом, благодаря искусству переплетчика и затейливым рисункам, которыми украсил свою филигранную работу переписчик. В каждом из них чувствовался свой особенный, непонятный стороннему человеку (мне в том числе), смысл.

— Вас настолько интересует тема Смерти? — продолжал пристально разглядывать меня Старик.

— Нет, скорее, тема Ухода и… Выхода днем, — уклончиво ответил я.

— Почему же вы не захотели купить эту книгу в вечное пользование, а удовлетворились лишь тем, чтобы она помогала вам в вашем путешествии здесь? — задал Старик вопрос, который, как видно, больше всего интересовал его.

Я улыбнулся. Слегка. Как совсем недавно Гражина. То есть, лишь уголками губ. Но не для того, чтобы предотвратить морщины, а чтобы подчеркнуть, насколько благоговейно мое отношение к предмету нашего разговора.

— Насколько я понимаю, эта книга не может принадлежать обыкновенному человеку. Если бы я вдруг вознамерился ее приобрести, вы либо запросили бы с меня какую-нибудь совершенно фантастическую сумму, либо принесли мне не ее, а какой-нибудь другой, куда менее интересный, экземпляр, который оказался бы мне по карману. Проще говоря, чтобы обладать такой книгой, нужно в первую очередь стать ее хранителем, а для меня это слишком ответственная миссия.

– Я понимаю, ваша миссия в другом, – согласно кивнул Старик.

Каждую фразу нашего разговора мы сопровождали почтительными жестами рук и поклонами. Со стороны, вероятно, это выглядело крайне потешно.

Внезапно Старик что-то сказал Гражине, та удивилась, но, тем не менее, выполнила его просьбу. Как я понял, ему почему-то нужно было, чтобы мы остались наедине.

Как только дверь микроавтобуса захлопнулась, Старик склонился ко мне в самом благоговейном поклоне и, к моему невероятному удивлению, заговорил на чистейшем английском.

– Мы долго ждали вашего прихода. Те, что сейчас со мною и те, что были до нас. На это ушли века. Я не смею спрашивать, но если сможете, ответьте: как близко вы подошли к Великой Тайне?

Я грустно покачал головой.

– Мне жаль огорчать вас, но мы лишь у ее порога.

Старик задумался. Наконец, он произнес торжественно:

– «Не умершим ты ушел; ты ушел живым» – есть много людей, которые знают эту мудрость, но среди них лишь единицы, кто правильно понимает ее смысл.

Я кивнул:

– Еще меньше людей знают и в состоянии осознать другую истину: *«Плоть и Тело – не одно и то же»*.

Мы оба вздохнули с сожалением (Отчего? Оттого, что Великая Тайна еще так далеко? Или оттого, что так коротко было наше общение наедине?), затем я открыл дверцу микроавтобуса, давая этим понять, что наш приватный разговор окончен.

Мы пили чай и снова оживленно беседовали. Наш гость отдавал дань нашему гостеприимству, но мыслями был далеко. Пожалуй, он был единственным среди нас пятерых, включая меня, кому не казались странными мои чудачества, которых я в последнее время совершил немало. Он воспринимал их как должное, когда о них упоминалось, лишь иногда едва заметно одобрительно покачивал головой.

В конце вечера нас ждал сюрприз: Старик выразил пожелание остаться в автобусе, чтобы не расставаться со своей книгой. Гражина, с милой улыбкой сообщив мне об этом, плюхнула в мою ладонь ключи от номера в отеле неподалеку, сказав: «Вам это нужнее». Конечно, можно было бы выпроводить в отель Старика, однако при всех своих достоинствах наша милая крепость на пять звезд никак не тянула.

– Это была только игра! – так я ответил на немой вопрос Лилианны, почему Старик был столь почтителен со мной, и о чем мы разговаривали с ним наедине. – Спектакль, специально разыгранный для того, чтобы вытащить из дурачка побольше денег. Ты еще увидишь здесь немало таких хитрецов.

Аню это объяснение вполне устроило. Главное было в том, что мы, хоть и изрядно устали, остались, наконец, в тот вечер одни.

ГЛАВА 4

Каюсь – грешен, при всей своей осторожности, рационализме, я частенько совершаю поступки, которые сам себе потом не в состоянии объяснить. Так было и на сей раз. Зачем мне понадобилась редчайшей красоты книга, которую я, при всем желании, без сторонней помощи не мог разгадать? Зачем мне нужно было выдвигать именно те условия, которые я поставил? Зачем я вел столь приватный и откровенный (слишком откровенный!) разговор с загадочным стариком? Не знаю. Не могу понять. Но мое пребывание в Египте сразу же приобрело какую-то необычайно яркую осознанность, стремительность, целеустремленность.

«Плоть и Тело – не одно и то же». Ах, если бы я понимал все учение Ведомого Влекущего так, как сейчас понимал этот постулат! Невидимое тело как составная часть существа Человека, поднимающая его над границами Сознания. Я здесь определенно сворачивал на мистику, подтверждая тем, что таковая есть и в новом учении, которое я представлял. Однако это была уже совсем другая мистика, мистика Естества, мистика объективная, мистика грядущего

Открытия, не имеющая ничего общего с выдумкой и ложью, попыткой объяснить незнанием непознанное и даже необъяснимое.

«Не умершим ты уходишь; ты уходишь живым». Но куда? В некий, созданный воображением служителей самых разных культов, мир? Загробный мир? Мир теней? Лучший мир? То единственное, к чему стоит стремиться? Нет, ты просто уходишь, уходишь навсегда, и жизнь уносишь с собой, лишаясь ее, лишая ее себя. То, что принадлежало тебе, то, что могло бы остаться твоим, рассыплется в Бесконечности, рассыпается уже сейчас с каждым твоим шагом, и все только из-за того, что ты сам, твои предки и предки твоих предков однажды уверовали в «спасительную» ложь, ложь Спасения, не в силах осознать простейшую формулу, которая могла бы наделить если не нас, то, по крайней мере, наших потомков, бессмертием, однако разбилась о невежество поколений».

ТЕНЬ
Оглядываясь назад

Перед уходом,

Я вижу позади

Лишь череду

Утраченных возможностей.

И тень,

Которая крадется, отбирая

Последнее из того,

Что у меня осталось.

Арсентий Сириус «Слово Пророка».

Кто он, этот загадочный старик, столь неожиданно появившийся в моей жизни? Действительно, мистификатор, как я представил его Лилианне? Либо и в самом деле некто из бесчисленного множества служителей, хранителей, воителей культа Книги Выхода? Выхода днем. И значит, наряду с жрецами видимыми, следы, упоминания, воспоминания о которых удержала в своих кладовых история, были и другие – безвестные, сохранявшие уходившее или уже ушедшее в безвозвратное прошлое безмолвной отвагой, мистическим, буквально на уровне инстинкта, превосходящим все возможности понимания, поклонением? И значит, есть он, существует, не только природный, но и божественный инстинкт? Иначе, какой смысл в одном из самых великих постулатов, существовавших всегда, но озвученным лишь Ведомым Влекущим: *«Каждый человек – мессия».* Да, каждый человек – хранитель, каждый человек – служитель, каждый человек – воин, вот только каждый по-своему воплощает, присущее ему. Ибо каждый, да не все. Каждых может быть много, а могут быть и единицы.

Мне не хотелось излишне утомлять Лилианну. Я отправил ее с Гражиной обратно в Хургаду, благо это было всего только в четырех часах езды, а сам остался в немыслимой жаре на краю пустыни. Надо сказать, что это устроило всех, даже Рамзес вздохнул с облегчением. Что говорить о Старике? Жару он переносил так, как будто ее вообще не существовало. Равным образом, как и кондиционер в номере нашего отеля.

ГЛАВА 5

Я очнулся и обнаружил себя там же, где был какое-то (по часам минут сорок, не больше) время назад: в бедуинской палатке, снаружи и изнутри обтянутой ковриками из верблюжьей и козьей шерсти, но только с трех сторон, на месте четвертой стены полыхал огромный костер. Мы все трое были в галабеях – обычной бедуинской одежде, проще говоря, то ли туниках, то ли балахонах белого цвета (хотя я мог бы выбрать и синий), закрывавших тело от шеи до пят.

Старик о чем-то оживленно шептался со своим собеседником: высоким, подвижным, хорошо сохранившим себя, хотя и еще более старым, чем он, коптом, который порой бросал в мою стороны острые пронзительные взгляды. Наконец, копт почтительно попрощался с нами: сначала со Стариком, затем со мной, и тут же растворился в ночи.

– Я, наверное, как-то неправильно вел себя? – пробормотал я смущенно. – Заснул совершенно не вовремя, пропустил такое красивое путешествие? Не обижайтесь на меня, просто день был не из легких, я очень устал.

— Вы не спали, — Старик смотрел на меня озадаченно, не в силах удержать нейтральное, столь характерное для него, выражение лица.

— Да, знаю, — кивнул я с досадой. — Я находился в трансе, но потом каким-то непостижимым образом все-таки выпал из него. Кстати, наверное, очень опасно то, что наше путешествие столь неожиданно прервалось, не исключено, что я теперь так навеки и останусь, пусть маленькой частичкой, в мрачном царстве Озириса. Жаль, мы ведь совсем недалеко уже находились от выхода. Я хорошо помню наше шествие к некрополю. Затем мы переместились на второй уровень, и там я вел себя вполне достойно и активно: набирался сил, возрождался к жизни, затем сражался с силами тьмы, перебрал в памяти всех своих врагов и расправился с каждым из них, покорял, преодолевал стихии, встававшие у меня на пути. Кстати, из всего этого могла бы получиться неплохая компьютерная игра, вас не коробит подобное мое утверждение?

— Нисколько, — лицо Старика вновь вернуло себе прежнюю невозмутимость.

— Никак не пойму, почему мне оказался не под

силу третий уровень? Возраст, наверное. Любой подросток, достаточно поднаторевший в подобного рода виртуальных сражениях, одолел бы его без труда. А я застрял где-то у Ладьи Миллионов Лет, а потом с позором отлетел в тартарары. Что я сделал не так?

Старик некоторое время задумчиво вглядывался в пламя костра, затем тряхнул головой и повернул ко мне свое сморщенное лицо. Только сейчас я осознал, под каким глубоким впечатлением от произошедшего он до сих пор находился.

– Вы разминулись со своим проводником, – сухо ответил он.

Я упрямо покачал головой.

– Не верю. Как такое могло быть? Вы же сказали, что он Посвященный третьей степени?

Старик молчал, не зная, что мне ответить.

Меня вдруг озарило:

– Понятно. Он испугался, не выдержал, сбежал. Оставив меня одного.

– Да. Именно так. Но вы ведь вернулись. И без потерь.

– Как без потерь? – разозлился я. – Я должен был

выйти совсем в другом месте. Я прекрасно помню, чем заканчивается третий уровень – Загробным Судом. И был бы совсем не прочь узнать объективное мнение (мнение богов!) о своих прегрешениях. У меня ведь есть еще время что-то исправить из них, загладить, замолить. Кстати, о чем вы шептались. Или это тоже секрет?

– Нет, просто Посвященный из посвященных много расспрашивал меня о вас, ну а конкретно он сказал только одну фразу: «Другое царство».

– «Другое царство»? Что за царство, почему другое? – недоуменно спросил я.

– А сами вы не могли бы ответить на этот вопрос?

Я все еще не вышел полностью из транса, Старику пришлось коснуться меня рукой. Тут мой ум обрел, наконец, долгожданную ясность.

– Понятно. Все-таки испугался старик. Соблазна сойти с привычного пути и последовать за мной. Выходит, я тоже Посвященный? Но какой же степени? Да, я легко могу войти в небытие и столь же просто выйти из него (первая степень), я могу делать это столько раз, сколько захочу (уже вторая!) и даже…

— ...можете водить желающих туда на экскурсию, — рассмеялся Старик. — Все, что вам сталось для этого: освоить азы гипноза.

— Вчерашний день! — пренебрежительно махнул рукой я. — Зачем совершать над человеком насилие, даже с его согласия, когда можно легко сыграть на его любопытстве? Я же говорил вам: компьютерная игра. Хоть для детей (адаптированная), хоть для взрослых. Такое путешествие уже никогда не выветрится в памяти. Кстати, какая степень посвящения у вас? Или это секрет?

Старик скривил губы.

— Ну, какой секрет? Но вас это может удивить — всего лишь вторая.

— Да, я удивлен, не скрою. Но почему же не третья?

— Будем считать, что я слишком честолюбив, и должность экскурсовода меня никогда не прельщала. Хотя Посвященные третьей степени пользуются огромным уважением среди нас, и мы охраняем их как зеницу ока. Кстати, и в деньгах содержание их обходится нам недешево.

— Вы постоянно говорите «нам». Все-таки, кто вы?

Старик поколебался немного, стоит ли быть со мной настолько откровенным, ведь, в сущности, наше знакомство было шапочным, и я вполне мог оказаться совсем не тем, за кого себя выдавал.

— Мы просто жрецы. Когда нашу страну поработили римляне, мы не только продолжали оставаться большой силой, но культ наших богов, особенно Изиды, успешно соперничал даже в самом Вечном городе с их традиционными богами. Однако уже при христианах нам пришлось нелегко: и нас и наши святыни они безжалостно истребляли. Вот тогда нам и пришлось уйти не просто в тень, как сейчас, а даже в подполье. Затем гонения сосредоточились на коптах-монофизитах, но все равно нам слаще не стало. Приход ислама мы встретили, как вам ни покажется это странным, как избавление, однако на поверхность все равно не стали выходить. Зачем? У нас и так достаточно было, есть и пребудет власти. Как вы помните, наверное, мы в свое время были даже богаче фараонов. Кое-что из этих богатств нам удалось сохранить. Но мы их не просто сохраняем, а приумножаем. Многое изменилось: в нас нет больше агрессии, основным делом нашей жизни стали охрана, защита. Памяти о нашей истории, наших богах. Мы везде там, где можем реально влиять на события именно с этой точки зрения, политика сама по себе нас совершенно не интересует. И тут мы используем любые возможности: туризм, Интернет, образование, историческую науку, редкие книги. Вот вы упомянули слово: компьютерная игра. Что ж, прекрасная идея! Мы обязательно ею воспользуемся, с вашего или без вашего позволения. Но я наверняка утомил уже вас своим многословием, я знаю – вас больше всего интересует направление, в которое мы вкладывали всегда и вкладываем до сих пор большую часть наших сил и средств: инобытие. И здесь я, прежде всего, хотел бы получить информацию от вас. Во-первых, что такое Другое Царство?

Что мне оставалось? Опять врать. Что делать, если больше за душой у меня никогда ничего иного не было?

– Другое царство... – пробормотал я с самым глубокомысленным видом, словно готовясь открыть своему собеседнику самую главную тайну Вселенной. – Если вы Посвященный, то прекрасно знаете правило: о таких значительных вещах, как, к примеру, инобытие, нельзя говорить прямо, нужно применять иносказание, которое в свою очередь приводит нас по цепочке к иномышлению и инопониманию. Так что Другое царство (возможно, я разочарую вас), это всего лишь другое измерение того мира, в котором мы с вами сейчас обитаем. Просто он очень заужен в нашем сознании, но его можно расширить. За счет того Царства, о котором вы только что говорили и даже обозначили его более чем конкретно: инобытие. Начнем с того, что инобытие Бытию не противоречит, оно лишь часть его, недоступная, либо непонятная современному (да и не обязательно современному), человеку. Если мы забываем что-то, утраченное тотчас отлетает в эту загадочную, и в то же время простую как дважды два, сферу. Если мы хотим жить дольше, богаче, счастливее, насыщенней, мы можем сделать это, только отодвинув границы Царства мертвых и увеличив тем пределы Царства живых. Ну а коли препятствие здесь только в тленности нашей плоти, преодолеем же его, буквально растопчем. Ваше учение о семи оболочках человека прекрасно, но что оно дает сейчас нам, обыкновенным смертным? Мой Учитель, Ведомый Влекущий, не заглядывает так далеко, он говорит лишь о второй оболочке – Теле, но эта оболочка может продлить жизнь любого человека в разы. Да, конечно, ваши представления об инобытии бесконечно превосходят представления о нем любых других религий, но вы должны сознавать, что и они, как и вообще все ваши святыни, боги, отныне не больше, чем история. А посему – Другое царство и новые, другие, Посвященные в нем.

Старик долго молчал, пытаясь осмыслить, им услышанное. Я не мешал ему. Наконец, он склонился в почтительном поклоне:

– Уже поздно, нам надо выспаться. Надеюсь, завтра мы продолжим наше путешествие? Какие места еще вы хотели бы посетить?

Я усмехнулся.

– Об этом я буду знать только завтра. Простите, если я вдруг чем-то обидел вас.

– Нет, нет, – поспешил успокоить меня Старик. – Вы были весьма и весьма тактичны и, конечно же, ничем меня не обидели. Я ведь сам спросил вас.

«На свою шею», – подумал я, но постарался ничем не выдать на лице своих мыслей.

Между тем Старик свернулся калачиком, и тут же

уснул.

Боже мой, наконец-то! Я с неимоверным трудом, уже который час, боролся с наваливавшимся на меня оцепенением. Однако спать в палатке мне не хотелось, я взял пару ковриков с пола и улегся прямо под открытым небом, недалеко от входа, не слишком близко к костру, но, в то же время, стараясь не слишком от него отдаляться.

Лучше бы я воздержался от этого. Вид южного неба, буквально нашпигованного звездами, совершенно ошеломил меня. Спать сразу расхотелось. Я перебирал в памяти события подходившего к концу дня и никак не мог понять, чем я так разочаровал в себе двух моих друзей-коптов. Верил ли я в их откровения? Конечно, верил, почему же они не верили мне?

С утра мы долго и сосредоточенно рассматривали картинки в столь заинтересовавшей меня книге. Старик терпеливо содержание каждой из них мне пояснял. Затем я выразил желание побывать в Хенобоскионе, и мы поехали в современную деревушку Наг-Хаммади. Конечно, ничего особенного, радующего глаз (Хенобоскион в переводе с греческого означает – «радость очей»), я там не увидел: все ту же пыль, серость и нищету, что и практически везде на пути моего следования. Но для меня крайне важно было своими глазами увидеть то место, где была обнаружена самая большая коллекция новозаветных апокрифов (в переводе с греческого – тайный, секретный) – раннехристианских писаний, которые Церковь в большинстве своем считает не «боговдохновенными», и даже «отреченными», не включая их в так называемый, обязательный для каждого верующего, канон.

Восемь безграмотных крестьян (уж наверняка в коптском языке ни уха, ни рыла не смысливших), в поисках природных удобрений для своих земель, наткнулись на огромный каменный кувшин, содержавший целую библиотеку какой-то неизвестной христианской общины (13 папирусных кодексов, разместивших на своих страницах 49 (без учета вариантов – 42) в большинстве своем совершенно неизвестных науке трактатов, в том числе даже три евангелия: Истины, Филиппа и Фомы). Эти рукописи впоследствии продавались и перепродавались, даже использовались на растопку печи, пока не были объявлены, в конце концов, национальным достоянием правительством Египта и не осели прочно в шкафах библиотеки Коптского музея в Каире. Ученому миру они дали колоссальный материал для размышлений, остается только порадоваться, что они были найдены не три-четыре века, а всего лишь 65 лет тому назад, иначе вряд ли кто-нибудь когда-нибудь хоть что-то узнал о них. Я отлично помню, какое сильное впечатление произвело на меня самого в свое время Евангелие от Фомы, готов цитировать его до бесконечности.

Еще мне очень хотелось поговорить о фараоне Эхнатоне, однако отношение Старика было настолько негативным к этой личности, что наш разговор о ней быстро сошел на нет.

Пожалуй, я переоценил себя: в какой-то момент возбуждение сменилось вдруг крайней усталостью. Сон мой был настолько глубок и крепок, что я даже не могу припомнить в своей жизни ни одной ночи, когда бы я так глубоко и крепко спал.

ГЛАВА 6

— Так, и где же здесь пирамиды? — услышал я вдруг фразу, которая буквально потрясла меня своей наивностью. Я даже не знал, что мне делать: расхохотаться, покрутить пальцем у виска или сделать вид, что я по достоинству оценил удачную шутку.

К счастью, Лилианна в этом плане оказалась гораздо дружелюбнее, великодушнее.

— Извините, Элен, но здесь нет пирамид. До пирамид еще ехать и ехать, они под Каиром, — благожелательно улыбнулась она полной американке в вызывающе коротких шортах и футболке с немыслимым вырезом.

— Ну, конечно, эти древние египтяне как всегда все перепутали. Думаю, и они не чужды были склерозу. Или точнее, склероз был не чужд им, — поспешил прийти на выручку жене, сверкая безупречными зубами, типичный «янки» в широкополой соломенной шляпе. И тут же протянул мне руку для знакомства: — Я Питер Рескин, а это моя вторая половина — Элен, Элен Рескин. У нее удивительно развито чувство юмора. Даже нашего пса перед отъездом она ухитрилась переименовать из Джокера в Джосера. Ну а теперь собирается стилизовать под пирамиду его будку. Я подозреваю, что Элли как раз и приехала сюда главным образом для того, чтобы сделать соответствующие эскизы. Просто сгорает от нетерпения.

Где-то я читал, что дежурные улыбки, показная доброжелательность очень вредно отражаются на состоянии нервной системы. Проводились какие-то специальные исследования среди обслуживающего персонала, но не исключено, что это обыкновенная газетная брехня. Я всегда предпочитал быть тем, кто я есть, тем более что в России времен социализма мало кто мог похвастаться идеальными зубами. И сейчас не корчил гримас, вел себя так же естественно, как обычно.

— Кстати, ваша жена много нам рассказывала о вас. В частности, о том, что вы определенно засиделись в Луксоре. Если вы, наконец, закончили здесь свои изыскания и решили двигаться дальше, мы могли бы с большим удовольствием составить вам компанию. Как я уже понял, маршрут у нас приблизительно одинаков: справа — море, слева —

пустыня, сзади – юг, впереди – север, особо не разбежишься. Одна беда: днем либо море, либо экскурсии, и это, без сомнения, фантастика, но по вечерам здесь определенно бывает скучновато. Почему бы нам в этом не объединиться? Есть такое утверждение, что там, где у двоих сводит челюсти от скуки, четверо вполне могут помирать от хохота. Чепуха, конечно, но кто-то, опять же не помню кто, сказал, что парадокс – кратчайший путь к истине.

Я молча кивнул, что вовсе не означало согласия на сделанное великодушное предложение, вообще не означало ничего.

– Мы просто подвезли их, – поспешила извиниться Гражина, подойдя ко мне ближе. – Эти двое со всем своим скарбом голосовали на дороге, не обращая никакого внимания на проносившиеся мимо такси. Автостоп в Египте! Полный дурдом!

Лилианна поняла, что теперь ее очередь извиняться и бросилась мне на шею.

– Милый, это я во всем виновата. Так соскучилась там, в Хургаде. Но зато набралась сил. Теперь готова с утра до вечера беседовать с тобой на, б-р-р-р, любые кладбищенские темы.

Гражина оперлась подбородком о ее плечо и мило прощебетала:

— Да и мне давно пора возвращаться к своим обязанностям. Иначе я совершенно потеряю квалификацию. Какова программа на завтра?

— Хотелось бы посетить Тель-аль-Амарну, — скромно потупил взор я.

— А, ну это уж совсем рядом, — в своей обычной благодушной манере осклабился Рамзес, медленно, но верно оттирая своим могучим торсом нас подальше от назойливых американцев.

— Тогда бай-бай, — высунулся из-за его спины как кукольный персонаж и помахал нам ручкой Питер, — мы как раз завтра тоже туда собираемся.

Элен в свою очередь одарила нас самой обворожительной из арсенала своих улыбок, не упустив возможность щелкнуть несколько раз всю честную компанию своим фотоаппаратом. Хорошо же, наверное, мы там смотрелись с разинутыми ртами!

— Господи, как они мне надоели! Уж как только мы ни отбрыкивались, какие доводы ни приводили — только Рамзес устоял, они все равно нас подпоили, — с облегчением вздохнула после их ухода Лиля. – Нет, я так больше не выдержу. Думаю, Гражина тоже. Может, как-нибудь переиграем маршрут на завтра? Всего только что-либо поменяем в нем своими местами? Как известно, от перемены мест слагаемых… Иначе от них ведь не отделаешься!

– Пусть только попробуют! – весело чмокнул я в щечку свою ненаглядную, по которой тоже успел изрядно соскучиться. Рамзес напустит на них всех местных калик перехожих, бомжей, торговцев, представив им эту злополучную парочку как переодетых гарун-аль-рашидов от благотворительности. И будет такое проделывать в каждом городе. Ручаюсь, после этого им небо с овчинку покажется.

– Боже, храни Америку! Вас, бедных туристов, и конечно, нас, гидов, – перекрестилась Гражина. – Да и вообще весь мир от таких идиотов!

Однако все принятые нами меры предосторожности оказались тщетными. Едва только мы закончили ужинать и собрались уйти в отель, как в дверь микроавтобуса постучали. Это был Питер Рескин с супругой. С бутылкой «Белой лошади» в руках.

– Привет! Всем добрый вечер, – снова, в который раз уже, одарил нас своей лучезарной улыбкой неугомонный «ковбой». – Мы к вам верхом, два заплутавших странника-всадника. Просто нам стало жаль, что такое замечательное знакомство могло бы не продолжиться. Надеемся, вы не все здесь подъели и хоть какая-нибудь закуска у вас найдется?

Гражина и Рамзес отнеслись к появлению неожиданных гостей не слишком благожелательно и решили, что им совершенно не обязательно присутствовать при нашей попойке. Гражина перед уходом еще раз уточнила, не передумали ли мы насчет завтрашней программы, я в ответ скорчил гримасу, как от нестерпимой зубной боли.

– Да, как у вас говорят, – усмехнулась пани из Вроцлава, – незваный гость хуже татарина.

– Ей-богу, – нашел я в себе последние силы пошутить, – при таком выборе при всей своей закомплексованности, я предпочел бы шведский вариант.

– Поздно. Вы его упустили, – со своим милым акцентом поддержала мои потуги очаровательная полячка. – Сейчас вам будет вариант «американский». Всю ночь в седле до белой горячки. Или как там еще у вас говорят: до белых чертей.

Не знаю, как мы так зазевались, но драгоценная наша книга каким-то непостижимым образом оказалась вдруг в руках Рескина. Он тут же с интересом принялся ее рассматривать. Старик первым опомнился и кинулся на защиту своей собственности с намерением книгу отобрать, но я сделал ему знак не привлекать к уже свершившемуся факту излишнего внимания.

– Извини, Питер, это не мое, – пробормотал я и указал на хозяина.

Старик молча ждал, чем закончится дело, склонив голову. Ручаюсь, американец не мог не почувствовать повисшее в воздухе напряжение. Даже Рамзес с Гражиной задержались на пороге.

– Ясно, – кивнул Рескин, то ли не заметив нашей реакции, то ли старательно делая вид, что ничего из происходящего не понимает. – Интересная книжуленция! How much? Сколько стоит?

– Очень дорого! Миллион долларов! Мне уж точно не по карману, – попытался отшутиться я.

– О, за такие деньги я мог бы купить Библиотеку Конгресса, – рассмеялся Рескин и тут же потерял (либо сделал вид, что потерял) к Старику и его сокровищу всякий интерес.

Мы все вздохнули с облегчением. На сей раз Старик, Гражина и Рамзес отправились в отель, а мы вчетвером остались в микроавтобусе.

– Ладно, так поскакали или нет? – с радостным нетерпением загоготал Рескин. – Или вы так и будете киснуть? Можете не опасаться, наша «лошадка» к местным подделкам не имеет никакого отношения, она аж из самого Нью-Йорка. Кстати, вы бывали в Нью-Йорке?

Мы признались, что нет еще, но не прочь были бы как-нибудь, при оказии, включить его в свою культурную программу.

– Кстати, где это?

– Совсем рядом, – расхохотался Питер, видя, что мы вновь ожили для шуток, и сразу почувствовав себя в родной стихии.

У меня не было никакого желания напиваться, у Лилианны тоже, но натиск был слишком велик. Лишь глубоко за полночь нам с трудом удалось отделаться от своих новых знакомых. Ну а дальше… Гражина не солгала, мы, действительно, скакали аж до самого утра, хоть и уже вдвоем, но все на той же лошадке. Не было никакой возможности с нее соскочить.

ГЛАВА 7

Мои чудачества продолжались. Гражина и Рамзес хорошо знали, что их ожидает, а вот Лилианна была совершенно ошеломлена видом, открывшимся ей после нашего подъема к тому, что осталось от некогда величественнейшего города Ахетатона (горизонт Атона), недолгой столицы великого царства, превосходившей своей красотой даже несравненные Фивы. Лишь мы со Стариком замерли в восхищении, восстанавливая деталь за деталью былое величие здешних мест силой своего воображения. Великолепные дворцы, храмы, сады, словно по волшебству явившиеся на пустом месте всего только за восемь лет. Четыреста золоченых алтарей «Солнечному Богу».

Как разнообразны деянья твои.

Они таинственны в глазах людей.

О, единственный, несравненный, всемогущий бог,

Ты создал землю в одиночестве,

Как пожелало твое сердце.

(Перевод Д. Воронина).

Тихо шептал я слова «великого гимна» фараона Эхнатона «единому и единственному» богу Атону, поражаясь тому, насколько в этом месте они звучат совершенно по-другому.

Все твари мира находятся в твоих руках,
Они такие же, какими ты их создал.
С твоим восходом они живут.
С твоим заходом они умирают.
(Перевод Д. Воронина).

Неохотно продолжил за мной Старик. Просто для того, чтобы лишний раз продемонстрировать мне свою эрудированность.

— Вы уверены, что никогда не измените своего отношения к этой выдающейся личности? — насмешливо спросил я.

— Нет, — твердо ответил египтянин.

Я задумался.

— Было бы странным, если бы среди ваших сокровищ не оказалось редкостных, а может, даже и вообще неизвестных, документов той эпохи. Я спрашиваю просто из любопытства, поскольку прекрасно понимаю, что за такой короткий срок — шестнадцать лет, невозможно создать сколько-нибудь ценное религиозное учение. Так я прав?

Старик не колебался ни секунды.

– Да, разумеется. Я же с самого начала вам сказал: только бизнес, ничего личного. Основной принцип его с веками не претерпел изменений: каждый сам решает, каким именно направлением ему заниматься, но любую, даже самую редкостную книгу, если в том есть соображения выгоды, он должен от сердца оторвать. Что же касается вашего остроумнейшего вопроса, то так и быть, не стану посылать навстречу ему столь же лукавый, то есть, обтекаемый, ничего не говорящий, ответ. Среди тех жрецов, которые подчинились новым веяниям было немало талантливейших людей, в особенности Мераби, который принял его с восторгом и которому Аменхотеп IV даже передал через какое-то время свои полномочия Верховного Жреца Атона. Естественно, они надеялись на то, что прошлое никогда не вернется, и разрабатывали новое учение с большим фанатизмом. В чем-то они продвинулись, однако временной промежуток, как вы справедливо заметили, был слишком мал. Только в этом была проблема. Хотя, конечно, у них были предтечи, в изощренных умах которых крамола давно втайне зрела.

– Да, я знаю, – поспешил я тоже проявить свою осведомленность. – К сожалению, вот этот очень важный момент многими исследователями упускается, а ведь культ «единственного, несравненного, всемогущего бога» стартовал не с пустого места, он долго и тщательно готовился. Процесс начался еще при Тутмосе IV, деде Эхнатона, но в полную силу раскрылся при его отце, Аменхотепе III, и уж там, за тридцать восемь лет, у тех, кто жаждал перемен, как раз было время, чтобы вволю поработать над новыми постулатами. Момент был как нельзя более благоприятным: Фиванская коллегия жрецов, оплот культа бога Амона-Ра, взяла в свои руки слишком большую власть, она пыталась, и временами довольно успешно, даже диктовать свою волю фараонам. Это и вынудило Аменхотепа III искать ей какой-то противовес, который он и нашел в новом культе. Ну а дальше… дальше он пошел даже на то, что не допустил фиванских жрецов к светской власти, поставив на освободившуюся и принадлежавшую Верховному жрецу по праву должность визиря своего, послушного, человека.

Старик поморщился.

– В принципе вы все изложили верно, но не упомянули о главном, либо попросту не учли его. То учение, которое было разработано под негласным покровительством Аменхотепа III и его жены Ти, да-да, ее роль очень велика в этой истории, было принято и возведено на пьедестал Эхнатоном не просто в выхолощенном, кастрированном виде, оно было во многом просто извращено. Не стану возражать: как вы справедливо изволили заметить, интерес к этому мальчишке-эпилептику сейчас во всем современном мире огромен, и будет дальше только расти, но в сути своей он не только вероотступник, но еще и предатель, ради своей личной шкурной грядущей славы пожертвовавший благополучием целой державы, самой великой на тот момент в мире.

– И что же стало с ними потом, с этими жрецами, – стараясь не слишком показывать свой интерес к заданному вопросу, спросил я. – Какова была их участь?

Старик пожал плечами.

– Ах, вы о них, атоновых псах! Как я понимаю, вас интересует конкретно: удалось ли кому-нибудь из них спастись? Да, конечно. Но очень немногим. Большинство из них умерло под пытками в невообразимых мучениях, но остались и здесь упрямцы. Мы преследовали и истребляли их потом веками, из поколения в поколение. До тех пор, пока преследование это не утратило всякий смысл. Тогда мы поставили им условие: они входят в наше объединение, принимая весь свод правил, которые мы издавна установили, с правом занять свою, особую нишу в нашем бизнесе. Сначала дело у них не пошло: планку они такую установили за свои свитки, что на моей памяти практически ничего из них не было продано. Но они много находят такого, что непосредственно для нас представляет интерес и перепродают нам. Я уже говорил: если учесть, в каких бедных странах мы обитаем, никто из нас не нищенствует, каждый по-своему, но мы все процветаем. Что еще вам сказать? Если вы интересуетесь документами той эпохи, они вам точно не по карману. Но у меня есть для вас очень хорошее предложение. И даже не одно, а целых два.

Я довольно холодно прореагировал на его слова.

– Интересно. И в чём же они заключаются?

Старик хитро усмехнулся.

– Во-первых, вы могли бы быть по совместительству одним из наших торговых агентов. Как я уже говорил, мы хорошо платим за редкие книги по интересующим нас вопросам. Где вы их раздобудете: в Париже, в Риме, в Тегеране – нам безразлично. Во-вторых, вы много говорили о том новом Царстве, которое грядет, и я понял, что речь идёт о чём-то, действительно, значительном. Мы могли бы купить у вас любые рукописи по этому вопросу. Повторяю: именно рукописи, а не факсимиле.

Я не раздумывал ни секунды.

– Принимается. Оба предложения. Я не настолько богат, чтобы упустить хоть какую-то возможность заработать. Если, конечно, вы и в самом деле в состоянии мне хорошо заплатить.

– Достаточно хорошо, уверяю вас. Если хотите, мы можем договориться сразу сейчас, конкретно.

Я кивнул:

– Очень хочу.

– Что вы можете предложить?

– В первую очередь все-таки факсимиле. С рукописи того человека, который по своей значимости бесконечно превосходит меня самого. С моими пометками и комментариями (на сей раз от руки, моей руки) прямо на тексте. Ну а еще три свои книги, но мне нужно время, чтобы изготовить их копии в виде манускриптов. Что бы это, действительно, была hand made – ручная работа.

– Сколько вам понадобится для этого времени?

– Чуть больше года.

– Хорошо, – кивнул Старик, – оставьте свои координаты, мы с вами свяжемся и договоримся точно.

Мы старались держаться не слишком в стороне, и в то же время, не соприкасаясь с другими туристами, которых, здесь, как ни странно, хватало. Гражина и Лилианна давно уже спустились к автобусу, Рамзес из него, по всей видимости, и не выходил.

Улучив момент, Старик неожиданно повернулся ко мне и стал вплотную, так что наши головы совсем сблизились. Тет-а-тет, как говорят французы, «голова к голове»:

— Есть и еще одно предложение, третье, но оно больше вам, а не нам интересно. Не догадываетесь, в чем дело?

Меня вдруг осенило. Наконец-то включились мои мозги.

— Стать Хранителем?

— Да, стать одним из нас. У вас будет свой сегмент рынка, то есть, специализация, свои люди, которых вы сами себе и подберете. Я уже не говорю о возможности передать со временем надежное, доходное дело своим детям. При всем при том вам совершенно не обязательно будет, закутавшись в бурнус, сидеть здесь, в пустыне, вы можете выбрать местом обитания любую страну мира. Наш бизнес таков, что в любой точке земного шара вы можете покупать, и в любой точке продавать. Единственное условие — невозможно быть Хранителем по совместительству, эта миссия как минимум на всю оставшуюся жизнь и даже на жизнь многих поколений.

Я покачал головой. Соблазн был слишком велик, но я не из тех, кто способен обольщаться химерами. Или дать обольстить себя.

– Это второе по степени заманчивости предложение из тех, которые я получал когда-либо в своей жизни, – горько сказал я. – Но вы не представляете себе, насколько плотно меня опекают и, соответственно, насколько опасно для вас со мной соприкасаться.

Старик презрительно фыркнул.

– Сколько тысячелетий прошло, а мы живы. И всегда процветали. Вы просто не сознаете наших возможностей, нашей власти. Если вы еще не поняли, то знайте, нет ничего на свете сильнее власти жрецов. Да, мы «слуги» (а именно так, как вам должно быть известно, переводится это слово), но слуги не людей – мы слуги Божьи. Если вы вдруг когда-нибудь решитесь и станете одним из нас, вы сразу сделаетесь невидимкой: неуязвимым, неподвластным, недостижимым. Но, повторяю, только в пределах вашего статуса Хранителя и вашей сферы влияния в нем.

– Хорошо, я подумаю, – качнул я головой.

Больше мне ответить было нечего. Предложение было сделано, все размышления целесообразно было отложить на потом.

Однако у Старика было другое мнение, он не дал нашему разговору иссякнуть.

– Ладно, подумайте, – усмехнулся он. – Но во всех случаях знайте, если вы откажетесь, мы подберем взамен вам кого-нибудь другого. Поймите меня правильно, мы не можем оставить такой важный, новый сегмент рынка без своего присутствия. Свято место не может быть пусто.

Я разозлился, но, собственно, на кого мне в данном случае было обижаться? Только на свой слишком длинный язык. И в то же время я не мог остаться вот так, разбитым в пух и прах.

– Может, я покажусь вам слишком любопытным, – издалека начал я отыгрывать очки, – но если это не покоробит вас, ответьте мне: возможно ли, пусть даже за очень большие деньги какую-нибудь инкунабулу, редкостный исторический документ, уничтожить?

Старик долго молча раздраженно шевелил губами. Ему не хотелось отвечать на мой вопрос. Наконец, он все-таки решился:

– Среди Хранителей нет таких людей, никто из нас не станет противоречить своей сущности. Но, в принципе, такие люди существуют.

– Истребители?

– Да, можно и так их назвать. Сначала мы просто боролись с ними, потом решили сделать по-другому: мы решили уничтожить их как явление. Уверяю вас, сейчас в нашей коллекции нет ни одного уникального материала, который не был бы несколько раз продублирован. И даже в той, устной, традиции, которая сохраняется до сих пор, слишком много людей надо убить, чтобы уничтожить истину.

– Но, насколько я знаю, существуют еще и Чистильщики. Что вы о них можете сказать?

Старик на сей раз замолк надолго, затем ответил со вздохом:

– Да, наша миссия (именно миссия, а не работа, вы правильно выразились) небезопасна. Но кто-то ведь должен ей следовать?

Я не стал его дольше мучить.

И все-таки самое интересное, что было в этой поездке – нам каким-то образом удалось отделаться от парочки назойливых американцев. Мы даже боялись поверить своему счастью. Но, я думаю, здесь наверняка просто сработал национальный прагматизм: в последний момент Рескин и его супруга узнали, что в Тель-аль-Амарне делать совершенно нечего и спешно пересмотрели свой дальнейший маршрут.

ГЛАВА 8

Египет и дальше не давал нам соскучиться, продолжал и продолжал удивлять нас. На что мы надеялись? Что столица поразит нас невиданной роскошью и благолепием? Но Каир выглядел не менее грязным и убогим, чем остальные города. Почти миллион бомжей в Городе мертвых, да и в Городе живых часть домов стояла без крыш, в крайне неухоженном состоянии. Как объяснила Гражина, это для того, чтобы не платить налоги за полноценное жилище. Хотя, честно говоря, ни меня, ни Лилианну не интересовало, как здесь люди обитают. Я не за тем сюда приехал. Но как бы то ни было, только здесь я мог найти ответы на некоторые вопросы, которые были для меня крайне важны.

И тут, действительно, была сказка. Она началась сразу же, как только мы выехали из Тель-аль-Марны. Гражина, чтобы показать, что она все-таки не даром ест свой хлеб, завела речь о фараоне Эхнатоне. Для меня в ее рассказе не было ничего нового, Старик вообще откровенно зевал, но вот для Лилианны эти слова были поистине откровением.

Сам я до сих пор не определился в отношении к

этому человеку. Беда, если сапоги начнет тачать пирожник, а пироги печь – сапожник, так, кажется, говорят, когда человек начинает заниматься не своим делом. Многие великие умы всерьез считали, что справедливость может восторжествовать только в том случае, если государством будет управлять философ. Ах вот в чем беда? Вот в чем панацея от всех несправедливостей и невзгод? Но ведь такие случаи бывали. Восемнадцать лет правил римлянами император-философ Марк Аврелий, у которого, однако, хватило ума не подменять глубокомысленными рассуждениями свои прямые обязанности. Четырнадцать из этих восемнадцати лет он провел в военных походах, храбро сражался бок о бок со своими легионерами, а в перерывах, чаще всего при свете костра, как раз и записывал свои мысли. Конечно, во время своих нечастых наездов в столицу, он непомерно превозносил своих собратьев по любомудрию, создавал им для творчества и пропаганды своих идей идеальные условия, числилось за ним много и других чудачеств, однако все ему, как храброму воину, прощалось. И тем не менее, что дало его «просвещенное правление» Риму? Средненького императора и одного из самых великих умов в истории человечества. Одно качество в другое так и не переросло.

Что было здесь. Во главе империи, в далеко не самом удачном ее периоде, встал не философ даже, а кичливый богослов (что для Платона и Аристотеля разницы никакой, собственно, не представляло, так как в Древней Греции были жрецы, но богословов еще не было). Так вот, фараончик этот своими императорскими обязанностями явно пренебрегал. Его привлекала только идея Единого бога. Больше всего он напоминал Ленина в самом раннем периоде его правления. Однако Ленин сравнительно быстро перестроился, Эхнатон же так и продолжал забавляться найденной любимой игрушкой до конца своих дней. Конечно, была еще Нефертити, его жена, ставшая одним из эталонов женской красоты на все времена, были огромные перемены в искусстве, когда людей, природу, жизнь стали изображать такими, какие они есть, то есть не приукрашивая. И еще многое что другое. Но самое главное, причем совершенно непонятное, прав был Старик – люди в основной своей массе давно забыли, за редким исключением, почти всех прочих египетских фараонов, а интерес к этой личности с годами не развеивается, а наоборот, лишь растет.

Что ж, в Каире, действительно, было чем полюбоваться. И именно здесь я ощутил для себя все значение в этой поездке Лилианны. Она была как бы катализатором, мне куда интереснее было смотреть на многие вещи не своими, а ее глазами. Хотя, собственно, сами достопримечательности меня мало привлекали. Порой даже знакомство с ними было нелегким испытанием. Я имею в виду в первую очередь посещение пирамид. Представьте себе узенький тоннельчик, идти, точнее, ползти, по которому можно только вперед, поскольку ты в связке, плотно зажат между другими людьми, товарищами по несчастью. Вентиляции никакой: ни принудительной, ни естественной. Удивляюсь, как это никто еще не додумался ходить туда с кислородной подушкой. Но у первопроходчиков опыта нет, а второй раз туда уже никого не затащишь. Минут через десять-пятнадцать мумифицированный трупчик, затем той же вереницей поход обратно. Если взять наш советский ленинский мавзолей, то он выглядит на этом фоне образцом гуманности.

Возле Сфинкса с его перебитым носом (частенько, вероятно, приходилось отстаивать свое место под солнцем, а может, наоборот, как раз сослали сюда за драчливость) мы наткнулись на наших приятелей-ковбоев.

— Ну, Элен, и как пирамиды! — сразу перешел в наступление я.

— О, чудо! Изумительно! — ответствовала она. — Особенно вон та.

Не знаю, что уж она нашла в пирамиде Хефрена, на мой взгляд Хеопс, Джосер куда интереснее, но в принципе, кто ж признается? Оно и в самом деле — рай для токсикоманов.

— Господи, как же так получилось, что мы разминулись? — не уставал удивляться Питер. — Вы в последний момент передумали? Или все-таки были там, просто выехали пораньше? Мы вас весь день искали. И как вам Роммель — знаменитый Лис пустыни? Хорош сукин сын! Но напоролся на наших ребят, задали они ему жару.

С трудом, но я понял, что вместо Тель-аль-Марны

Рескины двинулись прямиком в Эль-Аламейн и, естественно, узнали там для себя немало интересного. Как бы то ни было, теперь они ходили за нами след в след, и не было никакой возможности от них оторваться. В зал Эхнатона в Музее египетских древностей Старик все-таки со мной не пошел. Пришлось мне нанять местного экскурсовода.

К счастью, пути наши с американской парой все-таки разошлись. Мы собирались в Александрию, они же туда поехали сразу после Эль-Аламейна, а теперь, после Каира, собирались на Синай, ну а затем и дальше, в Израиль. От поездки в Александрию они нас отговаривали, утверждали, что там нечего смотреть. И вообще, были занудливы и навязчивы, как обычно. Вечером нам все-таки не удалось отвертеться от общения с ними, хотя мы предпочли нейтральную территорию: небольшой ресторанчик с местной кухней.

Мучения наши, конечно, трудно было передать. На этот раз нам не удалось уклониться от красочного рассказа о фашистском фельдмаршале Эрвине Роммеле и его достойном сопернике британском генерале Бернарде Лоу Монтгомери, уже не в сокращении, а во всех подробности, которые Рескин, еще находясь у себя, в Америке, досконально изучил. Мнения наши разделились, Лилианна втихомолку прозвала Питера Скунсом пустыни, я был куда более великодушен, окрестив его всего лишь Опоссумом Эль-Аламейна.

Со Стариком мы расстались еще в Каире, ехать на Синай с нами он категорически отказался, а на Александрии мы и сами не настаивали. Я напоследок в очередной раз просмотрел успевшие полюбиться мне иллюстрации в драгоценной книге, затем мы сердечно попрощались.

«Книга лучше расписного надгробья и прочнее стены. Написанное в книге возродит дома и пирамиды в сердцах тех, кто повторяет имена писцов, чтобы на устах была истина…» (Здесь и далее перевод Д. Воронина), – загадочно проговорил Старик на прощание.

Я усмехнулся: неужели он всерьез думает, что я не знаком с такой жемчужиной, как «Прославление писцов»? Или это последняя «проверка на вшивость»?

«Они не строили себе пирамид из меди и

надгробий из бронзы. Не оставили после себя наследников, детей, сохранивших их имена. Но они оставили свое наследство в писаниях, поучениях, сделанных ими...» – продолжил я приведенную цитату.

«Построены были двери и дома. Но они разрушились, жрецы заупокойных служб исчезли, их памятники покрылись грязью, гробницы забыты. Но имена их произносят, читая эти книги, написанные, пока они жили, и память о том, кто написал их, вечна», – увлеченно декламировал Старик, но я не стал дальше продолжать эту игру. Если для него это так важно, пусть за ним останется последнее слово. Хотя бы по праву его возраста, старшинства.

– Что ж, я рад, что не ошибся в вас, – произнес между тем он вдруг фразу, которая застала меня врасплох: уж слишком был велик контраст перехода от одного вопроса к другому.

Я вздрогнул и стоял с минуту в растерянности, не в силах скрыть своего замешательства.

Старик продолжил, посмеиваясь, весьма довольный произведенным впечатлением:

— Я даже не смел надеяться на то, что мне удастся не только пообщаться с вами, но даже и заключить с вами необычайно важный для нас, Хранителей, договор. Здесь помогла ваша исключительность. Вы, как видно, имели ничуть не меньшее желание встретиться с нами. Закинули удочку наугад, придумали великолепный предлог. Как бы то ни было я сейчас очень счастлив, чувствую себя глупым мальчишкой. Когда-то я мечтал в выбранной мною стезе о каком-то, подобному этому, чуде, потом понял, насколько я был наивен. И вдруг, в глубокой старости, в преддверии полной немощи... Это все равно, как если бы лицезреть живого бога. Как бы то ни было, знайте: если когда-нибудь вам вдруг понадобится наша помощь, мы гарантируем вам полную возможность выполнить без помех вашу миссию, пройти весь путь до конца.

Оставшись один, я долго не мог успокоиться. То, что мгновение назад произошло, бесконечно превосходило возможности моего воображения. Почему самые разные люди, встречаясь со мной на стыковых, важнейших отрезках моего пути, оказывали мне столь явные знаки почтения? Ведь стоило мне хоть чуть-чуть свернуть в сторону, просто выйти на улицу и начать проповедовать Слово, Слово Вечной Жизни, в любой, даже самой доступной, форме, как надо мной тут же начали бы смеяться, а то и вообще – упрятали в сумасшедший дом. Вот этот старик, к примеру, кем он был на самом деле? Как ни крути, ни к «фанатикам», ни к «гелекси» его никак нельзя было отнести. Однако и выдумать то, что он мне постоянно на протяжении всего нашего пути преподносил, было невозможно. Есть пределы любому воображению. Ясно, что он олицетворял собой какую-то третью силу. И не было у меня никакого выхода, как только поверить в нее, проникнуться ею.

ГЛАВА 9

– Ну что, теперь Синай? – спросила Гражина после того, как мы вдоволь налюбовались вновь отстроенной, знаменитой в свое время, Александрийской библиотекой – типичный новодел.

Мы молча кивнули, явно удрученные. Как ни относись к ним самим как к личностям, в одном Питер и Элен оказались правы: смотреть в Александрии и в самом деле было совершенно нечего.

Где Цезарь, где Клеопатра, где века владычества в сих благословенных местах великой Римской империи?

«Да, конечно, – с грустью подумалось мне, – роль христианства в истории человечества неоценима, но… Впрочем, сколько раз можно повторять одно и то же?» «Кто ненавидит мир? Те, кто растерзал истину», – шептал я про себя бессмертные слова блаженного Августина, вкладывая в них, однако, совершенно другой смысл. Где бы мы были сейчас (я имею в виду человечество), если бы эта библиотека, в период своего расцвета насчитывавшая около 700 тысяч томов по самым разнообразным отраслям знаний и сожженная в свое время фанатиками разных мастей, была бы до сих пор цела?

Настроившись на долгий путь, я уже готов был погрузиться в дрему, когда Лилианна неожиданно растолкала меня.

— Вон, смотри!

Зрелище, действительно, было необычное. Старик и Питер Рескин. Что могло связывать этих двух людей? Но они яростно спорили, размахивали руками, не обращая на проходивших мимо людей никакого внимания. Чувствовалось, что разговор этот был не первым, создавалось впечатление, что они продолжали уже давно начатый торг. Ай да Питер! Ай да сукин сын! Он ведь не собирался в Александрию! Как, впрочем, и Старик тоже.

— Я не хотела вам говорить, — неохотно пискнула Гражина, — но они давно снюхались. Во всяком случае, эта их встреча, по меньшей мере, третья на моей памяти. Да и вообще, он не так уж и прост, этот ваш Скунс пустыни, как вы его метко прозвали. Но, в принципе, у каждого свой бизнес. И если люди в чем-то нашли выгоду друг в друге, можно только пожелать им удачи в делах.

Стоит ли говорить о том, что после увиденного всю мою дремоту как рукой сняло? Сколько я ни размышлял о том, что могло связывать Опоссума Эль-Аламейна со Стариком, ничего вразумительного в голову мне не приходило. И вопрос тут был не в ревности, действительно, какое мне было дело, как метко выразилась Гражина: бизнес есть бизнес, два человека нашли друг друга и можно только пожелать им удачи в делах, но… Весьма возможно, что Старик, как я и преподнес его Лилианне, был просто мошенником, а книга, с которой я носился столько времени, как с писаной торбой, всего лишь подделкой. Хотя… То, что я видел, конечно, без особого труда, при современном развитии полиграфии, можно было скопировать, но где в таком случае был оригинал? Ни о чем подобном я ведь никогда не слышал, а рисунки вообще были уникальны.

Поэтому куда важнее было другое: с какой стати Рескина заинтересовали книги, в которых он ничего не понимал, и которые могли стоить бешеные деньги? Кто он на самом деле? Ясно было, что тот карикатурный образ опереточного янки, под которым он скрывался, не имел никакого отношения к действительности, и все-таки? Истребитель? Еще один кандидат в Хранители?

Впрочем, какая мне разница? Мое убеждение о третьей силе, увиденное ничуть не поколебало, а значит, зачем мне так глубоко копать, зачем я корчу из себя ученого-египтолога? Мне предложили конкретное дело и конкретные деньги, от которых я не собирался отказываться, а все остальное – от лукавого. На том я и успокоился.

Как бы то ни было, наше путешествие подходило к завершению. Будь моя воля, я вряд ли поехал бы на Синай. Это была уже совсем другая история, другая цивилизация, другой этап в развитии человечества, а я и так был переполнен впечатлениями сверх всякой меры. Но Лилианна меня бы просто не поняла. Поразмышляв на эту тему, я счел, что нельзя лишать ее и другого – Стены плача, о которой мы говорили еще во время первого нашего знакомства. Ведь для меня это был всего лишь вопрос денег, а для человека – вопрос веры, разве можно было кидать на весы столь разные вещи? Поэтому мы решили: после экскурсии на гору Моисея отдохнуть несколько дней на море в Шарм-эль-Шейхе, а потом уже разъехаться в две разные стороны: я – в Париж, Лилианна – сначала в Израиль, затем обратно к себе в Россию.

После того, как нами был обговорен окончательно маршрут финала нашей поездки, Лилианна предложила мне отказаться от дальнейших услуг Гражины и Рамзеса и передвигаться дальше самостоятельно. Однако у меня слишком свежи были в памяти первые впечатления от приезда, чтобы я стал жадничать напоследок. Поэтому мы решили, что конечной точкой нашего путешествия станет Шарм-эль-Шейх. Но и там сами мы вполне могли бы промахнуться с хорошим отелем. В той же Хургаде нам было что сравнивать: та дыра, которую мы сами выбрали и «Синдбад-аквапарк», в котором разместились потом с легкой руки нашей пани.

ГЛАВА 10

Мы прибыли в Санта-Катарину в два часа ночи, я нисколько не возражал по этому поводу – значит, так было надо. Нас вооружили светодиодными электрическими фонариками, заставили переодеться и даже переобуться, предупредив, что наверху будет очень холодно. Гражина предложила на выбор: либо она поднимается вместе с нами, чего ей явно не хотелось, либо мы можем за смешную плату нанять проводника, которые вертелись вокруг нас, как коты вокруг сметаны. Я выбрал Гражину. Рамзес остался в автобусе, чтобы заняться любимым делом – поспать после ночной дороги.

На площадке было безлюдно, но когда мы начали подъем, то обнаружили здесь целый караван. Кого тут только не было: русские, немцы – это само собой, но вот индусы, китайцы, японцы – их, по всей вероятности, интересовала не личность легендарного пророка, а экзотика сама по себе, то есть, в любом ее виде. Практически у каждого фотоаппараты, видеокамеры, пришлось и мне выступить в качестве фотографа. Сам я предпочитал не засвечиваться.

Высота 2250 метров, где-то два с половиной – три

часа топать по серпантину. Не каждый выдержит, но Лилианну было не узнать. Конечно, она прокатилась немного на верблюде, но больше для экзотики, чтобы похвастаться потом снимками. Мы очень быстро оценили преимущества наших кроссовок, в сравнении с туфлями, даже шлепанцами некоторых, по меньшей мере, легкомысленных, туристов и туристок. Да, конечно, умный в гору не пойдет, но если уж пойдет, то все предусмотрит, чтобы получить от восхождения удовольствие, а не пожинать потом плоды своего разгильдяйства.

Вот так мы и продвигались в кромешной тьме, тут еще местные бедуины постоянно мешались со своими верблюдами. Что ж, у каждого свой бизнес.

Подъемы становились все круче, тропа каменистей. Перед последней преградой мы остановились. Гражина, переносившая все тяготы восхождения совершенно легко и спокойно, даже с благоговением истинной католички на лице, тут предложила два варианта: либо мы идем напрямик: преодолевая полсотни ступенек высотой сантиметров 60-70 каждая, либо двигаемся в обход, но это будет гораздо дольше. Конечно же, мы двинули напрямик, конечно же, Гражина в этом нисколько не сомневалась, предлагала так, для проформы. Русские, что с них взять! Конечно, это был полный кошмар: кости болели, мышцы растягивались до безумного предела, сердце вот-вот готово было выпрыгнуть из груди, но самое печальное – мы практически ничего не выиграли в сравнении с теми, кто выбрал второй, обходной, вариант. И все же, это было не главное, главное, что и они и мы успели вовремя. Так мы и сидели потом на вершине, совершенно зачарованные. На востоке – рассвет, на западе – красно-золотые скалы нашей горочки, внизу – плоская долина, на которой евреи, по всей видимости, и дожидались своего пророка, чтобы он принес им с Синая Тору – свод законов, по которому им предстояло жить, чтобы после сорока лет блуждания по пустыне и буквально выпаривания тем из себя рабства, стать свободным, избранным, великим народом.

Честно говоря, до последней минуты я не понимал себя: зачем мне весь этот экстрим, другое дело – Лилианна, она была, несомненно, верующей и побывать в таком месте для нее было незабываемым счастьем, особенно если учесть, что впереди ее ждал

Иерусалим. Вполне можно было отпустить ее вместе с Гражиной, а самому прекрасно выспаться в автобусе с Рамзесом. Но то, что я увидел, потрясло меня, неожиданно стало блестящим завершением всех моих египетских изысканий. Я сидел в этой красоте, перевоплотившись на какой-то момент в легендарного Моисея. Затем этот образ вдруг покинул меня, и я остался с Богом наедине. Я спрашивал Его, не поддался ли я гордыне, Его ли воля столь круто переминала сейчас и последние полтора года всю мою жизнь, оторвала от семьи и забросила так далеко на чужбину? Не впадаю ли я в жалкий, убогий богострой со своими толкованиями, как какой-нибудь древний еретик: к примеру, Валентин или Маркион?

Нет, я был на верном пути. Только здесь, на горе Моше, я понял это.

«Мысль, а не Слово». «Мысль, а не Слово» – настойчиво стучалась в мое сознание странная фраза. Хотя, что в ней было непонятного?.. Еще Пифагор провозгласил: «Мысль – прежде всего между людьми», а Симон ересью своей вывел созидательную цепочку: Разум-Мысль-Мир. Мысль, как порождение Разума, сотворяющая, в свою очередь, все вокруг.

Выходит, и я язычник либо еретик? Считайте, как угодно, но от этого озарения я уже отступать не собирался. Из четырех евангелий, составляющих собой основу Нового завета в христианстве, три: от Марка, от Луки и от Матфея, принято считать схожими, вытекающими друг из друга, имеющими один корень, один источник, по– научному они называется синоптическими, а вот евангелие от Иоанна стоит в этом ряду особняком, так как корень, источник его другой. Мы все помним первую его фразу, которую потом тщетно пытаемся осознать всю оставшуюся жизнь: «В начале было Слово, и Слово было у Бога, и Слово было Бог». Результат моих размышлений над этим постулатом явился мне только сейчас. В начале, все-таки, было Деяние – так научил меня Египет – таинственное сошествие Духа в созревшую для его принятия оболочку, именно оно и зачало Мысль. Мысль от Бога пробудила Сознание, Оно в свою очередь пробудило Человека, который думал с тех пор, прежде всего о Боге (Мысль о Боге породила Слово), в той мере, в которой это для него было доступно: то есть, творил либо искал Его. А может, делал и то и другое одновременно.

Никто не мешал мне, каждый из нас троих был погружен в свои мысли. Затем мы тем же путем спустились обратно, вот только напрямую уже не стали бить ноги, коварные ступеньки предпочли обойти. Когда я спросил Гражину, почему она не осталась в автобусе, а пошла с нами, она сказала:

– Я никогда не упускаю, при удаче, такой возможности. Есть убеждение, что восхождение на Джабр-аль-Муса освобождает человека от груза совершенных им грехов. Учитывая, сколько раз я здесь была, я давно уже с крылышками, как ангелочек. А как у вас там, под лопатками, кожа не чешется? Нет? Жаль, надо было заранее вас предупредить, не с тем настроем сюда карабкались. А может, вы атеист?

Я, несколько смущенный, отшутился:

– Да, первый блин комом. И в самом деле, настрой был не тот. Что ж, придется побывать здесь еще раз.

– Многие так говорят, – загадочно улыбнулась Гражина, – но мало кто в действительности исполняет подобный зарок.

ГЛАВА 11

Мы не можем назвать истинно верующими, и даже просто верующими, еретиков, сектантов, атеистов и иже с ними, так как фигура Посредника доступна им лишь на уровне философа либо какого-нибудь ересиарха, а стало быть, недоступна вообще.

Однако она недоступна и для истинно верующих. Недоступна напрямую. Лишь через существующие в мире великие религии.

Этой линии я стал придерживаться уже давно, задолго до того, как соприкоснулся с мыслями Шестого Пророка. Вот почему еще до недавнего времени я с непростительным пренебрежением относился к апокрифам. Сейчас, взглянув на христианство уже не просто глазами верующего человека и даже не ученого-богослова, а представителя совсем другой религии, я нашел для себя, что как раз апокрифы являются для меня самым ценным материалом и источником для размышлений. Далеко не случайно в прошлый раз я так рвался посетить Наг-Хаммади, чтобы собственными глазами увидеть то место, где были найдены «утерянные кодексы». Как я ни пытался остаться на прежних позициях по отношению к ним, в тех вопросах, которые я пытался осветить сейчас, одни только канонические тексты не давали мне возможности по-настоящему углубиться в проблему. Они столько раз переделывались, дописывались, подгонялись под необходимые, как Учению, так и Церкви, Обществу стандарты, что порой поневоле приходилось относиться к ним критически. С апокрифами дело обстояло иначе: они отрицались, уничтожались, критиковались, опровергались, но по большей части так и дошли до нас в первозданном виде. Те из них, естественно, что дошли.

После горы Моше, по приезде в Шарм-эль-Шейх мы, как и планировали, расстались с Гражиной и Рамзесом, весьма довольные друг другом, и остались с Лилианной наедине. Для нас ничего теперь не существовало, кроме отдыха, моря и нашей любви. Однако как я ни тщился, я не мог остановить свои мысли.

И Иисус сказал: «Когда станете двое одним, а внутреннее станет как внешнее, и внешнее как внутреннее, а высокое точно низкое! И если сделаете из мужчины и женщины единое, чтобы мужчина более не был мужчиной, а женщина – женщиной; (…) тогда войдете в царство».

Евангелие от Фомы, 27 (Перевод М. К Трофимовой).

Симон Петр сказал им: «Мария, удались от нас, поскольку женщины не достойны жить». Иисус сказал: «Вот возьму ее с собой, чтобы сделать ее мужчиной, чтобы и она стала живым духом, подобным нам, мужчинам. Ибо всякая женщина, которая станет мужчиной, вступит в царствие небесное».

Евангелие от Фомы, 118 (Перевод М. К. Трофимовой).

В канонических евангелиях эти слова Иисуса звучат по-другому. Многим исследователям кажется, что здесь они слишком резки, а там смягчены, но сейчас прочтя их, я нашел в них нечто совсем другое. Не этими ли логиями вдохновлялся Ведомый Влекущий, провозглашая свое непререкаемое и неопровержимое: *Плоть и Тело – не одно и то же?* Что же получается? Ни для женщины, ни для мужчины царствие небесное недостижимо до тех пор, пока они не избавятся от Плоти и не обретут Тело? А все разговоры церковников на эту тему не более, как извращение слов Спасителя? Но тут же и противоречие самому себе: «чтобы и она стала живым духом, подобным нам, мужчинам», «всякая женщина, которая станет мужчиной, вступит в царство небесное».

Охотно признаюсь – я не слишком силен в христианской логике, древние греки, римляне куда понятнее мне и ближе. Однако сколько ни изощряйся в словоблудии, какими великими понятиями ни прикрывайся, пока Плоть есть Плоть, уподобление женщины мужчине может нести Обществу, Человеческой Цивилизации только одно: гибель, смерть.

Египетские ночи. Сразу оговорюсь, что это словосочетание не имеет никакого отношения к одноименному произведению Пушкина, но для меня эти несколько дней и ночей, проведенные с любимой женщиной, стали откровением. Я понял, что до этого я знал в лучшем случае только влюбленности, а о любви никакого, хоть сколько-нибудь верного, представления не имел. Но дело было не только в этом. Само понятие «женщина», как выяснилось, было прежде для меня тайной за семью печатями. Люди говорят в таких случаях: «теперь мне не страшно умереть»... Что следует дальше, не столь уж важно: объездил ли человек мир, открыл ли то, что мечтал, в науке. Однако со мной все было наоборот: с каждым откровением, с каждым месяцем новой жизни, с каждой минутой счастья отчаяние мое при мысли о смерти становилось все непереносимее.

Был ли я любим? Не знаю. Наверное, да, но в общепринятом смысле этого слова. Не скрою, в том воодушевлении, в котором я находился, мне хотелось бы большего. Но для этого мне нужно было открыться, рассказать Лиле о себе истинном и о тех истинах, которые с недавнего времени мне открылись. Только в этом случае мы могли бы стать едины, но что после подобных откровений было бы делать мне дальше?

С тем мы и расстались в аэропорту. Я улетал

первым.

Конечно, мы ни о чем другом не говорили, как только о наших чувствах.

Конечно, мы не просто мечтали, а даже всерьез договаривались о нашей следующей встрече.

И, в принципе-то, она одна, и я одинок, что нам препятствовало соединиться?

Однако я понимал, что этим мечтам не суждено воплотиться никогда. Судьба, обстоятельства? Все вместе и ничто по отдельности. Я давно уже жил взаймы у Бога, какие планы на будущее мог я позволить себе строить?

ЧАСТЬ ПЯТАЯ

ГЛАВА 1

Как видно, операция прошла успешно, я очнулся уже в своей палате и терпеливо стал смотреть в потолок, ожидая, когда начнет проходить действие наркоза. Пока же боль не чувствовалась. Лишь через минуту я перевел взгляд и увидел в кресле у стены своего хирурга, молча наблюдавшего за мной. Хотел было поздороваться с ним, но он лишь предостерегающе приложил к губам палец.

Я ничего не понял в его поведении, но беспрекословно подчинился. Некоторое время мы оба молчали. Затем я не вытерпел и попытался показать знаками, что мне нужно зеркало, я хочу увидеть свое новое лицо. Доктор добродушно усмехнулся, приблизился и протянул мне руку, как бы приглашая меня подняться. Затем осторожно повел меня в ванную, с сочувствием глядя, как я медленно передвигаю заплетающимися ногами.

Я закрыл глаза, сделал глубокий вздох, затем поднял веки и… едва удержался от вскрика. На меня смотрел все тот же «канадец», которого я созерцал по нескольку раз в день уже два года.

Доктор был наготове и открыл передо мной маленькую коробочку, затем ткнул меня за мочкой правого уха, там тотчас ощутилась боль. «Жучок, – мгновенно догадался я. – Ах, сволочи!»

«Что же делать?» – спросил я доктора все так же знаками.

Он вложил мне коробочку в ладонь, показал, как я натягиваю брюки, надеваю пиджак, затем сделал мне прощальный жест ладонью. Я побрел к своей кровати, лег на нее и какое-то время раздумывал, не следует ли мне потребовать возврата хотя бы части гонорара, потом решил, что мы квиты и погрузился в сон. Мне не хотелось уходить сразу. Недавние воспоминания еще достаточно свежи были в моей памяти, но через час-другой, перед самым концом действия наркоза, они должны были высветиться еще ярче, отчетливее. Мне нельзя было ошибаться, предстояло, ни много ни мало, решить, как мне жить дальше. Ведь мои сегодняшние злоключения были не сами по себе, они являлись логическим продолжением (еще совсем недавно мне казалось – завершением) неудач дня вчерашнего. Так с какой стати я вдруг решил, что уж завтра-то (если следовать по цепочке: прошлое, настоящее, ближайшее будущее) мое невезение непременно закончится, и мне будет сопутствовать удача?

Итак, вчера… Что было вчера? В принципе, вы уже, наверное, и сами догадались, но я все-таки объясню.

Я понимал, конечно, что мне следует сохранять хладнокровие и поскорее убраться из того места, где я находился, но меня охватило странное оцепенение, хотя, собственно, чего я ожидал? Чуда? Чуда не произошло, ячейка была пуста.

Наконец, я покинул стены банка «Креди Лионне», и в состоянии полной безнадежности огляделся по сторонам. Смерть могла прийти, откуда угодно. Конечно, я не утратил стремления бороться, но как было это сделать, если враг невидим?

В таких раздумьях я дошел до отеля, в котором остановился (Они не подстерегли меня по дороге!), спокойно поднялся в свой номер (Мне дали подняться!), долго стоял перед дверью, затем все-таки решился войти внутрь. Никого. Быть может, мои страхи были беспочвенны?

Я не озирался по сторонам, когда шел по улице и, даже стоя перед дверью, представлял собой образец беспечности – рассеянно шарил по карманам, как бы в поисках запропастившегося куда-то ключа. Так решил вести себя и дальше, пусть смерть придет ко мне, как сейчас – в состоянии полной безмятежности.

Как бы то ни было, панике я не поддался, все делал машинально из того, что наметил ранее: принял душ, переоделся в загодя купленные обновки, стер все, что было на врученной мне «клерками» флешке; искореженные планшет, смартфон, даже часы и те снял с руки и кинул в чемодан. Я никогда не сомневался в том, что буквально нашпигован «жучками», но раньше они лишь придавали мне уверенности и совершенно не смущали меня.

Я расплатился у стойки портье и вышел на улицу.

Снова ничего и никого!

Я не стал рисковать и оставлять свою ношу где-нибудь в людном месте, мне вовсе не хотелось, чтобы она попала в руки полиции, просто вытряхнул ее содержимое в ближайший мусорный контейнер на радость местным клошарам. Туда же полетел и чемодан.

В Марселе меня теперь больше ничто не удерживало, хотя неприятный сюрприз поневоле наводил на мысль подкорректировать прежние планы. Ведь, в принципе, отсюда, по морю, я мог уехать куда угодно. И тем не менее, я решил оставить в своих установках все, как было. Париж, только Париж, этот город я, с некоторых пор, знал, как свои пять пальцев, любой другой вариант обрекал меня на беспомощность.

Догадались ли «они», что я хочу исчезнуть? Несомненно. И отсутствие денег в заранее обусловленном месте было первым предупреждением с их стороны. Я сам был во всем виноват: ни с того ни с сего вдруг повел себя непоследовательно, в одностороннем порядке вознамерился нарушить условия контракта, кара, за одну только мысль об этом, последовала незамедлительно.

Но и остановиться я уже не мог, слишком велика была сила инерции. Все давно готово было к исчезновению, не одну бессонную ночь я провел в размышлениях, как мне его получше обставить.

Конечно, теперь обстоятельства изменились, но материальный фактор, к счастью, не настолько давил на меня – денег, несмотря на все мои безрассудные траты в последнее время, должно было хватить.

Что еще? Обзавестись новыми документами? Плевое дело! Но сначала нужно было изменить внешность.

Вчера… Еще вчера мне казалось: что может быть проще?

Я шел по улице, никуда не торопясь, ослабленный после лежания на больничной койке, пошаркивая ногами.

«Что ж, с первой попытки не получилось – не беда, – думал я, рассеянно поглядывая по сторонам, – есть ведь и запасные варианты».

Хотя, какие именно? Теперь, когда я неожиданно исчез из поля зрения моих преследователей, им даже не нужно было особенно суетиться, чтобы разыскать меня. Достаточно было просто перекрыть места, где я мог бы обзавестись новым паспортом, и уже через полчаса у них были бы наисвежайшие данные обо мне. В таких условиях из Франции незамеченным мне никак невозможно было бы скрыться. По крайней мере, там, в Марселе, вчера, у меня было гораздо больше шансов на успех.

Но может, все-таки, я поступил неправильно, решившись на побег? Нет, тут у меня не было никаких сомнений. Моя работа была закончена, что могло ждать меня дальше? Смерть либо рабство, что для меня, в сущности, было одно и то же.

ГЛАВА 2

Не многих удерживает рабство, большинство за свое рабство держится.

Сенека

Не будь рабом одного или немногих. Делаясь рабом всех, ты делаешься другом всех.

Цицерон

Нет рабства позорнее, чем рабство добровольное.

Сенека

Он раб! Но, быть может, душою он свободен. Он раб! Покажи мне, кто не раб. Один в рабстве у похоти, другой скупости,   третий у честолюбия и все – у страха.

Сенека

Ни один человек не желает себе зла и несчастья: несчастным он становится, если у него нет целей действия, обусловленных глубокими причинами, и тогда он делается рабом…

Плифон

Итак, Харт, все-таки Иеремия Харт…

В последнее время я часто возвращался мыслями к эпизоду своей вербовки, особенно ко второму разговору с «клерками».

« – Признайтесь, я не первый, кому вы предложили подобную работенку? Что стало с тем человеком? Он сбежал?

– Вы нас удивили. Предположим, вы правы. Почему это так важно для вас?

– …У меня есть враги?

– Да, и достаточно много.

– …То есть, это не единственная утечка?

– Это было до нас. Мы начинаем все заново. Прежний состав полностью поменялся. Вот почему мы не стали связываться с профессионалом. Мы искали вас долго, тщательно, по всей стране, как кандидата на далай-ламу. Надеюсь, мы не ошиблись. Во всяком случае, и это уже совершенно очевидно, ума вам не занимать».

Ученых-религиоведов в мире не так уж много, ну а самых именитых и вовсе по пальцам можно пересчитать. Вряд ли люди, обозначившие себя, как гелекси, при их капиталах, отказались бы от соблазна купить за свои деньги самое лучшее. Уже второй день поисков подтвердил мою догадку. Иеремия Харт, доктор теологии. Профессор, одно перечисление должностей и научных работ которого заняло бы несколько страниц. Погиб в автокатастрофе, тело было обезображено до неузнаваемости. Я даже вспомнил некоторые из его книг, которые основательно штудировал год назад, освежая и восполняя свои знания в богословии.

Сейчас я решил присмотреться к его трудам повнимательнее. Конечно – религиоведение не та сфера, чтобы устраивать в ней революции, но его публикации были достаточно необычны. Главным образом тем, что довольно успешно увязывали вопросы извечные с проблемами насущными.

Я уже понял (не трудно было догадаться), что враги (о врагах поподробнее), заполучив в результате гибели Харта копии трех тетрадей Ведомого Влекущего, тоже вынуждены были создать команду жрецов, чтобы обработать наследие Пророка. Возможно, они применили здесь и аналогичную схему: 4 + 4. Однако этими людьми: «новыми евангелистами» и их кураторами, надо было управлять – ставить цели, анализировать достижения, принимать конкретные решения, делать выводы, подробно их обосновывать, излагать. Так что речь шла о довольно большой группе достаточно компетентных людей, специалистов, даже фанатиков своего дела.

Вот почему, вернувшись мыслями к началу своих изысканий, первый вывод, который я сделал относительно личности именитого доктора: Харт не погиб, он похищен. Вместе с теми тремя тетрадями. Но не как приложение к ним, а как основная цель. Зачем? «Им» были нужны мозги. И можно было не сомневаться, что именно после этого похищения «они» стали для гелекси, то есть для моих так называемых «друзей», по-настоящему опасны. Не исключено, что следующей «их» мишенью был или, по крайней мере, должен быть стать в ближайшее время, я. А значит, «друзья» скорее не наблюдали за мной, а охраняли.

Рабство духовное, рабство физическое. И то и другое вместе… Привлекала ли меня подобная перспектива? Ни в малой степени. Не то, чтобы решать что-нибудь заранее, но даже думать о ней у меня не было ни малейшего желания.

И тем не менее, дилемма сама собой разрешиться не могла.

«Я не хочу быть рабом, но как мне жить, если я им все-таки стану?»

Жить рабом, какая могла быть альтернатива? Я давно уже излечился от мечтательства и ложного романтизма. Когда смерть ежедневно и даже ежечасно следует за тобой по пятам, поневоле станешь реалистом.

Впрочем, даже такую жалкую участь – жизнь (если это можно назвать жизнью) согбенной твари в ошейнике, надо было еще заслужить. Объективно сравнивая себя с Хартом, я понимал, что сравнение здесь далеко не в мою пользу. Как я ни пытался в прошедшие два года наверстать упущенное, довести до хоть сколько-нибудь значимого минимума свои знания, в области богословия я продолжал оставаться дилетантом.

Мои потуги... Это было все равно, как стать врачом по одним только книгам, учебникам, монографиям. Общение с верующими, профессионалами достаточно высокого уровня, каждодневное, насыщенное, именно как работа, даже как единственный смысл жизни, чем подобное можно было заменить? Я не говорю уже об авторитете. Кто бы стал меня слушать, если бы я вдруг в своих рассуждениях вплотную подступил к тем «пограничным полосатым столпам» в христианстве, которые постоянно атаковал в своих трудах Харт?

Новая роль женщины в обществе, в том числе и в иерархической структуре Церкви, которая бы установила (именно установила, а не восстановила – как можно восстановить то, чего изначально и в природе не было?) справедливость в этом вопросе.

Принесла бы при том какие-то, действительно, значимые плоды, и в то же время не привела к вырождению – духовному, моральному, и даже физическому (элементарное воспроизводство потомства, а значит, и паствы) – христианского мира.

Переосмысление идей Апокалипсиса, восприятие их исключительно, как предостережение, границы, которые ни при каких условиях нельзя переступать, а вовсе не как неизбежность, кару, единственный исход Человечества.

Гораздо большая, нежели раньше, самостоятельность Человека в выстраивании своей жизни, моделировании своего будущего.

Пересмотр наивных, устаревших взглядов на священные нормы, тексты, оставаясь в то же время в рамках тех же идей, мифов, догм.

Построение на совершенно новой основе дальнейших взаимоотношений христианства с другими существующими вероисповеданиями.

Чего стоит, к примеру, такое его замечательное утверждение: «Необходим отход от прежнего понятия «демократия» – оно устарело. Хотя бы тем, что во многих развитых странах мира и, в первую очередь, Европы, оно обрекает (уже сейчас или обречет в недалеком будущем) аборигенов на второсортность демографическим взрывом пришлых».

Каюсь, мне такие вопросы были не только недоступны, но и по большей части неинтересны. Куда больше нравилось мне именно то, чем я с таким рвением с утра до вечера, и с вечера до утра без устали занимался: выступать во всем ниспровергателем основ («Быть или казаться?» «Казаться и быть!»), неисправимым бунтарем, беззастенчиво толкуя все вокруг, что ни попадя, исключительно лишь в выгодном для себя свете.

Кому я был нужен таким? Тем более что при всем желании, даже трясясь непрестанно от страха, я не мог перемениться. А значит, надо было смириться с тем, что смерть подступала ко мне все ближе, практически дышала мне в спину. Что поделаешь, как все фанатики, я был запрограммирован, не исключено, что и зомбирован, неукоснительно следовать принципу «всегда сражаться до последнего, даже будучи полностью уверенным в том, что ты обречен».

Вот отчего, поразмыслив хорошенько, я пришел к выводу, что ни о каких уколах ревности и комплексах неполноценности отныне не могло быть и речи в моем отношении к велеречивым талантам Харта. Собственно, какое мне было дело до всех этих постыдных, и в то же время краеугольных камней христианства: равнодушия к рабству; безоговорочному повиновению действующей власти; уничижению женщины по отношению к мужчине; неистовому, агрессивному миссионерству? Да, конечно, я охотно признаю: не пойдя на них, христианство никогда бы не смогло завоевать ни Рим, ни мир, но речь ведь шла не о вчерашнем дне, а о сегодняшнем. И значит, все, что было доступно Харту, невзирая на его безусловные таланты и неимоверные усилия – шаманить годами и десятилетиями у стен этих неприступных твердынь.

Что до меня, то я строил свою хижину далеко от подобных дворцов. По чертежам, заповеданным Шестым Пророком. В этом, и больше ни в чем другом, виделась мне моя скромная миссия.

ГЛАВА 3

«Мудрый! Обязан будучи жить среди простого народа, будь подобен маслу, плавающему поверх воды, но не смешивающемуся с оною», – шептал я бессмертные слова Пифагора, но никак до конца не мог вникнуть в их смысл. Ведь самое мудрое – жить, ничем не выделяясь, с себе подобными, а будучи маслом поверх воды и мозоля глаза всем кому ни попадя, долго ли проживешь? Будь внутри, как масло, а на воде водою.

Я, наконец, нашел в себе силы решиться и, как следует размахнувшись, отбросил подальше от себя в сторону злополучный «жучок». Все, свершилось, с этого момента я лишал себя последней защиты. Теперь можно было без труда представить, как по моему следу, брызжа слюной, уже неслась целая свора (созвездие) гончих псов.

Что дальше? Все то же, ничего нового невозможно было придумать. Одеться попроще, поплоше, чтобы стать неприметнее (уже сделано), другой хирург-косметолог, а вместе с ним еще одна попытка после вчерашнего фальстарта изменить свою внешность (а куда без этого?), затем новые документы (не хотелось бы ничего загадывать, пусть будут такие, которые пошлет судьба, лишь бы подлинные, пусть и украденные).

– Ни в жизни, ни в смерти... – послышался вдруг за моей спиной тихий голос.

– ...Бог не покинет нас, – машинально отозвался я, и тут же осекся. «Вот она, моя смерть! Зачем я так нелепо выдал себя?» – пронеслось у меня в голове. Но что я мог поделать? Если я был раскрыт, я все равно был бессилен что-либо предпринять.

Я совсем уж замедлил шаг. Человек, шедший позади, обогнал меня и, не оглядываясь, пошел впереди легкой, неспешной походкой.

Лишь через какое-то время он примостился на летней веранде небольшого кафе. У меня появилась возможность хорошенько разглядеть его. Продвинутый! Что мне еще оставалось, как только не присесть за его столик?

– Мы разгромлены, – вздохнул Продвинутый, после того, как был сделан заказ и официант отошел от нас. Он перестал, наконец, озираться по сторонам и посмотрел мне прямо в глаза.

— Опять? — грустно констатировал я. — Так вот почему я не нашел никаких инструкций в ячейке!

— И денег тоже, — усмехнулся Продвинутый. — Надо отдать вам должное, вы на редкость скромный человек, о деньгах упоминаете в последнюю очередь. Каюсь, со мной все наоборот. Опять? Ну, тогда был не разгром, всего лишь проигрыш. Сейчас мы решили полностью выйти из игры. Мы сдаем поле боя.

Я осторожно огляделся вокруг. Мы сидели в самой глубине, подальше от нескромных глаз. Большинство столиков были не заняты, и просто подслушать нас было невозможно, однако при использовании специальных средств... Их столько развелось в последнее время!

— Вам не кажется, что мы выбрали не самое удачное место для столь серьезного разговора? — поинтересовался я.

Продвинутый беспечно махнул рукой:

— Я опережаю «их» на пять-шесть часов. Если промедлю, они разыщут нас где угодно. Но нам не нужно так много времени. Расслабьтесь, своей излишней нервозностью вы сами привлекаете к себе излишнее внимание. Делайте вид, что отдыхаете, любуетесь проходящими мимо женщинами.

У меня не было ни малейшего желания кем-то любоваться.

– «Они» – это «враги»? – в лоб спросил я.

Продвинутый криво усмехнулся.

– Ну, враги у нас появились гораздо серьезнее, так что «их» теперь можно считать лишь конкурентами, соперниками. Ладно, придется вам кое-что прояснить. Мы, гелекси, с самого начала занимались попавшими в наши руки документами постольку, поскольку. По сути, нас интересовала среди них только одна тетрадь, непосредственно нас касающаяся. Из которой, собственно, мы и родились. Все остальное мы могли бы и уничтожить, но это богатство, огромное богатство – как я понимаю, у моих высших боссов просто рука не поднялась. Да, наверное, это было и бесполезно, так как подобную информацию скрыть практически невозможно, и всегда найдется кто-нибудь, при современном развитии техники, кто с оригиналов сделает копии. Наверное, не могло получиться иначе, случилось то, что непременно должно было произойти: среди «первопроходцев» нашелся кто-то, кто воспринял те, другие, тетради неизвестного пророка всерьез и, с группой своих единомышленников, сразу принялся создавать на их основе новое учение. Повторяю, это было нашей ошибкой, мы вложили в это дело слишком мало средств, кроме того, по сути, оттолкнули от себя тех людей, которые быстро сами сделались фанатиками и вербуют сейчас постоянно сторонников в свои ряды. Как результат, сейчас нам ничего не осталось, как только дистанцироваться от этих материалов и как можно тщательнее замести все следы.

– Вам поручено убить меня? За этим вы меня разыскали? – не решаясь поднять взгляд от лежавшей передо мной салфетки на столике, удрученно спросил я.

– Нет, – неохотно ответил Продвинутый. – Точнее, не совсем так. Я и в самом деле должен вас убрать, но тогда следующим на очереди буду я сам. Непонятно?

Я предпочел ответить вопросом на вопрос:

– Из ваших слов следует, что вы мой куратор? Если моя догадка верна, не могли бы вы приподнять завесу и просветить меня: какова судьба трех остальных «евангелистов» и тех, кто курировал их?

Продвинутый допил пиво, остававшееся на

донышке, и с сожалением посмотрел на пустой бокал.

— Может, нам пообедать? — неожиданно предложил он. — Черепаховым супом тут нас вряд ли побалуют, но я по-прежнему угощаю. Как я понимаю, с «презренным металлом», о котором вы обычно так стыдливо стараетесь не упоминать, у вас не густо?

— Да, мой счет в банке изрядно похудел, — согласился я. — Не до такой степени, конечно, чтобы я голодал, но с какой стати мне отказываться от столь великодушного предложения?

Официант появился мгновенно, он как будто слышал уже давно урчание в наших желудках.

— А вы не глупы! — констатировал Продвинутый, когда мы вновь оказались одни. — Впрочем, сколько еще можно делать вам комплименты? Я часто говорю «мы», «у нас», но вы же сами понимаете, какая я мелкая сошка. Мне повезло с вами, иначе я давно бы уже не числился среди живых. С моими коллегами... все-таки, не могу назвать их друзьями, мы постоянно были настороже, поддерживали связь, делясь всем, что нам удавалось узнать, но это не помогло. Мы надеялись в самый последний момент соскочить с крючка, на котором болтались, но, судя по тому, что я больше не получаю никаких известий от них, они мертвы. Об их подопечных не стоит и упоминать. Ваша книга, я имею в виду «Слово Пророка», произвела глубокое впечатление, как на мое начальство, так и на меня самого, но мы не имеем право сейчас рисковать. «Мы» – это гелекси, и в то же время «мы» – это мы с вами: вы и я.

«Мы» разделались с судаком «Орли», хотя я предпочел бы приготовленной в белом вине эту чудесную рыбку, но в меню не было, и только потом продолжили прерванный разговор.

– Я долго думал, – вздохнул Продвинутый, – зачем я появился на свет, и только совсем недавно осознал: мое предназначение в том, чтобы основать Новую Церковь.

– О чем это говорит? – спросил я, чтобы уточнить. – О том, что вы переметнулись?

Продвинутый пожал плечами. Хотел было закурить, но вовремя остановился, здесь это было запрещено.

– Конечно, такой вариант мне приходил в голову. Но я его быстро отверг. Там, среди наших «соперников» наверняка уже сложился свой круг, в который я могу войти в лучшем случае лишь ничтожным винтиком. Это не совсем то, о чем я только что говорил, точнее, совсем не то. В данном случае я являюсь обладателем бриллианта в вашем лице. Если мы найдем общий язык, – а я, если быть откровенным, не вижу причин, по которым мы могли бы его не найти – мое место сразу же вслед за вами. Но нужна еще одна книга. О том, что и Ведомый Влекущий, и вы сами после него, обозначили лишь под занавес, причем более чем туманно. Я имею в виду новую религию, которую Он подразумевал как Религию Вечной Жизни, а вы трактуете несколько иначе. Так вот, благодаря вам я и хочу основать Новую Церковь. Вот, смотрите, – он достал из кейса планшет и полистал его. Затем зачитал мне из него то, что я меньше всего ожидал услышать.

«В своей предыдущей книге – «Слово Пророка», завороженный откровениями Ведомого Влекущего, я пытался, как мог, прокомментировать Его мысли. Однако пришел момент, когда возможности для этих комментариев оказались исчерпаны, и я зашел в тупик.

Я понял: первое, что я должен осознать – смысл фигуры Толкователя. Ясно, что она следующая за Пророком, и ответственность ее чрезвычайно велика. Но имею ли я право претендовать на то, чтобы стать подобной фигурой? А если имею, то кто дал мне его, это право? Именно эти вопросы закрывали путь дальнейшему ходу моих мыслей, по сути дела сводили на нет все мои усилия.

Положение осложнялось еще и тем, что хотя процесс явления миру новых идей разворачивался и на сей раз достаточно традиционно, в то же время в нем было много необычного.

Начать с того, что:

- сама личность Пророка более чем загадочна и, возможно, Его настоящее имя так никогда и не откроется нам;

- Он не оставил после себя учеников;

- Его духовное наследие ужато до предела, хотя и носит все элементы завершенности.

Я понял: как бы я ни тщился, комментариями тут не обойдешься, но кто я такой, чтобы не просто толковать Его мысли, но даже попытаться их продолжить? Зачем я вообще взялся за столь неблагодарное и тяжкое дело?

Бог вдохновил, подвиг меня?

Мои долгие поиски объяснения тому миру, в котором я живу, осмысления своего места и предназначения в нем?

Не знаю. Так ли уж важно? Я просто делаю попытку, а окажется ли она тщетной или, наоборот, удачной, не мне решать».

Арсентий Сириус «Седьмой Мессия»

Подняв взгляд, он усмехнулся:

— Вы же не станете отрицать, это ведь вами самим написано?

Я позволил себе лишь скептически пожать плечами. Мне не хотелось продолжать разговор на эту тему. Но все же я ответил:

— Этого слишком мало для того, чтобы выйти на достаточно высокий уровень. Предстоят десятки лет работы.

Продвинутый внимательно посмотрел на меня, не играю ли я с ним в прятки.

— Мало? — удивленно спросил он. — Вы хотите сказать, что мы не в состоянии уже сейчас, буквально в любой день и час, преподнести людям нечто из ряда вон выходящее? Если заглянуть в историю, все религии вытекали одна из другой, каждая из них являла собой просто новое слово в развитии человечества. Разве здесь нет его? Но, если вам мало зачитанного мною, могу продолжить.

Продвинутый полистал планшет дальше и нашел в нем новый кусок.

«Сказано: *нет пророков между Богом и Человеком, но есть пророки между Богом и людьми.* О пророках между Богом и людьми мы уже говорили, но есть ли Посредник между Богом и Человеком? Да, конечно – сам человек. *(Каждый человек, как врата, открытые Богу, может получать от Него откровение и вдохновение).*

Каждый человек – мессия. Он приходит в мир во спасение, и не его вина, что чаще всего он скатывается во гибель. Мы говорим о Седьмом Мессии.

Почему же он седьмой, а не первый? Потому что истину о нем открыл нам Шестой.

Дойдет ли очередь Восьмого?

Разумеется.

Когда?

Когда придет Его время.

Когда люди окажутся в состоянии Его мысли воспринимать».

Арсентий Сириус «Седьмой Мессия»

– Что, достаточно, или дальше продолжать? – иронически поинтересовался мой куратор.

Я попытался выиграть время, сосредоточиться, но эмоции переполняли меня.

– Откуда у вас мои черновики? Помнится, я не клал их в банковскую ячейку, – спросил я, наконец, стараясь держаться как можно спокойнее.

Продвинутый вздохнул.

– В том-то и беда. Все два года, что мы с вами знаем друг друга, вы находились под достаточно плотным «колпаком». Просто напичканы были всякого рода «клопами», «жучками», «маячками». Хорошо еще, что мы в целях недопущения утечки информации не обращались за помощью к профессионалам. Но вот в отношении наших «соперников» я не уверен, что они ограничивались одной только самодеятельностью. Во всех случаях можете быть абсолютно уверены: то, что известно о вас нам, известно и им. Не исключено даже, что и гораздо больше. Эти «психи» вполне могли решиться на спутниковое наблюдение, хотя это полная засветка, а тогда у нас нет тех пяти-шести часов форы, о которых я говорил. Во всех случаях, при любых вариантах, нам надо бы поспешить, так что предлагаю не увязать и дальше в мелочах, а сконцентрироваться, что не в пример лучше, на решении главных вопросов. Как бы вы поступили, к примеру, руководствуясь целью, о которой я вам говорил, на моем месте?

— Сыграть ва-банк? Зачем вы спрашиваете у меня то, что сами для себя давно решили?

Он помолчал некоторое время, затем спросил:

— Вы думаете, у меня есть другой выход?

— Нет, — покачал головой я. — Если это и в самом деле то, что вы задумали. Единственное, чего я не понимаю, зачем вы решили встретиться со мной?

Продвинутый, не очень удачно маскируя свое смущение, шутовски развел руками:

— Просто без вас у меня ничего не получится. Мне

нужно преимущество перед «соперниками», «конкурентами», «психами», «фанатиками», называйте их, как вам заблагорассудится, суть от этого не изменится. И преимущество может быть только в одном: в священных текстах. Отсюда и цель нашей встречи: я хочу нанять вас уже только для себя, как минимум, еще на год. Плачу вдвое. Как только я получу от вас материалы, я тотчас выйду с ними на поверхность. Потом мы расстанемся, каждый вправе выбрать свой путь. Честно говоря, я не представляю, как вам удастся сохранить себя – охота на вас такая откроется, что будет чудом, если вам удастся уцелеть.

Он дал мне бумажку, на которой были написаны какие-то цифры.

– Это номер ячейки в камере хранения Центрального вокзала. Там сто тысяч евро и ключ от сейфа «Дойче Банка» в Берлине, где будет лежать точно такая же сумма через полгода. Так что, мы договорились?

Я помедлил, затем кивнул.

– Практически, да. Но у меня есть кое-какие вопросы.

– Слушаю. Боюсь только, что не все ваше

любопытство я в состоянии удовлетворить.

– Что вы можете сказать об Иеремии Харте?

Естественно, как я мог не затронуть эту, неотступно мучавшую меня в последние дни, превратившуюся уже в навязчивое состояние, тему?

Продвинутый криво усмехнулся. Такой разговор был ему явно не по душе.

– Раскопали все-таки? Да, это был именно он – первый наш прокол.

– Где он сейчас?

– Думаю, в положении раба у «психов». Но как о подобных вещах можно знать наверняка?

– Такая же участь и меня ожидает?

– В том случае, если вы дадите себя поймать. Но вы не понимаете самого страшного: о тех врагах, которые у нас сейчас дополнительно появились и которые заняли сразу среди них главное место.

– И кто же они?

– Ведущие разведки мира. Русские, американцы, израильтяне, англичане, немцы. Пока они действуют поодиночке, самое страшное произойдет, если они объединят свои усилия.

– Как же вы сами рассчитываете выжить в

подобном аду?

– Ва-банк. Только ва-банк. К счастью, в первую голову их интересуют не мы, и не «фанатики», а «люди галактики». Что ж, предоставим им интересующий их материал. Да, да, снова не «я», а «мы». Вот почему речь идет не об одной, а о двух рукописях. Учение о гелекси – вот что вы должны будете сдать мне перво-наперво. Понимаю: я кажусь вам Иудой, предателем, но есть ли у меня, точнее, у «нас», другой выход? Вообще, выбор? Нет, разумеется. Однако... мы не оставим его и «ищейкам», если кинем им подобный аппетитный кусок. Сами посудите: с одной стороны какая-то новая секта, из тех, что плодятся сейчас чуть ли не ежедневно, с другой – триллионы долларов, господство над миром в обход очень и очень многих национальных интересов. Вы помните, что вытворяли с Европой первые Ротшильды? Или последователи бородатого Карла, но уже с целыми континентами? Тут пострашнее будет. Естественно, когда-нибудь они займутся вплотную и нами, но момент к тому времени будет упущен.

Мы какое-то время молчали, затем я пробормотал

смущенно:

– Что ж, на первый взгляд все складно получается. А удар со стороны, вы его учли? Не боитесь мести бывших «соратников» за… свои подвиги?

Продвинутый ухмыльнулся.

– «Подвиги»! Кому нужны эвфемизмы! Договаривайте уж сразу: «предательство и воровство». Да, я и в самом деле присвоил те средства, которые были выделены на реализацию нашего проекта. Однако с какой стати я должен их возвращать? Проект не закончен. Как вы думаете, что может спасти гелекси, если ими, действительно, займутся вплотную? Только религиозные деятели ведущих мировых конфессий и, соответственно, их паства. Другого не дано. Не даром, конечно, а в обмен на щедрые пожертвования в церковные закрома и различного рода благотворительные фонды. Но деньги – не главное. Куда больше, к примеру, их прельстила бы тенденция, я повторяю – именно тенденция, возвращения Вере былой славы и возможности постоянно, повседневно влиять на жизнь общества. Я, кстати, не вижу в этом ничего плохого. *Вера выше Власти*, но и религия – выше политики.

– Религия, но не церковь, – осторожно поправил я.

– Да, да, я помню: *Религии освобождают, Церковь закабаляет.* Но в основном, вы ведь согласны со мной? Можно считать, что мы договорились?

Я внимательно смотрел на своего собеседника – так, как будто впервые его увидел. И дело было совсем не в изменениях в его внешнем облике, к примеру, отсутствии той пресловутой серьги в ухе, а в том, что этот мальчишка наступал мне на пятки. В первую нашу встречу, посмеиваясь над сидевшими передо мной акселератами, я кичился своим возрастом, жизненным опытом, которого у них в помине быть не могло, сейчас я вдруг осознал, что возраст делает человека лишь мудрее, а ум… он от Бога, с самого начала у человека он или есть или его нет.

Продвинутый тоже внимательно наблюдал за мной. Затем, верно истолковав мои мысли, хоть и не получив ответа на свой вопрос, с досадой пробормотал:

– Ладно, я вижу, между нами осталось еще много недосказанного. Что ж, я не против, давайте проясним ситуацию до конца.

Мне было крайне неприятно идти вразрез с поговоркой «пережеванное – невкусно», но такой уж я безнадежный зануда. Об этой неприятнейшей черте моего характера я уже неоднократно, к месту и не к месту, упоминал, не зарекаюсь умалчивать и впредь.

– Хорошо. К примеру, мне хотелось бы вернуться к разговору об Иеремии Харте, – без зазрения совести начал я демонстрировать свою дотошность в действии. – Вы как-то слишком быстро перескочили с этой темы, а она очень важна в свете ваших сегодняшних откровений. Создается впечатление, что вы гораздо больше осведомлены в этом вопросе, но почему-то предпочитаете особо о нем не распространяться.

– Да, – признался Продвинутый, – в проницательности вам не откажешь, я и в самом деле вилял, просто не хотел обескураживать вас. Харт на редкость загадочная фигура, которой мы до сих пор очень интересуемся, однако мне почему-то кажется, что вы осведомлены о нем гораздо лучше, чем я. Что не вы меня – скорее я вас должен о нем расспрашивать.

На этом месте он замолчал, продолжая внимательно меня разглядывать.

— Не могу решить этот ребус, — медленно, после долгого раздумья, пробормотал я. — Намекните хотя бы, что вы конкретно имеете в виду?

— Ну как же! Харт! Иеремия Харт! Известнейший в своих кругах ученый-религиовед. Он что, похож на маленького паучка-скарабея? Вы ведь виделись с ним в Египте. И не просто виделись. Пару раз, по меньшей мере, если мне не изменяет память, напивались с ним и его очаровательной «женушкой» до положения риз.

Я даже разинул рот от удивления. Было от чего впасть в ступор.

— Вы хотите сказать, что Иеремия Харт и Питер Рескин...

— Да, да, — с трудом подавляя зевок, кивнул Продвинутый. — Одно и то же лицо. Как вы его там прозвали? Опоссум Эль-Аламейна? Скунс пустыни? Ха-ха! Очень остроумно!

Я не нашел что ответить. Известие было для меня слишком ошеломляющим.

Продвинутый усмехнулся:

— Удивлены? Что ж, должен признаться — мы были

удивлены ничуть не меньше вашего. Всемирно известный ученый, богослов, религиовед, профессор, по меньшей мере, двух университетских кафедр и прочая и прочая шпионил, причем весьма примитивно, грубо, за никому не известным канадцем. Не думаю, чтобы кто-нибудь заставлял его это делать, наверняка он сам вызвался, для того, чтобы поближе познакомиться с вами. Зачем? Может, вы, наконец, пришли в себя и сможете мне на этот вопрос ответить? Ведь мои мозги с вашими никак не сравнить.

Я был определенно не готов к подобному ответу, поэтому пришлось, что называется, сделать хорошую мину при плохой игре и озвучить первый, забредший в мою, совершенно пустую, голову, вариант.

— Ну, думаю, он видит во мне главного или, по крайней мере, одного из главных, своих противников, точнее, оппонентов. То есть, во всех случаях воспринимает меня достаточно серьезно. Но меня сейчас больше тревожит другое. То, что он пользуется такой самостоятельностью, свидетельствует о том, что с каких-то пор он не просто свыкся со своим рабством, а даже наоборот, сделался рьяным последователем своих недавних поработителей и их учения. Быть может, мечтая занять в нем роль своеобразного апостола Павла. И еще, что, пожалуй, даже важнее: близок час, когда с пропагандой своих новых взглядов он выйдет на поверхность. А значит, не только он, а вообще те люди, которых мы даже не знаем, как называть пока: «врагами», «психами», «фанатиками»?

Продвинутый удрученно кивнул:

— Что ж, мне практически нечего добавить к вашему, столь стремительно сделанному, экспресс-анализу. Вот только оговорюсь: если бы дело было в одном только Харте. У «них» вообще подобралась сейчас на редкость сильная команда. В отличие от «нас», «они» никого не убивают, наоборот, стараются создать во всем, привлеченным тем или иным образом ими людям, идеальные условия для работы. Ну а если, к тому же, учесть, что они гораздо раньше нас с вами начали свои изыскания, фора должна быть огромной... Вы полагаете, они нам не по зубам?

— Я полагаю... Что вы не совсем искренни. Либо просто заблуждаетесь. К примеру, хоть, как вы справедливо изволили заметить, врагов у нас и прибавилось, причем изрядно, мое мнение: главные из них не поменялись – они остались среди нас. Мы беззащитны – вот в чем главная наша проблема. Никто в нашей, поистине могущественной, организации, точнее даже – империи из империй, не видит в нас особой ценности. Нас даже финансируют и то по остаточному принципу, что уж говорить о наших жизнях. Вы, кстати, не боитесь, что вас убьют?

Продвинутый нервно подернул плечами:

– Драка есть драка. Это зависит…

Ça dépend – трудно переводимая фраза. Для русского человека обязательно нужно уточнение: зависит… от чего?

– От меня или от вас? – как истинно русский человек тотчас же попытался уточнить я.

– От вас. Я все продумал.

Самоуверенно. Ничего не скажешь.

– Даже то, что у них на руках могут оказаться совсем другие, гораздо более полные, тексты?

Продвинутый вздрогнул. Он сразу понял, что я имел в виду. Наверняка и у него, как у меня, уже давно, еще в первый год работы над тремя тетрадями, зародилось сомнение: либо нам просто вручили ранние, начальные записи Пророка, своего рода наброски, либо это был фальсификат, построенный на компиляции – произвольно надерганные из окончательного текста отдельные фрагменты, рассуждения, афоризмы.

– Да, я думал об этом, – устало согласился он. – Но я не собираюсь высовываться первым. Подожду, пока они выпустят свои варианты «Книги» и толкований к ней. Возможно, они опубликуют их один в один с нашими, не спрашивая на то никакого у нас разрешения; возможно, основательно переработают, переврут. Только после этого я издам все три книги сразу, но сам не буду выходить на поверхность, опять же, подожду, пока новые идеи обрастут приверженцами. Какой смысл будет после этого меня убивать? Кроме того, я не потерял надежды отыскать эти, упомянутые вами, полные тексты. Как я уже сказал, ни о каком предательстве и воровстве, на самом деле, то есть в моем понимании, не идет речи, я собираюсь быть с гелекси до конца и помогать им. Кто знает, может, мои высшие боссы окажутся не такими твердолобыми, как мое непосредственное начальство, и вознаградят меня, отдадут мне то, что я столь давно алчу? Это же в их собственных интересах, вы так не считаете?

— Было бы здорово, конечно, — пожал я плечами, — но ведь пока у Пророка нигде нет упоминаний о новой вере, в частности о том, что вы так ясно и бескомпромиссно назвали религией, Религией Вечной Жизни. Вас это не смущает?

Продвинутый отрицательно покачал головой. Он ехидно улыбнулся, отлично понимая, почему я отложил этот вопрос напоследок. Несомненно, он был для меня самым важным.

— Нисколько. Благой вестью о новой вере проникнута каждая строчка в «Книге». Что вас обескураживает? То, что имея на руках ваши черновики с последними вашими изысканиями, они нас обскачут? Такого не произойдет. Та фора, о которой я говорил, их погубит. Они слишком далеко продвинулись в своих разработках, чтобы вернуться и начать все сызнова — слишком обросли фанатиками и фанатизмом в том, что уже ими создано. Даже если они поймут, насколько ваши идеи ценнее и истиннее, на раскол они не пойдут. Вот тут и настанет наше время. Люди последуют за Истиной истин: за вами, за мною, а «они» так и останутся сектой, кучкой твердолобых фарисеев-лицемеров.

Он помолчал немного, затем мечтательно вздохнул, как видно, считая наш разговор завершенным:

— У меня не выходит из головы картина: наш храм в центре Парижа, первая годовщина его основания. Идет торжественная служба, я говорю проповедь, и вдруг в храм входите вы, Учитель. Простите, что я так сухо, непочтительно разговаривал сегодня с вами, на самом деле мое преклонение, с тех пор, как я вас впервые увидел, не знает границ. И ваш приход был бы величайшей честью для меня. Это не условие, просто нижайшая просьба. Обещаете?

Я пожал плечами.

— Как я могу обещать? Я войду только в тот храм, в котором найдет свое пристанище Истина.

— Спасибо, — радостно вздохнул Продвинутый. — Это как раз то, что я и хотел услышать. Став проверочным оселком правильности, точнее, праведности, моих усилий.

Прежде чем разойтись, мы еще с минуту сидели, не в силах оторваться от возникшего мысленного видения. Да, красивая мечта, но каковы наши шансы? Многие разбивали свои сердца в попытках завоевать Париж – этот легендарный, прекраснейший город, однако мало кому это, действительно, удавалось. Мы же вознамерились завоевать ни мало ни много весь мир.

– Что ж, вы правы, – вздохнув, первым пришел в себя я. – Кстати, отдаете ли вы себе отчет в том, что сегодня произошло? У нас (вы и я, пока что только вы и я) появилась точка опоры, с помощью которой можно перевернуть мир. Помнится, один знаменитый ученый – каждый школьник о нем наслышан, мечтал о чем-то подобном. Грех было бы этим не воспользоваться.

Глаза Продвинутого радостно блеснули:

– Я знал, точно знал, что напоследок вы подарите мне что-нибудь феноменальное. Но такое откровение, признаться, превзошло все мои ожидания. Что ж, надо отдать вам должное – никогда не устану повторять это – в скромности вас никак не упрекнешь. Наверное, и меня тоже.

Когда мы покидали веранду, Продвинутый многозначительно показал пальцем вверх:

— Будьте осторожны. Не забывайте, что главная опасность всегда будет подстерегать вас оттуда. Спутники, космические станции...

Он некоторое время помолчал, затем добавил на прощание: — Так получилось, что у нас отняли небеса, но мы ведь отвоюем их обратно, вы верите в это?

ГЛАВА 4

«Нет пророков между Богом и Человеком», «Никто не может оспорить стремления части общаться с тем, чего она только часть».

Я никак не мог поверить своему счастью. Еще один год… Нет, он не был подарен мне, за него, как и за каждый миг всей моей последующей жизни, мне предстояло как следует побороться. Но у меня теперь были «точки опоры», и они заключались не только в деньгах. Возможность войти когда-нибудь в храм своей веры – о таком варианте я не мог и мечтать. Этот человек, имени которого я даже не знал, первым из всех нас решил подняться в атаку и просил от меня только одно – знамя. Самоубийство? Нет, шансы имелись, и они были достаточно велики.

Оставшись один в своем номере, я опять, по привычке, потянулся к деньгам. Почему-то эти бумажки, бумажонки, бумаженции всегда придавали мне уверенность. Они вмиг делали реальными все мои планы. Но, может быть, ловушка? Может быть, деньги фальшивые? Ну, это нетрудно проверить. Но как проверить слова Продвинутого (Господи, как же нелепо я его обозначил! Надо было спросить его, какой он выбрал для себя псевдоним. Мой-то он знает теперь – Арсентий Сириус. Хотя тоже не бог весть что, тоже – первое, что пришло в голову. Но как-то подходило для книги: Арсентий Сириус «Слово Пророка»).

Однако сколько я ни размышлял, никакого подвоха я не мог обнаружить (пусть это прозвище так и останется, не хочу путаться, хотя зря, конечно, не спросил. Но так даже лучше – ведь скоро, очень скоро я о нем услышу. Такое невозможно замолчать), ну а насчет знамени… Я уже сам был другим, я уверовал, еще с тех размышлений во время нашего незабываемого месяца счастья с Лилианной, и веру мою теперь было не сломить. Я и сам жаждал его, этого знамени. И если то, что мне предложили, и в самом деле, ловушка, ничего удачнее, чтобы поймать, пригвоздить меня, они, кто бы они ни были, не могли придумать.

ЧАСТЬ ШЕСТАЯ

ГЛАВА 1

Единственное, о чем я жалел – что не попросил Продвинутого помочь мне в изменении внешности и приобретении новых документов. Однако поразмыслив как следует, я пришел к выводу, что мне следует подождать с похоронами в себе канадца, что теперь, в свете новых открывшихся обстоятельств, мои потуги в этом отношении не имеют никакого смысла.

Неожиданный разговор с Продвинутым, а главным образом договор, заключенный им со мной, в корне меняли положение вещей. Да, конечно, обзавестись новой личиной, а в придачу к ней добротной, более надежной, не в пример прежней, «легендой», было бы очень неплохо, но на сколько бы их хватило? Максимум на полгода, затем меня все равно бы вычислили и прежняя свора (созвездие) в полном составе опять уселась бы мне на хвост. Меня ведь все равно нашли бы. «Друзья», «враги», МОССАД, СВР, ЦРУ – любой и каждый, кому это только могло заблагорассудиться. Так стоила ли овчинка выделки?

Вряд ли. Единственное, что мне было настоятельно необходимо – исчезнуть «с глаз долой, из сердца вон» для всех этих людей на какое-то время. Сейчас я производил впечатление «выработанной породы», и самым разумным было бы любой группе моих преследователей, опередив всех остальных, прибрать меня к рукам. Отыскав же меня через какое-то время (в новом ли, прежнем ли моем обличье, пусть даже не через полгода, а через два, три месяца), они с удивлением обнаружили бы, что я никуда не скрывался, тихо, мирно живу, упорно работаю. На кого? Над чем? Снова вопросы, а стало быть, и время, необходимое для того, чтобы найти на них ответ. Ну а потом… ничего не останется, как только ждать, когда курица снесет очередное, новое, яичко.

Надо сказать, что Нормандия для этой цели подходила идеально. Ее я и выбрал. Конкретно, Шербур.

Точнее, с недавнего времени, Шербур-Октевиль – два небольших поселка, слившихся воедино. Каюсь, привел меня сюда, как и многих других, знаменитый фильм Жака Деми, Катрин Денев и Мишеля Леграна «Шербурские зонтики». Еще в этом городе родился

Жан Маре, лучший на все времена граф Монте-Кристо.

Но если бы только это! Легендарный Ла-Манш, суда, отправлявшие переселенцев в Америку, корабли уже из Америки, приплывшие воевать с немцами – было от чего разыграться воображению. Еще отель, в котором я поселился, с претенциозным названием «Лувр»…

Церковь Совершенства…

«Как я могу обещать? Я войду только в тот храм, в котором найдет свое пристанище Истина».

Я уже не мог отказаться, деньги мной были приняты, однако, если следовать логике, прежде всего я должен был озаботиться вопросами собственной безопасности.

Разговор с Продвинутым подарил мне немало интересных штрихов для размышлений. Одним из важнейших среди них была информация о моих преследователях. Итак, кто они были теперь, мои враги? К сожалению, их было столько, что и не перечесть, я был обложен буквально со всех сторон.

Во-первых, мои новые работодатели. Насколько я

был уверен в Продвинутом? Наши судьбы на какой-то период (по меньшей мере, на ближайшие полгода) были настолько тесно переплетены, что уверенность эта была мне жизненно необходима. Похоже ли было на правду то, что он говорил? Безусловно. Как я уже упоминал, несмотря на свою молодость, он производил впечатление очень неглупого человека, а значит, никак не мог упустить столь уникальную возможность шагнуть в духовное бессмертие. Но за бессмертие это ему еще предстояло побороться.

Далее: те люди, которые стояли за Продвинутым прежде, наняли меня и целых два года владели мной практически безраздельно, почему они сейчас столь стремительно убегали в тень?

На этот вопрос, при всем желании, я пока не мог ответить – информации тут мне явно недоставало. Учение о гелекси вообще оставалось для меня тайной за семью печатями, но один только слоган «Война всему, что убивает» говорил о многом. В том числе о таких амбициях, которые с течением времени неизбежно должны были распространиться на весь мир. Но каким образом они собирались это осуществить?

«Мы, гелекси, с самого начала занимались попавшими в наши руки документами постольку, поскольку. По сути, нас интересовала среди них только одна тетрадь, непосредственно нас касающаяся. Из которой, собственно, мы и родились. Все остальное мы могли бы и уничтожить, но это богатство, огромное богатство – как я понимаю, у моих высших боссов просто рука не поднялась. Да, наверное, это было и бесполезно, так как такую информацию скрыть практически невозможно, и всегда найдется кто-нибудь, при современном развитии техники, кто с оригиналов сделает копии. Наверное, не могло получиться иначе, случилось то, что непременно должно было произойти: среди «первопроходцев» нашелся кто-то, кто воспринял те, другие, тетради неизвестного пророка всерьез и, с группой своих единомышленников, сразу принялся создавать на их основе новое учение. Повторяю, это было нашей ошибкой, мы вложили в это дело слишком мало средств, кроме того, по сути, оттолкнули от себя тех людей, которые быстро сами сделались фанатиками и вербуют сейчас постоянно сторонников в свои ряды. Как результат, сейчас нам ничего не осталось, как только дистанцироваться от этих материалов и как можно тщательнее замести все следы».

О «врагах» поподробнее… Должен признаться, что изначально страх мой в данном вопросе был привнесенным, я понятия не имел на момент первого нашего разговора на эту тему, кто они были такие, эти «враги». Продвинутый, наконец, раскрыл мне тайну. Ясно было, что новая вера, которую так называемые «фанатики» исповедовали, пришла не извне, она родилась внутри движения гелекси. Раскол? Нет, никакого раскола не было. Раскол бывает внутри веры, но тут вера была едина. В сути своей, возникшее обособление ничему не противоречило – движение гелекси с самого начала было многоисповедальным. В чем же можно было предположить конфликт? Скорее всего, «вожди» не восприняли всерьез тот материал, что попал в их руки, но достаточно враждебно отнеслись к «фанатикам», так как возникала очень большая опасность, что гелекси и приверженцев новой веры начнут отождествлять. Однако любые усилия здесь были бесполезны, ни «дистанцироваться», ни «замести следы» в итоге не получилось. Я не стал ничего говорить Продвинутому, но без труда мог представить себе, насколько новая церковь, хоть и находившаяся в глубоком подполье, была многочисленна.

Что еще можно было к этим выводам добавить? Пока что это явление было чисто внутренним в движении гелекси. Ведущие конфессии мира, даже если и знали о нем, в своем повышенном самомнении вряд ли придавали ему особое значение. Что до «ведущих разведок мира», то, опять же со слов Продвинутого, их интерес больше касался самих гелекси, а не каких-то жалких новоявленных сектантов.

Кто финансировал это явление? Нет ничего проще, чем ответить на этот вопрос: среди гелекси было немало богатых людей. Возможно, это была даже целая группировка, нацеленная на передел сфер влияния, отторжения дополнительных крупных капиталов в свою пользу. «Вожди» спохватились, но поздновато. Похищение Харта нарушило баланс сил, нужно было срочно как-то его выровнять. Вот тогда они и вступили в схватку, выставив в качестве противовеса нашу «великолепную восьмерку».

«...Если бы дело было в одном только Харте. У «них» вообще подобралась сейчас на редкость сильная команда. В отличие от «нас», «они» никого не убивают, наоборот, стараются создать во всем, привлеченным тем или иным образом ими людям, идеальные условия для работы. Ну а если, к тому же, учесть, что они гораздо раньше нас с вами начали свои изыскания, фора должна быть огромная... Вы полагаете, они нам не по зубам?»

К сожалению, мое сегодняшнее озарение, как ни льстила разгадка этого ребуса моему самолюбию, ни в малой степени не упрощало мое положение. Уж что-что, а историю всех существующих или когда-либо существовавших в мире церквей я достаточно хорошо знал.

Жрецы – вот кто достаточно четко просматривался теперь за Хартом.

Жрецы – можно было сколько угодно называть их «психами», «фанатиками», но суть их от этого не менялась, с течением времени она становилась просто еще опасней, еще страшней.

Жрецы – основа любой церкви. Они огранивают попавшее в их цепкие лапки учение, втискивают его в определенные рамки, подгоняют под заданную идеологию нации, государства, сильных мира сего.

Я не сомневался в том, что эти люди сделают все для того, чтобы именно за ними осталось последнее слово. В их власти было преподнести так, как им было выгодно, духовное наследие Учителя, а из множества комментариев, предоставленных им Вторыми (то есть, нами), они составят в итоге именно такие предания, которые позволят им беспрепятственно отправлять их культ.

Самые важные среди них – Хранители. В предназначении этих людей нет ничего нового, они известны испокон веков. Достаточно вспомнить Старика, с которым я так удачно контактировал в Египте.

Следующая за ними категория (по степени опасности для меня) – Истребители (и о них я там, в Египте, беседовал). Их дело – уничтожение чужих святынь, жрецов, и даже пророков.

После них появляются Чистильщики (об этих людях мне не хотелось бы рассуждать, никого опаснее я не знаю), которые, когда до них доходит дело, уничтожают все подряд, без разбора: служителей культа, верующих, и все следы, материальные и духовные, оставленные ими.

Существуют также категории Соглядатаев, Доносчиков.

Ни одна церковь никогда не обходилась без этого сонма. А значит, для меня представляли опасность только те, кто мог бы отдать приказ о моем уничтожении (Хранители) и те, кто придет его исполнять (Истребители). Дальше совершенно автоматически последуют либо уничтожение, либо захват. И мне придется проститься либо с жизнью, либо со свободой, что, как я уже говорил, для меня, в сущности, было одно и то же.

Что еще? Теперь, после разговора с Продвинутым, в особенности после его расшифровки личности Питера Рескина, у меня не оставалось никаких сомнений в том, что «фанатики» были совершенно готовы к тому, чтобы в любой день и час выйти на поверхность. Однако им куда выгоднее было, чтобы кто-то опередил их и принял первым ответный удар – естественную и достаточно яростную реакцию власть предержащих, на себя. В этом случае они вполне могли бы объединиться с любыми врагами гелекси. Не бесплатно, конечно, а наоборот, чтобы поднабраться средств и силенок, которых им сейчас для достижения их целей явно не хватало.

Я мог бы сыграть на этом, дав им понять, что заполучив в свои руки две мои последующие книги, они могли бы с куда большим успехом воплотить в жизнь свои намерения.

Что мне это давало? Как минимум полгода относительно спокойной жизни. А может, и целый год: как раз тот срок, который отмерили мне «люди галактики».

Но была и еще одна вещь, которая меня очень интересовала: почему меня держали столь плотно «под колпаком» благодаря техническим средствам слежения? И только сейчас я понял: в данном случае их интересовал не я – они не сомневались в том, что рано или поздно я захочу разыскать Ведомого Влекущего, а коли так, значит, и обязательно найду его. Только мне, мне одному на всем белом свете было под силу сделать такое. Вот как раз этот момент они пропустить никак не могли. Была очень велика также вероятность того, что и Пророк вдруг возжаждет нашей встречи. Признаться, эти мысли, действительно, иногда приходили мне в голову, но только сейчас, привнесенные извне, сделались навязчивой идеей. «Я разыщу его. Обязательно разыщу. Во что бы то ни стало». Никакого ликования по поводу этого решения я не испытывал, но знал, что в лепешку теперь расшибусь, но обязательно выполню свое обещание.

Однако козни кознями, а пора было уже засучать рукава и погружаться с головой в работу.

Я вновь вернулся к первоисточнику – откровениям Пророка.

ГЛАВА 2

«Человеку несведущему может показаться, что богословие как таковое не просто топчется на месте, но порой даже и откатывает вспять. Однако это не так. Наши представления о Боге и нашем месте во Вселенной постепенно, медленно, но совершенствуются. *(Вся история Религии сводится к тому же, что и история Науки: знания Человека, в данном случае о Боге, постоянно совершенствуются. Это естественный путь Духа).* Я думаю, что мы никогда уже, к примеру, не вернемся к язычеству, не потеряв при этом рассудка. Слепое поклонение Природе, без осознания ее как органической части Великого Бога, возможно только для дикаря, но никак для современного человека. «Тварный бог», несмотря на все его издержки, все же лучше бога-чиновника, заведующего огнем, любовью или красотой. Ну и во всех случаях, религии, которые обещают, несравненно лучше религий, которые убивают. Хоть времена инквизиции не столь уж давно миновали, пусть кто-нибудь скажет, что это не очевидный прогресс».

Арсентий Сириус «Седьмой Мессия»

Каюсь, еще совсем недавно больше всего на свете меня занимал спор «ветхого», «нового» и... «новейшего», то есть «галактического», человека. Разумеется, чуда не произошло, они так и остались неразделимы в каждом из нас, однако власть, границы – все теперь в моих представлениях о них поменялось.

Нет Пророков между Богом и Человеком, но есть Пророки между Богом и людьми.

«Родовой», «избранный» человек не ушел насовсем, но сильно был потеснен в свое время цивилизованным, «мировым», человеком. Однако настал черед оставить бразды правления и ему. И Ветхий и Новый Заветы разом были отменены, остался лишь один Завет, истинный – между Богом и Человеком. Он существовал всегда, но был сокрыт тьмою невежества.

Как когда-то Пророками был отменен век дикаря, так и Шестой отменил век твари. Я не сотворен, я часть того, что существует и будет существовать всегда. В этом и заключено понятие Вечная Жизнь. Ведомый Влекущий как раз и принес его в своей «Книге»: Новейший Завет всех времен и народов –

Учение о Вечной Жизни. Человек достоин жить столько, сколько он пожелает. Не «ветхий», не «новый», просто – человек. Не дикарь, не тварь, не раб, а всего только – крохотная частичка Великого Бога.

Каждое слово в «Книге» буквально взывало о новой вере, как я мог избежать подобного междустрочья в своих комментариях? Хотя нигде, даже на последней странице «Слова», я так и не вышел с ним на поверхность. Собственно, какое право я имел возвестить о новой религии? Равно, как и не имел никакого права умолчать о ней. Однако Религия, Церковь – Пророк резко разграничивает два этих понятия. Собственно, Он не открывает этим ничего нового, просто констатирует факт. Религия – христианство, но сколько же можно насчитать церквей и сект в мире, на нем основанных! И можно ли оспорить право самых великих из них на существование?

Как бы то ни было, только сейчас я понял, насколько сложна моя задача. И уж совершенно невыполнимой она была в том условии, которое мне поставил Продвинутый: сначала учение о гелекси, затем «Седьмой Мессия», религия Совершенства. Здесь я решился на неповиновение.

Однако сама задача от того легче не стала. И дело было не в том, что в любой момент либо гелекси, либо «фанатики» могли явить миру полный текст откровений Пророка. В конце концов, вполне мог объявиться и Он сам. В каком положении я бы тогда оказался? Жалкого сектанта? Плагиатора?

Нет, целина, неподъемность — вот что главным образом препятствовало мне в работе над «Книгой», «Словом», мешало и на сей раз. Никто не мог помочь мне, никакие авторитеты не облегчали моей задачи. Приходилось переворачивать, сбрасывать в пропасть глыбы, лежавшие тысячелетиями. Лишь некоторые, очень немногие, понятия оставались в силе: Бог, Дух, Душа, но и они виделись мне теперь совсем по-другому. Как сказал Пифагор: «Мудрый! Если ты желаешь возвестить людям какую-либо важную истину, облеки оную в одежду общего мнения». Но такой одежды, такой формы у меня не было, не нашел я их и по сю пору. В конце концов, измученный, я решил — все критике. Критике разума, разума свободного человека.

Однако сначала я по привычке все-таки обратился за помощью к своим любимым древним. Еще один, очередной, мозговой штурм, к которым я уже успел так привыкнуть, что уже не мог без них обходиться.

Как остроумно выразился по этому поводу Ромен Роллан: «Какое мне дело до этих греков и римлян? Они умерли, а мы живы. Что они могут мне рассказать, чего бы я не знал не хуже их?.. Я снисходительно начал перелистывать книгу, рассеянно закидывая в нее скучающий взгляд, словно удочку в реку. И так и замер, друзья мои! Ну и улов! Я вытягивал таких карпов, таких щук, неведомых рыб: золотых, серебряных, радужных… И они жили, плясали… А я-то считал их мертвыми!»

О богах невозможно знать ни того, что они есть, ни того, что их нет… а причина тому – неясность вопроса и краткость человеческой жизни.

Протагор

Действительно, одно только употребление слова

«бог» во множественном числе, исключает любую, малейшую, возможность как богосознания, так и богопознания.

Этот космос, один и тот же для всего существующего, не создал никакой бог и никакой человек, но всегда он был, есть и будет живым огнем, мерами загорающимся и мерами потухающим.

Гераклит

Нужно ли как-то комментировать эту мысль? Но человечество прошло мимо, предпочтя другой путь, путь «тварного бога» и себя как твари, а не как частички великого Бога.

Не надо воздевать руки к небу, не надо просить жреца, чтобы он допустил нас к уху статуи бога, как будто так нас лучше услышат: бог близко от тебя, с тобою, он в тебе.

Сенека.

Бог выше всяких определений.

Аврелий Августин

Бог в нас самих.

Платон

Бог есть круг, центр которого находится повсюду, а окружность нигде.

Тимей Локрский

Какого же тебе еще блага,

когда в тебе Бог и весь мир?

Ангелус Силезиус

Господи, как давно было и это сказано, но человек вместе с Богом допустил в душу Церковь, забыв о себе как о Седьмом Мессии. К каким катастрофам его это, в результате, привело!

Нет у тебя, человек, ничего, кроме души.

Пифагор

...Душа смертна, она уничтожается вместе с телом.

Демокрит

Земной человек – это слабая душа, обремененная трупом.

Эпиктет

Душа бессмертна? Да, именно такой и только такой она должна бы быть, согласно всем, когда-либо существовавшим и по сей день существующим религиям. Однако, невзирая на это, человек умирает. Душа его, как очевидно, слишком слаба, чтобы достаточно долго поддерживать обременяющий ее труп. Впрочем, оставим философов, вернемся к пророкам. Надо признать, что лишь один из них нашел в себе мужество сказать людям: *Душа смертна, бессмертных душ не бывает.*

Если хочешь мирских благ – откажись от души, если хочешь уберечь свою душу – отрекись от мирских благ. Иначе ты будешь постоянно раздваиваться и не получишь ни того, ни другого.

Эпиктет

Что же выбрать? Якобы бессмертную душу или

смертную плоть? Как я ни тщился, при всем желании я не мог сделать подобный выбор. Сколько я себя помню, я всегда был полон глубокого презрения ко всякого рода чревоугодникам и сластолюбцам, однако ничуть не меньшую неприязнь вызывали во мне любые люди, отрицающие простые «мирские блага» и даже позволявшие себе, в гордыне своей, глумиться над ними.

Нет, Он не появится и не предъявит миру полный текст своих откровений, только сейчас я вдруг понял это во внезапном озарении. Даже если это и произойдет, это будет не более, как подлог. Я не знал ничего об этом человеке, жив ли он или уже умер, была ли его смерть естественной или насильственной, но у меня не было отныне никаких сомнений – те три тетради были единственными. Почему же Он так загадочно удалился, не оставив нам новой веры?

Он не хотел единообразия. Он оставлял нам свободу, свободу выбора. И еще одну возможность: в любой момент вернуться, заплутав в своих поисках, и «сызнова все начать».

Три тонких ученических тетради, исписанных

мелким почерком, но каждая строчка в них рождала целый мир. Не я один: по меньшей мере, два десятка человек в самых разных частях света корпели сейчас над этими текстами, пытаясь выстроить на основе их то, что станет новым светом в этом мире и подарит людям новую жизнь. Почему бы и мне не попробовать? А кто победит в этой гонке… так ли уж важно?

ГЛАВА 3

Я открыл файл со своими черновиками. Приводя в порядок «Книгу», я просто делал пометки, не думая тогда о каких-либо собственных вариантах, приберегая эти наброски для «Слова Пророка», но только сейчас я решился, только теперь они мне понадобились.

«Бог совершенен, несовершенны Общество и Человек. Нужно соответствовать совершенству Бога, только тогда Человек, Общество получают право на дальнейшее существование. «Книга» есть средство выживания не какой-либо отдельной нации, государства, и даже цивилизации, а всего человечества».

«Новая вера – не есть что-то принципиально новое, дотоле неизвестное людям. Было и есть много людей, испокон веков исповедовавших и исповедующих ее под разными личинами. Просто пришло время выйти ей на поверхность, и объединиться этим людям».

«Ясно уже, как в мифе о всемирном потопе: спастись всем невозможно, спасутся лишь избранные. Кто же они, эти избранные, Бог ли вдохновил их выстроить новый ковчег?

Так уже было однажды, когда великий, но языческий Рим пал и растворился в истории, а босые и нищие пилигримы, что-то бормотавшие о едином Боге, создали совершенно новую цивилизацию, выстроили новый мир. Теперь и эти представления устарели».

«Новая вера оставляет другим религиям миры загробные: рай, ад и жизнь после смерти. Она ограничена жизнью земной, но не только планетой Земля. Ее истинные миры – миры космические».

«Новая вера, в отличие от национально-государственных и мировых религий, является первой всемирной религией. Она не признает границ, национальностей, климатического расположения. В ней все люди равны и свободны. Действительно, мы не можем нигде найти такой идеальный народ, который мог бы в большей своей части исповедовать новую веру. Однако, безусловно, заслуживают лучшей участи, чем униженность и мракобесие лучшие умы любой нации, любого государства. Ибо новая вера – не религия какого-то отдельного народа, нации, государства или нескольких государств – это религия Человека и Человечества».

«Новая вера является не только всемирной, но еще и параллельной религией, она позволяет человечеству наряду с имеющейся моделью развития общества осуществлять еще одновременное параллельное развитие, речь в данном случае идет о параллельном обществе, параллельном сознании, параллельной культуре, параллельной цивилизации».

«Основное, что нас поражает в поведении современного человека – его раздвоенность: веруя в одно, совершает другое, проповедуя добро, множит зло. Одна из причин здесь в том, что вера наших предков до сих пор не ушла из нас. В новой вере нет места раздвоенности. Как Бог един, так и человек должен быть един. И самое важное, что здесь предстоит осознать: с единства этого он начинает свой путь, а не достигает его в итоге».

«Новая вера – религия свободных людей, а не рабов. Нищие духом заслуживают лишь снисхождения, но вовсе не являются образцом для подражания».

«Новые религии должны, прежде всего, отказаться от массовости. Верующие в дьявола, пусть с ним и останутся. И посадят его в своем поезде в качестве машиниста».

«Новая вера, безусловно, признает все существующие национально-государственные и мировые религии и относится к ним с большим уважением, в то же время она совершенно равнодушна к сектантству и настроена к решительной борьбе в своих границах с явлениями язычества. Человек не может быть достойным своего предназначения, если свою, истинную, веру он перемежает с суеверием, мракобесием и всякого другого рода духовным изуверством».

«Новая вера – «религия, которая объемлет», она является венцом всех религиозных представлений и размышлений Человека от момента его зарождения до наших дней; в основе ее лежит принцип преемственности: *«Ни одно слово ни одного из Пророков не умерло. И не умрет никогда».*

«Еще одно отличие новой веры от других религий состоит в том, что она, прежде всего, утверждает идею не просто единого Бога, но Бога общего для всех людей».

Арсентий Сириус «Седьмой Мессия»

ГЛАВА 4

Совершенство есть знание человека о своем несовершенстве.

Аврелий Августин

Все несовершенное неизбежно приходит в упадок или гибнет.

Сенека

Пора не только согласовать свое дыхание с окружающим воздухом, но и мысли со всеобъемлющим разумом. Ибо разумная сила так же разлита и распространена повсюду для того, кто способен вбирать ее в себя, как сила воздуха для способного к дыханию.

Марк Аврелий

В своих набросках я пока еще стыдливо именовал то, что решил прояснить людям, новой верой, однако Продвинутый положил конец моим мучениям. Пусть понятие «новая вера» останется целиком и полностью откровением Пророка, верой, «которая объемлет». Я же возьму на себя смелость не просто изложить, но именно продолжить некоторые из подаренных им мыслей.

«Уже дойдя до конца «Книги», я осознал, что дальше нет пути. Для меня, во всяком случае. И мне ничего не осталось другого, как только «вернуться к истокам и сызнова все начать».

Из того, что мне открылось:

- Главный Путь бесконечен;

- Вечная Жизнь – относительность;

- она означает не столько возможность относительного бессмертия, сколько совсем другое качество человеческой жизни – мы больше не хотим жить в Аду.

Каждый сам вправе решать, избрать ли ему себя для подобной цели и каким направлением к ней следовать.

Но:

- мы ничего не сможем достичь поодиночке;

- и стало быть, толкователей может быть сколько угодно, но Толкователями станут только те, за кем последуют миллионы;

- речь идет о новой Религии и о новой Церкви;

- в этом мое, сугубо личное, решение данного вопроса.

А коли так, быть по сему: эта книга для избранных: тех людей, которые сами избрали себя для новой веры и тех, кого избрал для нее Господь».

«Сказано: *жизненный путь человека измеряется вершинами, которые он покорил.* Да, действительно, нет степеней Совершенства, но есть степени Соответствия.

Первая из них уже определена Пророком: осознание того, что мы живем в Аду. Уже одна только эта ступенька, если вы вскарабкались на нее, означает, что вы вступили на Главный Путь. Вы в преддверии Рая, стучитесь в Вечную Жизнь. Но вы можете так до конца дней своих и застрять на этой ступеньке. Либо повернуть вспять, вернуться обратно. Это ваше право, никто вас не осудит за это. Ибо невероятно трудна вторая ступенька: поселить Рай в собственной душе.

Трудностей вообще будет много. На мой взгляд, самая большая из них заключена в том, что окружающая действительность, обнаружив, что вы неожиданно выпали из нее, тут же набросится на вас и начнет рвать в клочья. Причем вовсе не из ненависти, а исходя из самых благородных побуждений, то есть, искренне желая вам добра. У нее свое представление о соответствии. И один вы не выстоите, спасти вас может только единение с себе подобными. Речь идет как раз о третьей ступеньке.

То есть, первое: *ничто благое не приходит без очищения.*

Второе – новая вера.

Третье – новая церковь.

На этом пока и остановимся: надо бы перевести дух».

Арсентий Сириус «Седьмой Мессия»

Конечно, надо бы, но нет никакой возможности сделать это. Хоть я и весьма бегло проглядывал в прошлый раз памятные три тетради Ведомого Влекущего, во флешке, которую мне потом вместо них дали, я без труда обнаружил новые, инородные, причем весьма неожиданные вкрапления. Потом, в «Книге», я не стал изымать их из текста, но инородность их я так и не смог до конца преодолеть.

Однако не буду разбрасываться, остановлюсь пока

только на одном из них.

«Человечество имеет свое начало и свой конец. Может ли Человек переступить через это понятие? Уйти в другой мир после вселенской катастрофы и там прекрасно существовать? Один мир нам известен — мир небытия, скатиться в него можно в любой миг, навеки исчезнув, а вот иной, высший, мир, доступен ли он нам? Возможно ли для Человека выйти, к примеру, за пределы Сознания? Обретя при том новую сущность не в далеких бескрайных чужих и чуждых мирах, а исключительно в самом себе?

Речь ведь не идет о каком-то конкретном скоплении туманностей и звезд, речь идет о мышлении. Так кто же они — люди галактики?»

Именно галактики, а не Галактики, разницу в двух этих понятиях с некоторых пор я слишком хорошо понимал.

ЧАСТЬ СЕДЬМАЯ

ГЛАВА 1

Цена власти – власть.

Д. Оруэлл

Я был далек от политики и не питал к ней ничего, кроме глубокого отвращения. Так получилось, что я вырос в жестоком, тоталитарном государстве, в котором жизнь отдельного человека мало что стоила, и это государство затем плавно переросло в некое новообразование, в котором жизнь человеческая не стала стоить вообще ничего. Если в молодости я пытался отстаивать свое право на свободу, на хоть какое-то подобие справедливости, пусть на немногие, но все же возможности реализации своей личности, то достигнув зрелости, я просто тихо сидел в своей конуре, ничем не руководимый, как только стремлением сохранить себя для элементарной жизнедеятельности.

Резкие высказывания Пророка в отношении Государства, Общества сначала очень воодушевили меня, буквально пролили бальзам на мою душу, затем я понял: мой кумир знает о политике немногим больше, чем я. Однако задача была передо мной поставлена, и у меня не было никакого выбора, как только ее выполнять.

Что я знал о гелекси? Практически ничего. Анализируя неоднократно в уме свой разговор с Продвинутым на эту тему, я понимал, что он далеко не так наивен, как казался мне в самом начале нашей встречи. И первый вывод, к которому я пришел – ни о каком предательстве, а уж тем более воровстве, на самом деле не было речи. Ясно, что на этот раз за его спиной стоял совсем другой человек, но не было никаких сомнений, что он тоже был гелекси, и даже рангом повыше, чем прошлое начальство Продвинутого (кстати, кем он был по национальности – французом, итальянцем? Скорее всего, ирландцем, но все попытки выяснить это в точности были не более чем гаданием на кофейной гуще).

Я побродил немного в Интернете, но не нашел там никаких следов моих новых знакомых. Транснациональные корпорации, опутавшие мир своими щупальцами, многотриллионные финансовые потоки, буквально вымывавшие последние остатки средств в одних странах и неслыханно обогащавшие другие – ставшая уже обычной практика. Причем тут гелекси?

Тамплиеры, иллюминаты, сионисты, масоны – может, тут их истоки? Не могло же такое мощное явление вырасти на пустом месте? Но так и было. Никаких корней, никаких связей. И никаких раздоров, полное взаимопонимание, единство. Весь мир они вознамерились сделать одной большой кормушкой, и тут без единства, взаимопонимания никак было не обойтись. Слишком много было конкурентов вокруг.

И вот появляюсь я – первая трещинка в их замечательном паритете. Не знаю, не уверен, зачем им понадобилась независимая, параллельная религия?

Управлять процессом, который вышел наружу и развитие которого уже невозможно дальше удержать?

Стремление отследить пути развития подобного процесса, чтобы еще долгое время душить его потом в зародыше?

Просто иметь право на жизнь, раздвинув рамки традиционных религий, так и не выбрав в качестве основной ни одну из них?

Причин было множество, но у меня не было

никакого желания копаться, углубляться в них.

ГЛАВА 2

Властвовать – значит мучить и унижать. Власть заключается в том, чтобы, расколов на куски разум человека, собрать его снова, но придав ту форму, которая нужна тебе.

Д. Оруэлл

Звери, живя вместе с нами, становятся ручными, а люди, общаясь друг с другом, становятся дикими.

Гераклит Эфесский

Законы бесполезны как для хороших людей, так и для дурных: первые не нуждаются в законах, вторые от них не становятся лучше.

Демокрит

Вы правы: в своих рассуждениях я, пожалуй, ушел немного в сторону. На чем я в прошлый раз остановился? Ах да, масоны… Ясно, как божий день, гелекси не могли появиться и так пышно расцвести на пустом месте. Что могло послужить им стимулом? Какая-нибудь доктрина или даже учение. Скорее всего, учение. Которое до поры до времени сохранялось в тайне, либо появилось совсем недавно. Чего же они требовали от меня, уже имея то, что им нужно? Меня внезапно осенило: рано или поздно гелекси пришлось бы выйти на поверхность, если бы на них открылась охота, а такое неизбежно должно было произойти, оставаться в тени было бы для них смерти подобно. Но они не могли полностью раскрыть свои тайны, а значит, нужно было дать ложный след своим преследователям. Для этой цели как раз и предназначался я. Именно мое, ложное, учение стало бы для них защитой. Что стало бы потом со мной самим? Можно было только гадать. Но они со мной жестоко просчитались.

Так думал я, но так не думали они.

ГЛАВА 3

Моя любовь к горам проявилась неожиданно и протекала потом в довольно причудливой форме: меня совершенно не привлекали горнолыжные курорты вроде Куршевеля, а уж альпинистское снаряжение и вовсе не способно было вызвать ничего, кроме легкой изжоги. Просто однажды, находясь в туристической поездке по Восточной Германии, я оказался в Гарце…

Сразу вспомнились наполненные тонкой иронией заметки Генриха Гейне: «Путешествие по Гарцу». Обошлись здесь с нами, правда, на редкость бесцеремонно: маленький городишко Вернигероде там, внизу, куда надо было спускаться на фуникулере, танцы по вечерам, редкие экскурсии на автобусе в другие такие же, еще более крохотные по масштабам России, городишки вокруг (больше всех остальных запомнился почему-то Кведлинбург), а в остальном… свободное время! Куда только было его девать? Если добавить сюда еще химические заводы, изрядно портившие воздух и сделавшие совершенно непригодной для питья местную воду, отчего на каждом этаже в избытке складировались ящики с минералкой, то картина будет достаточно колоритной. Но при всем при том великолепные леса вокруг, в которых нельзя было найти ни одной бумажки или консервной банки; белки, зайцы, косули, даже кабаны в неисчислимом количестве.

Не могу сказать, почему я вдруг через много лет решил повторить свое давнее путешествие. Я вообще-то не склонен к ностальгиям, и не люблю бывать дважды в одних и тех же местах. Но мне предстояла трудная работа, самая трудная из тех, которыми я занимался в последние два с половиной года, и я решил именно здесь с ней стартовать.

Тогда, в тот, прежний, раз, я глянул со скалы на протекавшую внизу горную речку и понял, что уж кто-кто, а я здесь скучать не буду. С тех пор все оставшееся время я только и делал, что карабкался по горным склонам, лишь к обеду или ужину спускаясь с них. Вся группа посмеивалась надо мной, многозначительно постукивая себя по лбу пальцем, но мне было глубоко наплевать на их насмешки. Я никогда не отличался крепким здоровьем, но здесь все мои хвори разом отступили, а в голове была такая ясность, которой я не знал никогда.

Я очень боялся, что встречу здесь в сравнении с той, столь памятной мне, поездкой большие перемены, но их, на мое счастье, практически не произошло: вот только предупреждения относительно питьевой воды не было, но я не стал рисковать и предпочел запастись большой упаковкой «Эвиан».

Они сидели и обедали в моей крохотной кухоньке. Как вы, наверное, уже догадались, их было трое: Соотечественник, Фарисей и Пианист. Забавно было наблюдать, что хоть застолье и было общим, ели они каждый свою, приготовленную им самим, пищу.

– Присоединяйтесь! – радушно привстал со своего стула Фарисей. – Мы вам тоже заказали обед, хотя вы вполне могли заморить червячка внизу в каком-нибудь гаштете. Но я видел, как вы поднимались пешком, отказались от услуг фуникулера, а значит, и не могли не проголодаться. Я верно угадал?

Я хмуро кивнул. Я всегда был готов к неожиданностям, но в данном случае впечатление было чересчур сильным, или как говорят немцы в таких случаях: zu.

– Вы – молодец! – не упустил возможности

проявить природную учтивость Пианист. – Не стали сразу скакать горным козлом, как, наверное, многие бы на вашем месте сделали. Даете себе время акклиматизироваться, иначе ведь можно и сгореть – переизбыток кислорода.

Я дождался, когда принесут обед (Соотечественник был не менее любезен и тотчас после моего кивка позвонил на кухню по телефону), и еще раз внимательно оглядел «теплую компанию». Хотелось выиграть время, они ведь застали меня врасплох, а сами успели как следует подготовиться. Но передо мной были уже не те жалкие сосунки, с которыми я виделся два с половиной года назад.

– Что ж, надо отдать вам должное, – вновь похвалил меня Фарисей. – Вы выбрали очень уютное, укромное местечко, которое на редкость подходит для серьезного разговора. Я так понял, что вы здесь уже не в первый раз?

Я не ответил, молча поглощая все, что было на подносе.

Закончив трапезу, они без слов выстроились в ряд и меланхолично принялись за работу. Один тщательно соскребал с тарелок остатки пищи в мусорное ведро, другой столь же дотошно мыл затем в раковине посуду, третий с самым серьезным видом протирал тарелки, ножи, вилки полотенцем и клал их на сушилку. Вся эта процедура проходила в рамках столь характерной для немцев педантичной вежливости: буквально каждое движение сопровождалось какой-нибудь из двух фраз: «Bitte schön» (пожалуйста, – нем.) или «Danke schön» (большое спасибо – нем), и ничего больше. Конечно, это был их своеобразный юмор. Они вообще были сегодня в прекрасном настроении. Чего никак нельзя было сказать обо мне.

– Что ж, начнем, – развел руками Фарисей, когда они уселись все трое на диване, а я примостился в кресле напротив. Они специально передвинули мебель, готовясь к разговору, но мне было на это наплевать.

– Почему вы ослушались? – первым задал вопрос Пианист. – Та книга, которую вы сдали нам, должна была быть второй, так как она интересует нас гораздо меньше той, которую вам в первую очередь заказывали.

– Где Англичанин? – ответил я вопросом на

вопрос. Я старался и дальше как мог тянуть время. Хотя зачем?

— Англичанин? — все с той же иронией переспросил Соотечественник. — Интересная информация! А мы почему-то думали, что он француз или, по меньшей мере, ирландец. Среди англичан католики не так уж часто встречаются.

— И тем не менее, я отказываюсь отвечать на ваши вопросы без него, — попробовал я покуражиться. — Он был моим непосредственным куратором, именно от него я получил деньги и задание полгода назад. Перед ним и отчитаюсь, если он потребует того.

— Англичанин… — задумчиво пробормотал Фарисей, без тени растерянности. — Хорошо, пусть будет Англичанин, нам что с того? Где он? Ну, скажем так — он проявил излишнюю самостоятельность, граничащую с предательством и воровством. Вы, не без оснований, в данном случае считаетесь его прямым пособником, соучастником. Нам уже известна подоплека дела, от вас мы просто хотели бы узнать кое-какие подробности, не более того.

Пианист резко поднял руку, вмешавшись в

разговор.

– Ладно, давайте не будем недооценивать нашего собеседника. Это было бы не только большим неуважением к столь неординарной личности, какой он является, но и непростительной ошибкой с нашей стороны.

Он повернулся ко мне, по привычке скрестив в замок свои удивительные пальцы.

– Как вы уже догадались, безусловно, дорогой друг, за время, отделяющее нас от нашей последней встречи, много воды утекло. Мы все трое могли бы погибнуть. Во всяком случае, Англичанин был уверен в нашей смерти. Вы ведь наверняка интересовались у него нашей судьбой?

Я молча кивнул.

– И вы, конечно, поверили ему. Но уже в первые два дня пребывания здесь (Горный воздух! Поистине чудодейственный горный воздух. Не зря вы сюда забрались!) пришли к выводу, что мы живы и продолжаем работать над тем же проектом, только копаем уже гораздо глубже в нем.

– И для начала изрядно попотрошили мой планшет, – со вздохом уточнил я.

— Конечно, — без тени угрызений совести воскликнул Фарисей, — а чем же еще иначе нам было эти два дня заниматься?

— Но мы нашли время и полюбоваться с вами форелью в горной речке, — иронически перебил его Соотечественник. — Она там просто как в аквариуме. Послушать ваши разговоры с зайцами и белками. А уж косули как на вас шипели! А та уютная кафешка в горах, казалось, совершенно оторванная от мира, волшебное видение. Весьма неплохой кофе, кстати, а уж марципаны! Четверть века, как социализм сгинул, а ничего подобного так и не появилось в России, значит, в чем-то другом дело? У немцев ведь тогда тоже было «общество всеобщей справедливости».

— А «Скала Гете»? Вы даже хотели сфотографироваться на память, приготовили мобильник, но вовремя спохватились, — присоединился к рассуждениям Соотечественника Фарисей. Вот уж кто был, действительно, дока из них троих по части юмора!

Пианист вновь предостерегающе поднял руку.

— Друзья, мы так никогда и не сможем закончить наш разговор, если и дальше будем продолжать его в том же духе.

– А мы и не спешим! – вновь не удержался Фарисей от шутки.

– Хотя мы и не спешим, – поспешил подправить его Пианист. И неожиданно вновь развернулся в мою сторону: – Так как насчет разговора начистоту? Как видите, мы обладаем теперь гораздо большими, не в пример прежним, полномочиями. Нам нет необходимости до мельчайших деталей докладываться нашему начальству. Многое могло бы остаться между нами.

Он сосредоточился, пошевелил бровями, затем почему-то показал в сторону Фарисея, как бы передавая ему слово.

Тот тоже принял сосредоточенный вид.

– Начнем с того, что в какой-то момент там, наверху у нас, самые высокие чины смекнули, как много мы упускаем на том направлении, которое еще недавно считали своей безраздельной вотчиной. Наверное, во многом это произошло благодаря вам. Во всяком случае, лед тронулся сразу же после вашей книги «Слово Пророка». Нам добавили людей, резко увеличили финансирование, то есть, мы отдаем себе отчет в том, сколько вы для нас, конкретно, сделали, буквально с неба свалившись, как божий дар. Только не зазнавайтесь.

– Где Англичанин? – упрямо перебил его я. Возможно, так нельзя было вести себя в моем положении, но игра в кошки-мышки меня ни при каком раскладе не устраивала. – Вы не ответили на мой вопрос.

Пианист вновь поднял свои холеные руки. Чувствовалось, что ему доставляло большое наслаждение их постоянно демонстрировать.

– Мы просто начали издалека, чтобы было понятнее, – немного раздраженно, с укоризной, пробормотал он, – но если вам так удобнее... – «Кстати, отдаете ли вы себе отчет в том, что сегодня произошло? У нас (вы и я, пока что только вы и я) появилась точка опоры, с помощью которой можно перевернуть мир. Помнится, один знаменитый ученый – каждый школьник о нем наслышан, мечтал о чем-то подобном. Грех было бы этим не воспользоваться». Вам эти слова ни о чем не говорят? Так вот, вас никогда не было двое, вас было гораздо больше. Как вы понимаете, Англичанин вел переговоры с вами не от своего имени, за ним стояли и стоят до сих пор могущественные люди. И то, что он сейчас в опале, еще ничего не значит. Им могут пожертвовать, но скорее всего он выкрутится, причем вознесется так, как уже не повезет больше никому из нас. Я, к примеру, нисколько не сомневаюсь в том, что он воплотит свою мечту и станет главой той Новой Церкви, о которой вы написали в своей книге.

Он с театральным эффектом торжественно положил передо мной изящно изданный томик: Арсентий Сириус «Седьмой Мессия».

– Внутри, конечно, еще многое может измениться, – развел он руками, – но внешний дизайн утвержден окончательно.

– За исключением имени на обложке, – с иронией пробормотал я.

Пианист еще более посерьезнел.

– Ну, тут уж многое, если не все, будет зависеть от вас.

Ça dépend, – понимающе кивнул я.

– Ça dépend, – эхом отозвался он.

Мы пристально посмотрели в глаза друг другу.

– То есть, – неожиданно вклинился в наш

сокровенный разговор Фарисей. Я уже забыл, как прекрасно они владеют методом перекрестного допроса. В прошлый раз, во всяком случае, они великолепно взяли меня в оборот. – Мы по-прежнему, несмотря ни на что, считаем себя, в том числе и Англичанина, единой командой. Не говоря уже о тех людях, которых мы курируем. Надеемся, что вы тоже с нами и не ведете самостоятельной игры? Или здесь тоже: ça dépend?

– Нет, никаких ça dépend, – поспешно заверил его я. – Я просто уточнял. Теперь я выяснил все, что мне было нужно и отныне полностью признаю ваши полномочия. Естественно, готов подчиниться любому вашему приказанию.

Конечно, я кривил душой, но что мне в моем положении оставалось делать?

Я поднялся, взял из ящика две бутылки минеральной воды, поставил на стол и открыл обе, знаком приглашая своих собеседников присоединиться к столь скромному угощению. Мне самому почему-то страшно захотелось пить, по одному только этому признаку легко было распознать, что я нервничаю, а стало быть, неискренен. Но мне было все равно. Они же сами хотели играть без обмана, так пусть для начала откроют сразу все свои карты.

Никто из троих к воде даже не притронулся, я же опустошил почти до дна целую бутылку. Они внимательно и даже, казалось, с некоторым сочувствием за мной наблюдали.

– Я полагаю, что наш разговор должен быть не только откровенным, но и конструктивным, – наконец, задумчиво проговорил Фарисей. – А значит, имело бы полный смысл не сидеть здесь в духоте, а прогуляться на природе. Как считает почтенная публика, я прав?

«Gut! Gut! Super gut! (Хорошо! Хорошо! Очень хорошо! – нем.) – все с той же добродушной иронией загалдели его друзья. – Die Natur! O, die Natur! Ja, ja! Ja, ja! Natürlich! (Природа! О, природа! Да, да! Да, да! Конечно! – нем.)».

Они тут же разбрелись по своим номерам и вернулись в довольно экзотических походных нарядах. Особенно выделялся Пианист со своей шляпой-тиролькой и велюровыми штанами. За спиной у каждого был маленький рюкзачок. Переоделся и я, глядя на них. Мы вышли из отеля и скоро затерялись в лесу. В целом мы мало отличались по виду от других туристов, изредка попадавшихся на нашем пути со своими неизменными рюкзачками, но в то же время, конечно, выглядели несколько странно: четверо мужчин, ни одной женщины, очень разные внешне, сосредоточенно о чем-то беседующие. Непонятная компания. Однако моих кураторов это почему-то не смущало.

— Так, — задумчиво проговорил Фарисей, примостившись на каком-то поваленном дереве. Лес сохранялся здесь еще и по принципу первозданности: куда лист упал, там ему и предстояло сгнить, поваленное непогодой дерево обречено было лежать до тех пор, пока не превратится в труху, никакого вмешательства человека, так что Фарисей сильно рисковал, размещая на первом попавшемся бревне свой внушительный зад. — Хочу напомнить, вы не ответили на наш главный вопрос. Насчет четвертой тетради.

— Никакой четвертой тетради нет, — со вздохом проговорил я. Здесь, на природе, у меня не было никакого желания дерзить. – И никогда не было. Равно, как пятой, шестой, седьмой и так далее.

Ответом мне, соответственно, было гробовое молчание. Я был готов к нему и терпеливо ждал, хотя от защиты давно уже перешел к нападению.

– Да, интересно, – фыркнул, пытаясь разрядить сгустившуюся атмосферу, Пианист. – И кто же тогда мы? Пришельцы?

Он заглянул мне в глаза и продолжил развивать свою мысль с обычной для него терпеливой учтивостью.

– Может быть, вы что-нибудь забыли или в прошлый раз не поняли? Позволю себе напомнить, буквально слово в слово то, что было вам сказано. «Контракт – на десять лет. По истечении он может быть продолжен. Но, так или иначе, вы на всю жизнь остаетесь в нашем распоряжении: закончится эта работа, найдется другая, без работы вы уже никогда больше не останетесь. Забудьте о своем возрасте, вы в любом возрасте будете для нас интересны, лишь бы не закисли ваши мозги». И еще: вам дано было время на раздумье, но мы предупредили вас: «Ваше решение должно быть окончательным, пути назад быть не может». Вы согласились тогда, приняли наши условия. Теперь ответьте, что это в первую очередь означает?

Я пожал плечами.

– То, что я один из вас. Я гелекси.

– Великолепно! – не удержавшись, вскричал Соотечественник. – Какой умница, как он все понимает! Однако наверняка вам неизвестно, что за два с половиной года мы, гелекси, проделали огромный путь. Деньги, недвижимость, технологии – этого добра сейчас столько у нас, сколько нет ни у одной, самой крупной, державы мира. У нас такое количество сторонников повсюду, что мы могли бы без труда и в любое время прийти к власти, возглавить правительства в добром десятке государств. И мы уже совсем не беззащитны, как были когда-то. У нас, к примеру, самые сильные разведка и контрразведка в мире. Джин выскочил из бутылки и обратно его уже не загнать.

– Зачем мне подобные сведения? Они наверняка секретные. Мне обязательно их знать? – со скукой спросил я. Стоять на одном месте мне надоело, и я, подстелив куртку, сел прямо на землю.

Я ожидал, что кто-нибудь другой подхватит инициативу, но Пианист и Фарисей молчали, с интересом наблюдая за нашей перепалкой с Соотечественником.

Впрочем, тот и не думал униматься. Я никак не мог понять, чего, собственно, он так разволновался? Или только делает вид?

– Как зачем? – вскричал он буквально с пеной у рта. – Объясните нам тогда, откуда то, о чем я вам только что рассказывал, взялось? Вы ведь сами только что сказали, что у нашего движения нет прошлого, мы – дерево без корней. Нас не устраивает такое объяснение, оно совсем не согласуется с привычной для нас, классической, логикой. На чем базируются ваши утверждения? Начали, так продолжайте, не оставляйте нас на середине пути.

Я поколебался некоторое время. «Слово – не воробей…» Но пути назад у меня не было.

– Учение о гелекси – не миф, оно существует. Но его автор – не Ведомый Влекущий. Хотя оно создано на основе его тетрадей, теперь книги. Автор – где-то там, у вас, на самом верху. Обыкновенный бог-творец, который из ничего создал нечто (Мелиссу

Самосскому вопреки).

Вот тут уж они, действительно, застыли как изваяния, мои слова прозвучали для них словно гром среди ясного неба. Они даже не спросили, кто такой Мелисс Самосский («Из ничего ничто не возникает»), хотя наверняка понятия об этом, одном из ярчайших представителей философской Элейской школы, не имели. Я смотрел на них с некоторым сожалением: неужели они сами не могли додуматься до такой простой мысли? Выходит, я их переоценил? А может, они просто разыгрывают античный спектакль и дурят мне голову?

— Как же мы вернемся с таким объяснением назад и предстанем пред очи нашего начальства? – с полной безнадежностью в голосе пробормотал Фарисей. – Я не требую от вас доказательств, вижу, что это не версия, а окончательный результат. И все-таки, вы хорошо все выверили в своих рассуждениях?

— Позволю себе ответить только на первый ваш вопрос, эмоции не по моей части, – спокойно ответил я. – Что будет, когда вы вернетесь? Полетят как минимум четыре головы, включая и мою. Останется в живых лишь Англичанин, удачливый сукин сын!

Фарисей дал знак своим соратникам отойти в сторону и посовещаться. Я лег на траву и уставился в небо. Ах, эти чертовы спутники! «Бип! Бип!» Носятся как угорелые, не знают ни минуты покоя. Почему же эти трое совершенно не боятся их? Может, Продвинутый, столь многозначительно показывая на небо, просто запугивал меня?

Они отсутствовали довольно долго, но когда вернулись, по их растерянным лицам видно было, что они так и не пришли к единому соглашению.

– Предположим, вы правы, и что же теперь? Вы так и не ответили на наш вопрос. Что нам делать? Как выбираться из создавшегося положения? – буквально впился в меня изучающим, пронзительным взглядом Фарисей.

– Ничего, – пожал я плечами, – сделать как обычно – свалить все свои беды и вины на меня. Вы получили прекрасную рукопись, которой хватит надолго, чтобы занять мозги вашего непосредственного руководства. Вы решили встретиться со мной, узнать: почему я переменил свои планы, по-прежнему ли я лоялен, что собираюсь дальше предпринять? Встретились, убедились, что я такой же разгильдяй, каким и был всегда. Но книга пишется. Конечно, она вытанцовывается не совсем такой, какой вам хотелось бы ее иметь, но и не выходит никуда из рамок задания, которое я получил. Если же моя «продукция» в итоге чем-то не устроит вас или непосредственного заказчика, вы можете использовать ее как заготовку, болванку и сварганить из нее потом все, что вам заблагорассудится.

Я помолчал некоторое время, затем продолжил. Я рисковал – пауза должна была быть очень короткой, чтобы они не успели вклиниться в мое рассуждение и не смазать эффект от него.

– А теперь, если не возражаете, я хотел бы сказать кое-что вам, только вам, без передачи. В «Слове Пророка» я прокомментировал лишь первую треть откровений Ведомого Влекущего, давайте порассуждаем, что произошло бы, если бы я этим ограничился? Завести столько людей в непроходимую чащу и оставить их там без помощи, быть может, на верную гибель? У нас, русских, есть такой горячо любимый и истово почитаемый исторический персонаж – Иван Сусанин, так вот – он так и сделал, но поступил подобным образом с врагами. Вы убедились только что: я вовсе не враг вам, я такой же гелекси, как и вы. А значит, я должен был, во что бы то ни стало, написать еще две книги и был чрезвычайно рад, когда получил на них заказ. Теперь подумайте, как я мог поставить телегу впереди лошади и написать четвертую книгу прежде третьей? Такое мне просто не по силам, я ведь всего только – комментатор, в лучшем случае – толкователь, но уж никак не пророк. Спрашивается: так зачем же вы явились ко мне, поддались эмоциям? Тупоголовое начальство замучило, заставило поступить подобным образом? Не верю. Полагаю, что это ваша, и только ваша, сугубо личная, инициатива. Вас раззадорил пример Продвинутого, и вы решили заключить со мной свое, отдельное, частное соглашение? Считайте, что договор подписан, можно кровью. Вас послали какие-то шишки, которые стоят за вами и хотят разыграть мою карту? Какие вопросы? Я в их игре. Вы хотите получить бесплатно то, за что другой человек заплатил огромные деньги? Ладно, Бог с вами, и на это я согласен.

Они сидели все трое на корточках передо мной,

внимательно всматриваясь в мое лицо, жадно ловя каждое мое слово. И когда я поднялся, тоже молча встали. Я отряхнул куртку, надел ее, однако когда Фарисей захотел что-то сказать, сделал протестующий жест рукой.

– Вы хотели поговорить со мной начистоту, ну так что же? Погнались за зверем, обложили со всех сторон, поймали его, а в результате сами угодили в капкан? Вы собираетесь заявить мне сейчас, что я просто сотрясал воздух, и вы хотите от меня на самом деле совсем другого? Что нужно соблюдать не только дух, но и букву договора? Хорошо, я в состоянии это сделать: восстановить для вас истинный, секретный, текст. Но вы уверены, что нам всем четверым потом будет от этого лучше? У нас в России говорят в таких случаях: «по Сеньке и шапка». Если вы уж настолько любопытны, то мой вам совет: наберитесь терпения. Может быть, когда-нибудь залезете на самый верх, там вам все тайны сами и откроются. А до этого... задержитесь у края пропасти: остерегитесь даже думать о подобных вещах.

Мне надо было убедить его. Именно его. Любой ценой. Чтобы этот упрямый осел не совершил непоправимых ошибок. Как любил говорить один из героев весьма популярного в свое время на моей родине сериала (немецкая поговорка): «То, что знают двое, знает и свинья». Чудес на свете не бывает. Их было трое, кто-то один из них наверняка был предателем. Поэтому я, уже высказав все, что хотел, продолжал еще с минуту мериться с Фарисеем взглядом. Наконец, тот первым отвел в сторону глаза.

– Я понимаю, – пробормотал он, – нам всем троим надо когда-нибудь набраться мужества и признать ваше безусловное превосходство, ваш уникальный ум. Но нам до сих пор очень трудно это сделать. Англичанин оказался сообразительнее нас, и вот результат: он уже для нас недосягаем. А всего-то и понадобилось ему: перед вами голову склонить.

– Это уже лишнее, – отмел я с ходу его лесть в сторону. – Мы не о том говорим сейчас. Я выплыву во всех случаях, выплывете ли вы?

Они переглянулись между собой, затем все трое согласно кивнули.

– Мы принимаем ваш вариант, – со вздохом проговорил Пианист. – О предательстве не беспокойтесь, мы не самоубийцы. Я полагаю, что основной вопрос решен, и нам осталось обсудить только кое-какие детали, которых, впрочем, набралось достаточно много.

Мы решили переместиться – спустились к реке. Там устроили небольшой пикник, разобрав содержимое наших рюкзачков. Я оказался тоже на высоте: озаботился тем, чтобы прихватить пару бутербродов и бутылку минеральной воды. Я был спокоен, совершенно спокоен, и даже ждал большего: с кнутом у них определенно ничего не получилось: досталось больше им, чем мне, но и припасенные пряники тоже надо было куда-то девать.

– Не обижайтесь на нас, – начал Соотечественник, – но нам и в самом деле надо было во многом убедиться. Теперь мы знаем наверняка: вы – гелекси, мы все – команда, причем еще дружней, чем была. Но, вы должны понимать, что то исключительное положение, в котором вы находились до сих пор, не может продолжаться вечно. Два с половиной года вы работали в условиях полной свободы, сейчас это становится слишком опасно. Как для нас, так и для вас. На вас идет постоянная охота. Поэтому, как только вы закончите свою четвертую книгу –

«Вавилонский столп», надеюсь, название не изменится, и так она будет и дальше фигурировать в наших отчетах, вы станете работать в таких же условиях, как и все мы. Это вообще был рискованный эксперимент, но риск полностью оправдал себя: именно свобода, именно эти исключительные условия позволили вам настолько полно раскрыть себя. Дальше вам уже придется работать в связке, но зато о вашей безопасности больше не будет идти речь – вы будете надежно защищены.

– Да-да, мы вам гарантируем это, – поспешил вмешаться Пианист, уловив мой скептический взгляд. – Случай с Иеремией Хартом можно считать единственным, да и то мы не утратили надежду вернуть, освободить его.

– Вот этого я бы не стал делать, – скривил губы я.

– Почему? – вновь, по привычке, впился в меня пристальным взглядом Фарисей.

– Этим вы развяжете войну, которая нам ни сейчас, ни когда-либо не желательна. Харт уже не тот, что был вначале, он оброс разработками «фанатиков» как дно морского судна ракушками. Вам так нужны их секреты?

— Нет, мы достаточно уверены в себе. Теперь, с тем багажом, который вы нам предоставили, мы их победим при любых условиях.

— Так зачем же вам Харт?

— Пожалуй, вы правы, — неохотно согласился Фарисей. — Харт нам сейчас, действительно, совершенно ни к чему.

Я почувствовал жгучие уколы совести. Вот так, несколькими фразами, я решил судьбу неплохого, быть может, человека. Но скольких, в то же время, я спасал от резни, которая вполне могла бы иначе разразиться?

Так, что еще у них припасено?

— Обсуждался вопрос перевести вас буквально с января следующего года на легальное положение, — задумчиво проговорил Пианист. — Англичанин один может не справиться, вполне вероятно, что ему понадобится помощь. Лучшей кандидатуры, чем вы, для этого не найти.

— Ну а если мы победим, — мечтательно покачал головой Соотечественник, — не исключено, что у всех нас появится возможность вернуть себе прежний облик и воссоединиться с семьей.

Да, они все-таки достали меня. Тот участок моего сердца, который я, казалось, заковал надежно и навсегда, вдруг разорвал цепи и затопил счастьем всего меня целиком. И мне нечего было возразить, ведь все было вполне реально. Почему бы и нет? Что ж, ничего не скажешь, пряники были и в самом деле на редкость хороши.

Но я был бы не я, если бы не добил их. Уж слишком они были в настоящий момент едины, такое вовсе не входило в мои планы.

— Что ж, а теперь, напоследок, если вы не возражаете, я хотел бы с каждым из вас поговорить наедине.

Они долго настороженно молчали. Конечно, они понимали, что принцип «разделяй и властвуй» никогда — ни в каких временах, ни при каких обстоятельствах — не утратит своей действенности, что им следует лишь добродушно посмеяться над моим предложением и даже лукаво мне пальчиком пригрозить. Было совершенно очевидно, что никогда уже впредь не бывать прежней доверительности между ними, но любопытство, как я и ожидал, все пересилило. Оно просто не могло не возобладать.

Я начал с Соотечественника. Не знаю (хотя знаю совершенно определенно), почему я выбрал его. С одной стороны он больше всех остальных испытывал ко мне антипатию, с другой – после Продвинутого только он один способен был на отступничество. Хотя, повторяю, это было не более чем интуиция, которой я последние два с половиной года жил.

Когда мы отдалились достаточно, я проговорил с тихим вздохом:

– Я не случайно хотел поговорить именно с вами, друг мой. И соратник. Простите за столь высокопарное обращение, но я не знаю вашего имени и, насколько я догадываюсь, у вас нет никакого желания мне его сообщить. Хотя… быть может, вам будет интересно, что в мыслях я вас называю Соотечественником. Так почему же я решил к вам обратиться? Со стороны это ведь наверняка выглядит очень странным: я попаду пальцем в небо, если скажу, что из всей вашей четверки вы единственный, кто не верит ни одному моему слову, почитая меня за величайшего прохиндея. Но как-то я должен вас отблагодарить: ведь, как я полагаю, именно вы в свое время разыскали и даже рекомендовали меня. О чем, быть может, сейчас и горько сожалеете. Однако дело не только в этом – не только в благодарности. Дело в том, что мое соображение и мне самому кажется весьма спорным, так что желание изложить его именно вам и только вам представляется мне как нельзя более удачным: при вашей предубежденности ко мне, вы будете землю носом рыть, проверите его не на сто, а даже на все двести процентов. Но ближе к сути. А суть в данном случае заключена в том, что ни в коем случае нельзя допустить, чтобы церковь, которую собирается сейчас основать Продвинутый оказалась единственным ее вариантом. О чем я конкретно? Пойдем ли мы сами на это, или пустим дело на самотек – поначалу ответвлений все равно будет великое множество. До тех пор, пока не выработаются единые догмы. Только тогда произойдет настоящее объединение. Я говорю это к тому, что лавры Продвинутого просто необходимо попробовать оспорить в здоровой, рациональной конкуренции. Зачем выдумывать велосипед? Пусть все идет так, как оно в свое время шло в истории христианства: полная палитра мнений, богословские диспуты, Вселенские соборы. Я говорю не о высоких материях, речь идет о работе. Для меня, для вас. Не кажется ли вам, что мы должны объединить здесь свои усилия? Ведь понятие «работа» в данном случае вплотную смыкается с понятием «жизнедеятельность». Если в нас не будет нужды, у нашего начальства вполне может появиться соблазн нас… перечеркнуть. О, Господи, я не даю вам и слова вставить, а мне так хотелось бы услышать ваше мнение, поспорить с вами. Так что, может, вместе и «родим истину»?

Первый раз за время своего длиннющего монолога я решился взглянуть на Соотечественника. Впечатление, конечно, было ошеломляющее. Он смотрел на меня так, как смотрят на изготовившуюся к прыжку змею. Не имея никакой возможности уклониться.

– Исповедовать новую веру – значит перестать быть гелекси, – твердо произнес мой оппонент, ясно и бескомпромиссно давая мне понять, что все мои попытки одурачить или перевербовать его пропали втуне.

Я внутренне усмехнулся: произошло как раз то,

что мне и хотелось: крючок был заглотан так, что его уже никогда теперь обратно не выковырять.

– Святая правда, – искренне согласился я. – Но речь никогда не шла о вероисповедовании, всего только о контроле. Иначе учение Ведомого Влекущего вообще никогда бы не увидело свет. Вы уже пропустили «фанатиков» (я говорю «вы» потому что меня тогда еще с вами не было), и что же? Сейчас они злейшие наши враги. Их единственная беда в том, что у них нет достаточно денег, но что произойдет, если они объединятся с остальными нашими недругами? Средств тогда у них появится в преизбытке. Почему бы им не выставить сейчас другую мишень, а самим за нею спрятаться?

Соотечественник хмуро кивнул.

– Это все? – Он старательно делал вид, что его совершенно не заинтересовали мои рассуждения.

– Практически да, – согласился я. – Ну разве что… не знаю, как вам, но мне почему-то обидно, что Ведомого Влекущего хотят сделать итальянцем, а меня, во всей видимости, представят, как француза. Обидно не за державу, и даже не за русскую душу – если не показать истинные истоки, само учение видоизменится, если не сказать откровеннее – извратится.

Соотечественник посуровел, судорожно сжал кулаки и, отвернувшись, резко ответил:

– Изыди, сатана!

Хороший ответ. Но меня было не смутить: меньше всего на свете я сейчас заботился о всходах, главное было – разбросать семена.

Я не стал проявлять инициативу, очень важно было лишний раз убедиться, кто в этой троице главный. Тот, кто станет говорить со мной последним, так я загадал.

Я ожидал, что они немного пошепчутся между собой, но этого не произошло, Пианист выступил сразу же, без колебаний.

– Если не трудно, не прячьте свои пальцы – я не устаю ими любоваться, – без подготовки я сразу сам перешел в наступление. Эффект был достигнут: я увидел недоумение в глазах своего собеседника, как бы то ни было, вся его защита была вмиг сметена. Теперь он будет постоянно контролировать себя, это помешает ему сосредоточиться.

– С какой целью вы стали гелекси? Бестактный вопрос, я понимаю, но я не мог начать иначе.

Улыбка, постоянно висевшая на лице Пианиста, как заставка в компьютере, тотчас исчезла.

– Я могу не отвечать на этот вопрос? – спросил он раздраженно. – Он, действительно, на редкость нескромен. Обычно принято уважать чужие убеждения.

Я понимал, что дальнейшего разговора может и не получиться: я выглядел на редкость циничным, но у меня не было времени, чтобы преодолевать традиционные восточные хождения вокруг да около.

– Можете, безусловно. Но не разрешите ли вы мне немного порассуждать за вас? Вам не обязательно подтверждать или опровергать что-либо. До тех пор, во всяком случае, пока вы не сочтете для себя необходимым это сделать.

Пианист настороженно промолчал. Я постоянно бросал взгляд на его пальцы, которые он старательно от меня прятал, но то и дело забывался и извлекал их на свет божий.

– Мое дело сторона в данном случае, но мы – команда, так, во всяком случае, вы все трое утверждаете, вот почему я считаю себя вправе что-то узнать для себя дополнительно, а при возможности и что-то посоветовать вам. Вы производите со стороны впечатление человека, в любой момент готового соскочить с поезда. Уверен, что не только у меня одного такое мнение.

Что ж, я рад был, что не ошибся и имел на этот раз дело с очень неглупым человеком. Он сделал удивительный ход: вместо того, чтобы прятаться дальше, наоборот – раскрылся.

– Почему я решил примкнуть к гелекси? Об этом вы спросили? – задумчиво проговорил Пианист и больше не прятал свои пальцы. – Что ж, отвечу для начала вопросом на вопрос: считаете ли вы справедливым, что самая многочисленная категория верующих в мире прозябает не просто в бедности, а большей частью даже в нищете?

– Думаю, такое вправе решать только сами верующие. Как я вижу, вы не просто читали Иеремию Харта, но даже изучали его?

Пианист усмехнулся.

– Харт – компилятор, он не выдумал ничего нового, просто сложил как мозаику уже имеющиеся взгляды, выбрав из них то, что ему больше по душе.

– Харт – ученый. То, что вы сказали – его хлеб насущный. Как следствие продвигается версиями, так и наука гипотезами. Но это не компиляция, ваша формулировка не верна.

Пианист будто завораживал меня своими пальцами: то сцепляя их в замок, то опираясь на них подбородком, то потирая их друг о друга.

– Понятно. Вы имеете в виду его тезис о том, что главное оружие бедняков – не бомбы, и не самоустранение, а Потребление? Те, кто пытается манипулировать нами, внедряя в наше сознание свой образ мыслей и свои жизненные установки и ценности, сами роют себе яму. Земля перенаселена, если уровень Потребления вырастет хотя бы вдвое, природных ресурсов на всех не хватит. И пострадают тут, прежде всего, те, кто привык непомерно потреблять.

– И тогда для того, чтобы выжить в возможной катастрофе, появились гелекси?

– Своего рода новый Ноев ковчег. Вы считаете, что мы должны были устраниться в данном случае?

– Нет, конечно. Во-первых, Потребление – штука

затягивающая, в ней нелегко отказаться от уже достигнутого, а уж тем более – свернуть свои устремления. Во-вторых, движение гелекси – это новый скачок в науке, новые источники энергии – возможности для старта, доступные любой стране, в итоге даже – любому человеку. Было бы глупо выпасть из подобного процесса. Но вопрос не в мировых тенденциях, вопрос в вас лично. Вы пытаетесь достичь двух целей, разделив свою жизнь надвое: сначала побыть гелекси, а затем с обретенными знаниями вернуться к своим собратьям? Это неверный путь. Мой вам совет, как единственное побуждение для нашего разговора: не прыгайте с поезда, останьтесь гелекси и с гелекси до конца. Найдется немало людей, которые и без вас продолжат ваше дело.

Пианист глубоко задумался, затем тяжело вздохнул.

– Понятно, добрый самаритянин. Вам-то какая в моих жизненных перипетиях корысть? Как бы вы ни тщились, дружбы у нас все равно не получится.

Я кивнул.

– Но и вражды тоже.

Наконец-то мы подходили к главному, и я мог вздохнуть с облегчением. Надо сказать, что разговор наш изрядно меня вымотал.

– Вас четверо. Если применить математику, а в ней теорию вероятности, то кто-то из вас непременно должен оказаться предателем. – Тут я счел вполне подходящим случаю озвучить ту немецкую поговорку про свинью. Эффект стоил того, Пианисту она определенно понравилась. Я продолжил: – Теперь я знаю, что это не вы. Вам глубоко безразлично то, над чем я сейчас работаю. Но я могу подарить вам еще одно откровение – Прозрение.

Пианист надолго задумался, затем медленно покачал головой.

– Что ж, вы правы. Подобные мысли мне и самому приходили на ум, но я никогда не смог бы сформулировать их настолько точно. Между тем, суть здесь предельно проста, как все гениальное. Истинная вера только одна, но дело не только в этом, а в том, что она представляет собой последнее пристанище. Харт говорил о том, что мы непременно должны стать первыми за счет нерушимости нашего института отцовства-материнства, но он не учел другой фактор:

количество людей, которые прозревают и вливаются в наши ряды, постоянно растет. И этот процесс может пойти дальше в геометрической прогрессии, если мы провозгласим именно Прозрение как лучший способ борьбы. Вы это имели в виду?

Я молча кивнул:

— Да, но не только. Новая вера? Что такое новое в сравнении с истинным? Не более, как новая ложь. Истинно верующего ею не совратить, а сомневающиеся пусть и дальше упорствуют в своих заблуждениях. Адептов и без них предостаточно. Прозрение, именно Прозрение — вот что должно воссиять над миром, и совсем не лучиком света для блуждающих в темноте.

Пианист вздохнул.

— Вы очень своеобразный человек. Я так до сих пор и не решил, как к вам относиться. С одной стороны, кто вы для меня? Обыкновенный неверный, которого не ненавидеть надо, а просто пожалеть, как безбожника. С другой... вы постоянно меня озадачиваете. Но меня никак нельзя назвать неблагодарным, я тоже в состоянии подарить вам хороший совет: не среди врагов в первую очередь ищите предателя, чаще всего они случаются среди друзей. А вообще... дружба, вражда – все это тлен, вечна лишь выгода. Чаще всего люди, которых вы называете Предателями, не предают, а продают. Это как раз те торгующие, которых Иса тщетно пытался изгнать из храма. Из нас четверых любой может оказаться Предателем. Так соблазните нас. До сих пор мы были с вами, потому что нам это было выгодно. Думаю, вы вполне в силах и дальше продолжить наш союз. Сегодня, к примеру, вы открыли для меня путь к колоссальным возможностям. Как я могу соскочить с поезда, если я так стремительно расту?

Я был потрясен откровениями Пианиста. Вот почему оказался совершенно не готов к разговору со сменившим его Фарисеем.

– Я не знаю, о чем вы говорили с моими предшественниками, – как будто читая мои мысли и уловив мое смятение, проговорил тот. – Но со мной не сотрясайте попусту воздух, ваши слова для меня – ничто. Лучше будет, если никакого разговора между нами вообще не произойдет.

– Да, конечно, – кивнул я обрадовано. – Я охотно

последую вашему предложению. Я уже понял на примере первых двух предыдущих бесед всю тщетность своих намерений, было бы глупо и дальше заниматься пустым доброхотством. Однако было бы слишком подозрительно, если бы мы тотчас же сейчас разошлись с вами. Надо хотя бы немного потянуть время. Давайте выберем какую-нибудь совершенно нейтральную и никчемную тему. К примеру, избранные люди и избранный народ. Вам не кажется, что ваше очевидное первенство во всех областях теперь под угрозой?

– Не кажется. Люди без вождя – не более чем стадо.

– Раньше так было. Ну а теперь сказано: «Мы не войдем в Вечную Жизнь стадом...».

– Вот именно. И не пытайтесь. Вам туда никогда не войти.

Я помолчал, затем озадаченно почесал в затылке.

– Я надеялся, что мы сумеем поладить.

– Будем считать: вы зря потеряли время. Не будет этого. Никогда.

ЧАСТЬ ВОСЬМАЯ

ГЛАВА 1

Я не мог себе объяснить, почему я медлил. Мне необходимо было срочно переключаться на запасной вариант, который давно уже был определен мною: поселок Лелекс, тоже горы, точнее, гора с романтичным названием Кре-де-ла-Неж («Снежный выступ»), на сей раз Французские Альпы.

Я понимал, что только горы могут помочь мне осилить последнюю и самую трудную из задуманной мной трилогии книгу: «Вавилонский столп». Наверное, оттого мне так не хотелось покидать Гарц: именно здесь я рассчитывал на самые важные подвижки в этом направлении.

Впрочем, дело было, скорее всего, не только в этом. Разговор с «клерками» требовал срочного осмысления. И именно здесь, в том месте, где он происходил. Мне особенно непонятно было мое поведение в финале, приватные беседы. Зачем я пошел на подобную авантюру? Что мне это дало?

Вообще… весь разговор. Впервые после Лилит, мне представилась возможность проповедования своих мыслей. И не с кем-нибудь, а с людьми достаточно высокого ранга. Ведь надо было учитывать не только то, что эти люди собой на настоящий момент представляли, но и то, чего они могли достигнуть в итоге.

Я хотел их поссорить, разъединить? Но никакого единства среди них не было и в помине. Возможно, наблюдалось что-то поначалу, когда они только взялись за дело. Тогда они вообще ничего собой не представляли, им нечего было терять, и в то же время они были весьма уязвимы: на карту были поставлены их жизни, и ничего взамен. Тем более, никакой защиты. Сейчас за ними просматривались определенные силы, сложившиеся группы, которые уже прошли этап борьбы между собой и поделили сферы влияния. Все остальное достигалось дальше в стремительной гонке, где скорость (информация, финансы, влияние, жизненное пространство) определяла все.

Кто стоял за Соотечественником? Вряд ли он представлял интересы России. Обыкновенный наемник. Однако игра в Новую Церковь для него была мелковата, столь же смешно было взывать к его патриотизму. «Изыди, сатана!» По всей видимости, он проводил в жизнь устремления каких-нибудь радикалов, людей, которым религиозная возня никак не могла быть интересна, их интересовали только деньги и власть.

Пианист? Здесь устремления, наоборот, были преимущественно религиозные. Я лишь чуть-чуть подтолкнул его к тому, к чему он шел всю свою сознательную жизнь. Прозрение – вот отныне для него основная установка, все остальное им будет приниматься теперь только до той степени, в которой оно будет приближать его и его сподвижников к намеченной цели. «Новая вера? Что такое новое в сравнении с истинным?..»

Фарисей. К чему перемены в том, что уже вечно? Количество никогда не перейдет в качество, тем более – его не превзойдет. Борьба всегда, не на жизнь, а на смерть. Нет родственного, близкого. Неприятие либо уничтожение. В зависимости от обстоятельств. Уничтожение предпочтительнее.

Чтобы жить в одиночестве, надо быть животным или богом.

Аристотель

Если бы ты захотел этого, ты не можешь отделить твою жизнь от человечества. Ты живешь в нем, им и для него. Мы все сотворены для взаимодействия, как ноги, руки, глаза.

Марк Аврелий

По отношению к государству следует держаться, как к огню: и не слишком близко, чтобы не сгореть, и не слишком далеко, чтобы не замерзнуть.

Эзоп

Человек устроен так, что для него одинаково не переносимы ни полная свобода, ни полное рабство.

Тацит

Параллельная религия, параллельная цивилизация… Реально или не реально? Наверное, в мою задачу как раз и входило это выявить. Скорее всего, неведомый автор Учения о гелекси именно здесь заплутал и со страхом ожидал сейчас, что с таким трудом выстроенное им здание может рухнуть в любую минуту.

ГЛАВА 2

Работа застопорилась. Я понял, что дальнейшие мои потуги бессмысленны, пока я не решу дилемму: либо я выполняю заказ и всего только выстраиваю свой вариант схемы, как жить дальше гелекси, выводя тем из тупика неведомого автора Учения (несомненно, главного моего заказчика), либо продолжаю и дальше проявлять неповиновение, поставив неотложной задачей завершить начатое. По сути, это была последняя для меня возможность выбора, в положении раба я просто исполнял бы то, что мне приказывали.

Поразмыслив, я решился на то, что давно пора было сделать: разжился в книжном магазинчике внизу путеводителем и каждое утро, побросав в небольшой рюкзачок самое необходимое, в том числе и новый, куда более навороченный, планшет, взамен того, что я выбросил в мусор, а главное – одевшись поплоше, исчезал из гостиницы. Наверное, я изрядно намозолил глаза «обслуге» в течение пребывания здесь своим домоседством, теперь же будто надел шапку-невидимку, став совершенно неприметным и легко прогнозируемым. Можно было даже вообще удирать отсюда дня на два, на три, останавливаясь на ночлег в каких-нибудь других отелях, предварительно забронировав там номер, но мне нравилось всякий раз к вечеру возвращаться «домой» обратно.

Еще мне невыразимо приятно было говорить самому и отвечать по утрам в горах на приветствие: «Morgen!» – «Доброе утро!» встречавшимся мне на пути таким же, как я, туристам. Не поприветствовать при встрече даже совершенно незнакомого человека считалось здесь верхом неприличия, не то, что у меня на родине.

Сам Вернигероде с его Замком-музеем, Ратушей, зарегистрировать брак в которой считалось высшим шиком среди молодоженов всей страны, великолепным Фонтаном, старинной башней Вестернтортурм и другими достопримечательностями, среди которых особенно запали мне в душу «Самый маленький дом», «Кривой дом» и «Готический дом», слишком хорошо сохранились в моей памяти, ничем новым не мог бы поразить меня и Кведлинбург (каменный великан Роланд, Монетная гора (Мюнценберг), но вот чем я не смог бы пренебречь при всем желании, была

Брокенбан – узкоколейка с самым что ни на есть настоящим старинным паровозиком и поездом, к нему прицепленным, на котором можно было шикарно прокатиться по неописуемо красивым горным пейзажам все того же Гарца (леса, горы; горы, леса) аж до самой Тюрингии. По сути, это единственный вид транспорта, на котором можно было подняться на легендарную гору Брокен, где, по легенде, собирались всегда и, возможно, собираются до сих пор, только невидимые, в ночь с 30 апреля на 1 мая ведьмы для празднования знаменитой Вальпургиевой ночи (читай «Фауста» Гете).

Из моих личных впечатлений особо могу отметить на редкость своеобразный и стервозный климат, который царит здесь, всему окружению вопреки: ни одного деревца, они просто не в состоянии в здешних условиях выжить; редкий день без тумана, сильнейшего ветра – я оказался совершенно неподготовленным к таким погодным условиям, продрог до костей моментально, предусмотрительные туристы-соседи, в основном, немцы, лишь посмеивались надо мной.

Еще моя бестолковая память, которая слишком

часто имеет свойство запоминать все подряд: и нужное и ненужное, выловила из своих глубин упоминание о таком оптическом явлении, как Брокенский призрак. Вроде как любой из туристов, стоя на самой вершине горы при восходе или закате солнца, прорастал здесь в итоге огромной тенью и имел возможность познакомиться на фоне густейшего, столь характерного для здешних мест, тумана со своим двойником, только в образе привидения. Впрочем, возможности уточнить что-либо по этому факту у меня не было. Наверное, этот аттракцион пока не был раскручен. А еще обижаются, что в здешних местах столько безработных! Впрочем, возможно и другое, я вполне мог ошибаться, и такая услуга уже имелась в наличии и щекотала нервы народу в полную меру. В прошлый раз нас не пустили сюда из-за того, что здесь находились засекреченные объекты – советские станции радиоперехвата. Представляю, каково было служить здесь в те времена нашим солдатикам.

Впрочем, достопримечательности достопримечательностями, но куда больше мне нравилось углубляться в то, что давно уже меня привлекало, но всякий раз открывалось вдруг совсем другими, новыми, красками – общение пусть не с дикой, но уж точно первозданной природой.

Что особенно удивительно: возвращаясь вечером после своих дальних походов, я не только не чувствовал усталости и желания прилечь, отдохнуть, а наоборот, ощущал в себе необыкновенный прилив бодрости, и мне до зуда в одном месте хотелось ярких впечатлений, общения, отвлечения.

В нашей гостинице дискотеки устраивались через день, и поэтому я часто спускался по вечерам с горы вниз, чтобы прогуляться по тамошним барам и ресторанчикам, но надо отметить, что у нас танцульки были не в пример интереснее. Вот хотя бы один несомненный плюс: туристические группы непрерывно менялись, так что материала для наблюдений у меня было выше головы. Впрочем, если честно признаться, куда больше, чем туристы, меня забавляла все же так называемая «обслуга».

Совершенно необъятных размеров шеф-повариха Ирма килограммов этак под сто пятьдесят. Она ужасно любила танцевать, хотя практически никто из мужчин не приглашал ее, так что приходилось «отрываться» с подругами и когда ее спрашивали, не устала ли она, она неизменно отвечала своим громоподобным голосом: «О, это хорошая усталость!» Ко мне она благоволила, так как я никогда не упускал возможности лишний раз покрутиться с ней по танцполу. Видимо, она была вполне не против, чтобы между нами завязалось и нечто большее, но я совершенно не мог представить себе, что могло бы со мной произойти, если очутиться с подобной секс-шмекс-бомбой в одной постели. Поэтому я достаточно быстро обратил наши отношения в дружеские, и когда она водрузила на моем столе маленький тортик, специально для меня испеченный, сразу же перевел разговор на семейные темы, показав Ирме фотографию Лилит с двумя ее дочерьми и потребовав от толстухи аналогичное фото. Та долгое время отнекивалась, затем принесла фотографию статного мужичка в военной форме. «Сын», – с гордостью похвалилась она и лукаво улыбнулась. – Мужа нет, сбежал муж! Во мне столько любви, что он просто испугался. Вот ты бы не сбежал. Ты, как я вижу, не из пугливых». Она шутливо толкнула меня локтем в бок, ребро долго потом болело. Я продолжал выкручиваться, как мог: составив два фото вместе, предложил ей подумать, нельзя ли ее сына оженить, и какую бы, интересно, из двух моих «дочерей» он выбрал? В ответ она с улыбкой погрозила мне пальчиком и принесла, на сей раз, фотографию снохи и двух своих внуков. Мне ничего не оставалось, как только развести руками: «Я опоздал». «Нет, ты не опоздал, – поспешила ответить шеф-повариха, с жаром похлопав себя по левой груди, – здесь свободно!» Такими шуточками мы обменивались постоянно.

Еще мне очень нравился наш диск-жокей с редким, просто на удивление, именем – Ганс. Ему было под шестьдесят, и, хотя обычно принято считать, что поп-музыка – удел молодежи, возраст совсем не мешал ему – он был поистине виртуозом своего дела. Причем со стороны казалось, будто публика совершенно не интересует Ганса, и он работает исключительно на себя, начиняя аудиосистему всем, что только ему в голову взбредало, однако через какое-то время становилось все более отчетливо видно, что это лишь отвлекающий маневр. Во всяком случае, я не припомню ни одного вечера, когда бы ему не удалось разогреть свою клиентуру, поначалу жавшуюся по краям танцплощадки, а затем, покорно следуя годами отработанной конгениальной схеме, доходившей буквально до неистовства.

Не знаю, что нас объединяло, но мы частенько к концу вечера садились с ним вместе и напевали в унисон слова какой-нибудь любимой песенки, а после дискотеки иногда даже позволяли себе распить бутылочку шнапса, с наслаждением болтая о всякой ерунде.

Иногда я встречал Ганса внизу, в Вернигероде, в каком-нибудь баре, и каждая такая встреча становилась хорошим поводом, чтобы как следует поднабраться. Неиссякаемой темой наших разговоров была толстуха-повариха. Чувствовалось, что наш трудяга ди-джей неровно к ней дышит. Как бы то ни было – правда это была или только игра, но он никогда не упускал случая показать, как страстно он меня к ней ревнует. На всякий случай, чтобы не наживать врага, я рассказал Гансу смешную историю, когда я никак не мог удовлетворить подобных габаритов женщину и тогда, в отчаянии, не нашел ничего лучшего, как только взгромоздить ее на себя. Эффект был достигнут, но что было со мной, когда эта тумба, в экстазе, совершенно обессиленная, упала на меня всей своей грудой сверху! Мы потом часто муссировали этот эпизод, и я с гордостью бил себя кулаком в грудь, говоря, что когда-нибудь потом, когда он добьется своего от красотки Ирмы, он поймет, что своим предупреждением я спас ему жизнь.

Мне всегда нравился немецкий юмор, хотя сплошь и рядом он выглядит грубым, физиологичным. Любовь к Германии мне привил наш школьный учитель немецкого языка. Он был партизаном, разведчиком, но вместо ненависти вынес с войны восхищение недавним противником. Когда я сам побывал в Германии и рассказывал потом, какой интересный народ – немцы, меня никто не в состоянии был понять. «Как ты можешь восхищаться ими, они же фашисты!», – возмущались мои друзья и знакомые. «Причем тут фашисты?», – недоумевал я. Не знаю и до сих пор.

ГЛАВА 3

— Потрясающая толстуха! Как она движется! При ее-то весе!

Я никогда не был избалован женским вниманием и сразу насторожился: откуда вдруг ко мне такой интерес?

— Она очень хороший человек.

— Да уж, видела я, как вы с ней отплясывали. Первое место! Кстати, меня зовут Беттина, а вас?

— Дэниел. Дэниел Харни.

— Вы англичанин?

— Нет, канадец.

Я внимательно искоса приглядывался к своей новой знакомой. Типичная немка: блондинка, пышные формы, непринужденная манера говорить.

Конечно, я знал, что здесь, в Германии, действует принцип: женщина выбирает. Фройляйн, точнее, в последнее время принято даже о незамужних женщинах говорить «фрау», плоды феминизма, сама решает, придя на танцы или в кафе, с кем ей уйти или уйти одной. Она и только она определяет, как у нее должны развиваться отношения с мужчиной: если бой-френд, то только бой-френд, если что-то большее, то что-то большее. Она не позволит за себя заплатить: подайте, пожалуйста, два счета!

— Она так на вас смотрит! Что, хороша в постели? — «Сестричка Бетти» была на редкость бесцеремонна.

— Да нет, мы с ней просто друзья, — пожал я плечами.

— Друзья, так я и поверила! — хохотнула Беттина.

Я проследил за ее взглядом и увидел багровую от гнева Ирму, буквально пожиравшую нас взглядом. Возле нее стояли несколько ее подруг. Да, не видать мне больше свежеиспеченных тортиков и прочих кулинарных знаков внимания. А так было здорово! Я уже не сомневался, что окажусь в итоге с Беттиной, или как ее там на самом деле звали, в одной постели. И даже не из-за того, что давно не был с женщиной. Просто «им» (кто именно стоял за нею, я понятия не имел, да и какая разница!) лучше было подыграть сейчас, все равно они нашли бы какую-нибудь причину, чтобы, так или иначе, вытрясти из меня все, что они хотели знать.

— Кто вы по профессии, что делаете в Германии? — спросила Беттина, чтобы не иссяк наш разговор.

— Бизнес, — коротко ответил я. Не мог же я

рассказать ей о том, что главной целью моих устремлений была всего лишь очередная ячейка в берлинском хранилище «Дойче Банка», в которой меня ожидали очередные, и уж наверняка последние, сто тысяч евро, а последующая поездка в Гарц – просто блажь, не более того. – Точнее, даже коммерция – что-то продаю, что-то покупаю. А вообще, я здесь на отдыхе. Очень люблю горы. Но только не зимой. Слишком холодно. Б-р-р-р! А вы?

Беттина лукаво улыбнулась.

– Будем считать, что я доктор.

– А, понятно! Доктор, Фройляйн Доктор! – с усмешкой ответил я и тут же прикусил язык. Даже если моя визави сейчас не заметит, ее коллеги без труда поймут, что я имел в виду. Фройляйн Доктор, одна из самых знаменитых шпионок всех времен и народов. Мата Хари, по сравнению с ней, просто девочка, играющая в песочнице.

– Я очень люблю эту игру, а вы?

Я недоумевающее посмотрел на нее, и в самом деле ничего не понимая.

– В доктора. Хотите, доктором на этот раз будете вы, а я вашей бестолковой пациенткой?

Дальше можно было не объяснять. Да и сколько можно было дразнить Ирму?

По пути к моему номеру я вдруг начал читать «Лорелею» Генриха Гейне, его героиня почему-то всегда мне и представлялась такой, как моя новоявленная знакомая, то есть, уж никак не Аленушкой из русской сказки.

Не знаю, что стало со мною,
Душа моя грустью полна.
Мне все не дает покою
Старинная сказка одна.

День меркнет. Свежеет в долине
И Рейн дремотою объят.
Лишь на одной вершине
Еще пылает закат.

Там девушка, песнь распевая,
Сидит высоко над водой.
Одежда на ней золотая,
И гребень в руке – золотой.

И кос ее золото вьется,

И чешет их гребнем она,

И песня волшебная льется,

Так странно сильна и нежна…

(Перевод В. Левика)

– О, я тоже кое-что знаю, – улыбнулась Фройляйн и стала декламировать мне в ответ Константина Симонова на немецком.

Wart auf mich,

Ich comme zuruck,

Aber warte zehr…

– «Жди меня, и я вернусь, Только очень жди…», – ответствовал я, как пароль, на языке оригинала. – Кстати, неплохой перевод! Тоже в школе разучивали?

Вместо ответа Беттина вдруг остановилась, обвилась вокруг меня как змея и впилась мне в губы долгим поцелуем. Кое-как очухавшись, я увидел в конце коридора толстуху Ирму, упершую руки в бока, из-за спины выглядывали две ее подружки. Но мне уже было все равно.

Я опускаю фривольные подробности, думаю, они вам совершенно не интересны. Упомяну лишь один эпизод: как Фройляйн (мы, конечно, поиграли в доктора, и не только в доктора), совершенно голая, с распущенными волосами, широко разведя ноги, полагая, что я крепко сплю, сосредоточенно водила пальчиком туда-сюда по моему планшету, но я лишь усмехнулся (приснится же такое!) и перевернулся на другой бок.

Перед этим, вероятно, она подсыпала мне какую-то гадость в бокал с вином, чтобы я спал покрепче, но чтобы россиянина на такой чепухе провести! Вот только цветок, в который я вылил незаметно это пойло, вряд ли скоро выйдет из летаргии.

Однако когда «Беттина» ушла, я уже не мог заснуть: как я ни пытался казаться спокойным, нервы мои были на пределе. Меньше всего на свете я беспокоился за свой выпотрошенный планшет: я уже был не тот, что когда-то: всякий раз, начиная работу, я запускал с флешки рукопись в отдельный файл, а затем, в конце дня, снова переводил на нее результаты работы, а винчестер чистил. Ну а дезинформации там было столько, что можно было задурить голову кому угодно.

Как бы то ни было, оставаться и дальше в столь полюбившемся мне отеле, было смерти подобно. Едва рассвело, я тотчас собрался и, спустившись вниз, отдал ключи на рецепцию. Портье приветливо мне улыбнулся:

— Вы были хорошим постояльцем, не забывайте нас, приезжайте еще как-нибудь. — Тут он перегнулся через стойку ко мне и доверительно сказал вполголоса. — Кстати, ваша вчерашняя дама – прима! экстра прима! – уже уехала.

Я тотчас же подхватил его игривый тон:

— Надеюсь, она не забыла свою сумку с красным крестом? Она сказала мне, что она врач, доктор.

— О, это хорошая шутка! – с готовностью рассмеялся портье. — Я тоже иногда с женой в эту игру играю. И не только с женой. Нет, конечно же, она не врач. Если вам интересно, она – переводчица. Иногда привозит к нам русские, французские группы, хотя этот маршрут среди русских далеко не так, как когда-то был, популярен.

Я хотел было сказать, что мне довелось побывать здесь в то памятное время. Ну, тогда, когда этот маршрут был у русских в чести. Но вовремя остановился и просто шутливо погрозил портье пальцем. Конечно же, пришлось вознаградить его любезность щедрыми чаевыми, на что он, собственно, и рассчитывал.

Крошки-гномы хлеб и сало,
Все воруют, хоть умри!
Что от ужина осталось,
Все исчезнет до зари.

Иль нарочно снимут сливки,
Не закроют чугунка,
И тогда уж кошка выпьет
Весь остаток молока.

А ведь кошка наша – ведьма:
В дождь и в бурю к духам гор
Ходит ночью к старой башне,
Где у них бывает сбор…
(Перевод В. Левика).

Так закончилась моя «Горная идиллия» (Еще раз

спасибо, Генрих!), да и вообще мое Путешествие по Гарцу.

ГЛАВА 4

Дай мне целомудрие, но только не сейчас...
Аврелий Августин

Заклинанье
В угрюмой келье сидит монах
Над книгой сокровенной.
То древний кодекс волшебства:
«Власть мудрых над геенной».

Вот полночь бьет – и монах не стерпел
Чуть замер звон металла,
Губами бледными воззвал
Он к сонмам Белиала.

«Вы, духи! Прекраснейшей девы труп
Из гроба несите мне в келью!
На эту ночь ей дайте жизнь, –
Хочу предаться веселью!»

Он страшное слово заклятья сказал,
И чудо совершилось:
Красавица мертвая, скорбная тень,

На властный зов явилась.

Туманен взор. Холодная грудь
Вздыхает в глубокой печали.
И долго сидели они вдвоем,
Сидели – и молчали.
(Перевод В. Левика).

«Не знаю, что стало со мною…».

Генрих по-прежнему не отпускал меня! Я никак не мог успокоиться, прийти в себя. Немецкие впечатления, грубые, сочные, как полотна Рубенса, не давали мне покоя. И дело было не в буйстве плоти, а, скорее, в воплях сердца.

Мне осточертела моя миссия! Мое добровольное самозаточение.

Мне опостылело быть героем, подвижником, я хотел быть просто человеком.

Я никогда раньше не мог понять, чем искушал в известном евангельском сказании Христа дьявол, чем он мог прельстить Сына Божия? Казалось бы, что может быть на свете выше и краше небес? Конечно же, он искушал Его жизнью, обыкновенной, хилой, чахлой и грешной человеческой жизнью. Но только сейчас я осознал, насколько это искушение было велико.

Я говорил себе: что толку в моих усилиях? Может, я и в самом деле несу людям счастье, истину, свободу? Да, верно, но удастся ли мне продвинуться здесь дальше пресловутых благих намерений? Мои мысли извратят, комментарии, толкования подгонят под нужный стандарт, чтобы еще сильнее поработить и без того порабощенных и обездоленных. Причем меня же самого (вариант рабства!) и заставят выполнять эту гнусную работенку.

Не знаю, быть может, в тот момент мною просто овладел страх смерти: я приходил в ужас, видя, как мало осталось срока, мне отпущенного, и нервы мои все чаще, все сильнее начинали сдавать.

Прошло немало времени, прежде чем я начал успокаиваться. «Кошка-ведьма», «красавица мертвая» – конечно, не в этой женщине было дело, но мне необходимо было очиститься, в таком состоянии я никак не мог забраться в места, о которых понятия не имел, что они собой представляют, в которых меня привлекло всего только их название.

ЧАСТЬ ДЕВЯТАЯ

ГЛАВА 1

Несправедливость не всегда связана с каким-нибудь действием, часто она состоит именно в бездействии.

Марк Аврелий

Для человека наиболее выгодный способ употребления справедливости таков: при свидетелях уважать законы, а без свидетелей – требования природы.

Антифонт

«Кошка-ведьма», завсегдатайка легендарной горы Брокен, традиционного места сбора для шабашей – только сейчас я смог, наконец, задуматься, кто же была эта загадочная, и в то же время самая что ни на есть заурядная, бабенка. «Ведущие разведки мира...». Вот и пришлось мне столкнуться лицом к лицу, и даже плоть к плоти с моими новыми врагами. Пока они только присматривались ко мне, возможно, еще не объединив свои усилия. Интересно, вызывал ли я уже подобные подозрения у французского ДСТ (Direction de la Surveillance du Territoire – Управление наблюдения за территорией)?

Как бы то ни было, вот уже почти неделю я пребывал в отеле «Кре-де-ля-Неж» департамента Жюра предгорьев Французских Альп. Нет, не мог я воспарить в Германии, даже с таким мощным крылом, как ты, Генрих! Франция, одна только Франция с ее обостренным чувством свободы могла мне помочь.

«Человек, упорствующий в непослушании, может быть уверен в наступлении кары как на основании законов, так и на основании учений о небесном и подземном суде, о жестоких муках, которым будут преданы несчастные души, и обо всем прочем, что, согласно древнему преданию, возвестил ионийский певец. Ибо, подобно тому как тела больных мы лечим любыми средствами, попавшими под руку, если они отказываются от наиболее полезных, так и ум людей мы держим в узде при помощи ложных доводов, когда он не внемлет истинным. Вот почему необходимо учение чужеземцев о загробных муках и переселении душ, о том, что души трусов после смерти вселяются в тела женщин – на позор, души убийц – в хищных животных – в наказание, души сластолюбцев – в тела свиней и козлов, души вертопрахов и хвастунов – в летающих птиц, наконец, души лентяев и дураков – в тела животных, обитающих в воде».

Тимей Локрский

Вот здесь, как раз в этом рассуждении, была главная загвоздка, которую я никак не мог решить в Гарце. «Ум людей мы держим в узде при помощи ложных доводов, когда он не внемлет истинным». В России эти ложные доводы давно уже не работали. Ум требовал истины, какой бы жестокой и горькой она ни была. Но то Россия, много ли в ней умов?

Как бы то ни было, новая вера не оставляла мест, где можно было бы спрятаться подобно страусу – засунув голову в песок. Все умопостроения, а уж тем более, умозаключения, безжалостно отметал в сторону один простой, но неопровержимый в своей логике вопрос: как иначе управлять человеком?

«Государства, общества, поклонявшиеся

исключительно Природе через пантеон идолов (идолопоклонники), их время должно было уйти, и ушло сравнительно быстро. Поклонение божеству, как творцу, придуманному человеком, то есть мифическому предку, прародителю, и апелляция к нему во всех спорных, трудных моментах жизни Человека, Общества, возвело Цивилизацию на несравненно более высокий уровень. Однако выдержит ли Общество, Человечество испытание Богом истинным? Ведь Им нельзя манипулировать, управлять. И в то же время, есть ли у Человечества другой путь, другой способ выжить, теперь, когда оно находится у края пропасти? Нет, нет, и еще раз нет».

Арсентий Сириус «Вавилонский столп»

Вот так появились гелекси, и не только они. Теперь я уже не считал рассуждения Пророка на тему Веры, Власти, Общества, Государства наивными, недостаточно продуманными, они неожиданно открылись мне во всей своей глубине. Но сначала… опять Гарри из Дюссельдорфа! Никак я не мог отвязаться от этого классика. Почему именно он? На свете есть немало поэтов и талантливее, значительнее его. Наверное, просто Германия так на меня повлияла. Может быть, вы сами найдете это его стихотворение: «Сумерки богов»? Впрочем, ладно, отсыл мой неправомерен, нельзя прерывать нить повествования, рассуждения, мы и так балансируем на грани. А потому, последний раз, Генрих! И... Laß mich in Ruhe! – Оставь меня в покое! Больше тебе уже не удастся затащить меня в свои сети.

Сумерки богов

Я вижу все сквозь каменные стены,

Сквозь мрак людских жилищ и их сердец.

В тех и других я вижу ложь и горе;

И в лицах я читаю злые мысли;

В румянце целомудрия у девы

Желаний страстных трепет вижу я,

На вдохновенно-гордой голове

У юноши колпак дурацкий вижу –

И ничего-то, кроме рож нелепых

И испитых теней, по всей земле

Не нахожу, и что она – не знаю:

Больница или сумасшедший дом.

Сквозь старую кору земли проникнул

Я взорами, как будто бы она

Из хрусталя, – и ужас созерцаю,

Который май напрасно хочет скрыть

Под зеленью веселой. Вижу мертвых:

Там, под землей, лежат они в гробах,

Раскрыв глаза, скрестивши руки. Белы

Их саваны, и белы лица их,

И по губам ползут, желтея, черви.

Я вижу – сын на гроб отца пришел

Потешиться с любовницей своею;

Хор соловьев насмешливо поет;

Кругом глумятся скромные цветочки;

Старик отец в могиле шевельнулся;

Болезненно вздохнула мать-земля.

О бедная! Всю боль твою я вижу,

Кипучий жар в груди твоей; я вижу,

Как льется кровь из тысяч бедных жил

И как из ран, раскрытых широко,

Бьют с силой вверх огонь, и дым, и кровь;

И вижу я сынов твоих – гигантов,

Издревле сущих: вот из темных бездн

Встают они и факелами машут,

И лестницы железные влекут,

И бешено по ним влезают к небу.

За ними вслед ползут из бездны толпы

Свирепых черных карликов. И звезды

Ломаются и вниз валятся с треском...

С небесного шатра рукою дерзкой

Пришельцы рвут завесы золотые

И с ревом мечут книзу светлых духов.

Сидит на троне бледный бог; и космы

Он растрепал и рвет с чела венец.

И ближе подступает буйный рой;

В бескрайнюю небесную обитель

Гиганты пламя факелов заносят.

А карлики огненными бичами

Бьют ангелов, за волосы схватив,

И ангелы, от боли изгибаясь,

Летят стремглав от бешеных толчков.

И собственный мой ангел тоже здесь,

С прелестным ликом, в золоте кудрей,

С любовью вековечной на устах

И благостью в лазурно-светлом взоре.

И вижу я, как черный, гадкий карлик

Хватает, бедный ангел мой, тебя,

Любуется тобою, скаля зубы,

И в пылкие объятья заключает…

Объемлет мир единый, страшный вопль,

Все с треском рушится – земля и небо,

И всюду ночь извечная царит.

(Перевод В. Левика).

Вот он, новый, очередной, вариант Вавилонского столпотворения. Гиганты, «издревле сущие», объединившиеся со свирепыми черными карликами, карабкаются на небеса. Для чего? Чтобы разрушить их? Или утвердить там свою власть?

Ведь «ночь извечная» вечной быть не может. Что-то должно последовать за нею.

Бог и Человек – единый организм, а Общество вторично, оно лишь прыщ на теле Бога, в любом обществе Бог исчезает, Его законы простираются только на Человека и Человечество, действия людей внутри Общества не освящены.

Общество может совершенствовать или уничтожать себя, Богу до этого нет никакого дела.

Бог не властен над Обществом, он не властен там, где властвуют идолы и божества.

«Изменяет ли что-нибудь в этих утверждениях Новая Вера? Ни в малой степени. Что же остается? Новая Вера должна породить собой Новое Общество? Не перечесть, сколько мыслителей обломало себе зубы на этой химере: Новое Общество. Самые значительные из них – Платон и Аристотель, самые большие провалы на этом направлении как раз у них».

О человеческих джунглях. Как мы вышли из джунглей звериных, так должны выйти и из джунглей человеческих. Как в том, так и в другом случае нам только одно помочь может – Истины свет. Ибо вовсе не огонь увлек нас из пещер когда-то.

«Истины свет. Не следует бояться авторитетов, как не стоит бояться обломать себе лишний раз зубы. Все эти авторитеты обладали одним и тем же недостатком: они ставили телегу впереди лошади. Не имея в голове или в сердце новой веры («Истины света») бесполезно рассуждать о каком-либо варианте обновления существующего порядка вещей».

«Однако не впадаем ли мы вновь в бесплодные умствования? Сказано ведь: *народ там, где его вера.* Опасное заблуждение – считать, что Вавилонская башня была навеки разрушена, да и вообще, что она может носить хоть какие-то материальные очертания. После того, как та, материальная, башня была стерта с лица земли, практически тотчас же их стали строить в великом множестве в самых разных местах. Потому что Вавилонский столп – это, прежде всего, столп веры. Проще говоря – религия. И, стало быть, на сегодняшний день мы имеем несколько таких основных столпов.

Впрочем, как говорится, «с этого момента поподробнее».

Случайно ли именно этот миф я поставил во главу угла, именно им озаглавил свою новую книгу? Нет, разумеется. Если исходить из принципа «Без религии нет государственности», только новые догмы способны изменить существующий порядок вещей.

Не будем вдаваться в истоки, попробуем рассмотреть, что на сей счет говорит Книга из книг – Библия.

Бытие, глава 11.

«На всей земле был один язык и одно наречие.

Двинувшись с Востока, они нашли в земле Сеннаар равнину и поселились там.

И сказали друг другу наделаем кирпичей и обожжем огнем. И стали у них кирпичи вместо камней, а земляная смола вместо извести.

И сказали они: построим себе город и башню, высотою до небес; и сделаем себе имя, прежде нежели рассеемся по лицу всей земли.

И сошел Господь посмотреть город и башню, которые строили сыны человеческие.

И сказал Господь: вот, один народ, и один у всех язык; и вот что начали они делать, и не отстанут они от того, что задумали делать.

Сойдем же, и смешаем там язык их, так чтобы один не понимал речи другого.

И рассеял их Господь оттуда по всей земле; и они перестали строить город.

Посему дано ему имя: Вавилон; ибо там смешал Господь язык всей земли, и оттуда рассеял их Господь по всей земле».

В позднейших преданиях мы находим на сей счет массу самых интригующих подробностей: оказывается, строители не просто хотели «сделать себе имя», то есть прославиться, увековечить память о своем мастерстве, нет, они задумали ни мало ни много мятеж против самого Бога: достигнуть небес и истребить всех, кто там обитал.

Зачем? Частично, опять же из тщеславия – чтобы «увековечить», но главным образом для того, что возвести на трон новых, своих богов.

Они работали день и ночь, забыв обо всем на свете. Они пускали в небо стрелы, и те достигали цели – возвращались на землю окровавленными. Естественно, возмездие было страшным, но нельзя не признать, что и справедливым.

Теперь попробуем представить себе, как на самом деле все было.

Разные люди, разные в своих обычаях и верованиях, естественно, и говорившие на разных языках, объединились в своем стремлении найти благодатную землю, где они могли быть счастливы и надежно защищены, и не знать отныне голода и холода, насилия и несправедливости. В конце концов, они нашли такое место и принялись строить на нем город, затем огородили его надежными стенами и возвели вдобавок высокую башню, чтобы издалека увидеть разбойников и завоевателей, которые могли бы покуситься на их жизнь и имущество. Увидеть для того, чтобы подготовиться и дать затем достойный отпор.

Однако, как я упомянул уже, без религии нет государственности. Нужно было где-то, кому-то, как-то поклоняться, отправлять культ. Только так можно было стать единым народом, только в этом могла быть действительно надежная защита от любых врагов.

Каждый этнос стал строить свою, невидимую, башню, из которой впоследствии и был составлен пантеон. Те, кто приняли новый сонм, остались и, в самом деле, долгое время процветали; кто не принял, должен был уйти.

Дальше вы и сами знаете: Аврам с его мыслью о едином Боге, ставший, в итоге, Авраамом – «отцом множества народов»; лестница Иакова: «И увидел во сне: вот лестница стоит на земле, а верх ее касается неба; и вот, Ангелы Божии восходят и нисходят по ней»; скрижали Моиссевы.

Далее пришел Христос и раздвинул рамки родовой, национальной религии до уровня мировой. Произошло нечто противоположное тому, о чем написано в Библии: люди, говорившие на разных языках, стали прекрасно понимать друг друга в своих представлениях о Боге. Конечно, они не стали от этого едиными – «Мировые религии не сделали людей едино мыслящими, но они сделали единым мир».

Теперь пришло новое время: время всемирных религий. Язык здесь больше не помеха, поскольку стало единым мышление. Так что Вавилонская башня – вовсе не мечта, выдумка, она существует в реальности, и она не статична – работает, без труда соединяя в одно целое представления, казавшиеся раньше несовместимыми и несоединимыми».

Арсентий Сириус «Вавилонский столп».

ГЛАВА 3

Я только помыслил об Обществе, Государстве, а они тут как тут. У меня было неспокойно на душе. Я зашел слишком далеко в своих рассуждениях. А предстояло зайти еще дальше, не останавливаться же на полпути! Что ожидало меня? Кара, возмездие? *В Обществе человек очерчен кругом...* Где я преступил эту роковую черту? Как вообще я мог быть настолько наивным?

Трясущимися пальцами я пробежался по планшету. Я искал подтверждения в Интернете сюжету из новостей, только что увиденному мной по телевизору в баре. Так и есть, я проявил непростительное легкомыслие: материалов, пропущенных мною, было более чем достаточно. Оторвался от компьютера и стал в волнении расхаживать по номеру.

Я вспоминал взгляд, который в нашу прошлую встречу Англичанин бросил на меня, когда мы с ним завели разговор о личности Иеремии Харта. Что ж, как Продвинутый ни бодрился, должной уверенности в его словах не было. В принципе, по большому счету, вопрос ставился таким образом: кто сильнее, я или

Харт?

« – Харт на редкость загадочная фигура, которой мы до сих пор очень интересуемся, однако мне почему-то кажется, что вы осведомлены о нем гораздо больше, чем я. Что не вы меня – скорее я вас должен о нем расспрашивать.

– Не могу решить этот ребус. Намекните хотя бы, что вы конкретно имеете в виду?

– Ну как же! Харт! Иеремия Харт! Известнейший в своих кругах ученый-религиовед. Он что, похож на маленького паучка? Вы ведь виделись с ним в Египте.

– Вы хотите сказать, что Иеремия Харт и Питер Рескин...

– Да, да, одно и то же лицо. Как вы его там прозвали? Скунс пустыни? Опоссум Эль-Аламейна? Ха-ха! Очень остроумно!»

Я задумался: что же, получается, происходило тогда со мной в Египте? Я был не только не предоставлен самому себе, но находился под гораздо более плотной опекой, чем обычно. Зачем нужно было внешнее наблюдение, когда ко мне так настойчиво, так старательно, чуть ли не каждую минуту, лезли в душу? Причем не абы кто, а профессионалы из профессионалов. Меня опекали «друзья» (то бишь, гелекси): пани Гражина и ее муж Рамзес (иначе, откуда Продвинутый был столь хорошо осведомлен о моей поездке?), за мной присматривали «враги»: Питер Рескин с супругой.

Что я еще говорил тогда в своей обычной манере изрекать первое, что приходит в голову?

«То, что он пользуется такой самостоятельностью, свидетельствует, что с каких-то пор он не просто свыкся со своим рабством, а даже наоборот, сделался рьяным последователем своих недавних поработителей и их учения. По всей видимости, мечтая занять в нем роль своеобразного апостола Павла. И еще, что, пожалуй, даже важнее: близок час, когда с пропагандой своих новых взглядов он выйдет на поверхность. А значит, не только он, а вообще те люди, которых мы даже не знаем, как называть пока: «врагами», «психами», «фанатиками».

Я еще раз пробежался по предоставленным мне поисковиком материалам.

«Богословие и политика, отчего вдруг эти сферы, раньше столь далекие друг от друга, сейчас настолько тесно переплелись вместе? Надолго ли такой взаимный интерес?».

«КНИГА ИЗВЕСТНОГО РАНЕЕ ЛИШЬ УЗКОМУ КРУГУ СПЕЦИАЛИСТОВ, ПРОФЕССОРА БОГОСЛОВИЯ БЬЕТ РЕКОРДЫ ПРОДАЖ, ВОЙДЯ В ДЕСЯТКУ САМЫХ РАСКУПАЕМЫХ БЕСТСЕЛЛЕРОВ МИРА».

«ПРОФЕССОР ИЕРЕМИЯ ХАРТ И ЕГО КНИГА «ОПУС 666».

«Профессор Иеремия Харт, полтора года считавшийся погибшим в автокатастрофе, но на самом деле чудом уцелевший, в настоящее время обретает второе дыхание. Не найдя понимания в сложившихся богословских кругах и лишившись места в двух американских университетах, где он преподавал, он, тем не менее, не просто защитил свою компетентность, но даже смог новой, первой после долгого перерыва, книгой не только привлечь к себе внимание широкого круга людей, но даже вызвать вокруг своего имени настоящий ажиотаж, заслужив своими неординарными высказываниями прозвище «неистовый Джеремайя».

Да, все было предсказано верно, все сбылось, вот только никто не ожидал, что Харт начнет действовать столь быстро. Первое, что я сделал – позвонил в ближайший книжный магазин, чтобы спросить, нет ли у них в продаже знаменитого бестселлера одного ранее никому не известного профессора. В ответ мне с восторгом в голосе ответили, что они, конечно же, знают об этой книге, но никак не могут удовлетворить спрос на нее, однако мне повезло: только что они получили очередную партию и готовы отложить мне экземпляр или доставить его туда, куда я пожелаю. Я пожелал, чтобы «блокбастер» как можно скорее оказался у меня в номере, и уже через полчаса держал в руках толстенный «кирпич», прекрасно оформленный, на вполне приличной бумаге.

«Опус 666». Что ж, «неистовый Джеремайя» как был, так и остался компилятором. И в то же время его книга действительно производила эффект взорвавшейся бомбы. Я был уверен, что не я один, а, по меньшей мере, несколько десятков людей в

Лелексе и вокруг него как раз заняты были сейчас изучением нашумевшего «манускрипта». Кто-то в Интернете уже успел окрестить «Опус» «Книгой Дьявола», хотя точнее было бы назвать его «Книгой Зверя».

Не знаю, на какую роль претендовал здесь Харт. Скорее всего, ему приглянулись лавры Мартина Лютера.

«Много раз много маленьких пророков и сект предрекали Конец Света, но никто из них почему-то не проникся мыслью о том, что прежде Судного Дня должен быть Апокалипсис. И вот сегодня я, профессор теологии, доктор права, Иеремия Харт, смею заверить вас, что Апокалипсис уже наступил. Нам дано было две тысячи лет, чтобы доказать, что мы – дети Божьи и начать жить по оставленным нам законам, но мы очень плохо использовали это время, заведя, в результате, себя в такой тупик, из которого самим нам уже не выкарабкаться. Только милость Божья может спасти нас, но сначала мы должны осознать, в чем мы провинились перед Господом и за что нас ждет его кара».

Ну и так далее. Что ж, эта книга, действительно, была достойна не просто чтения, а именно изучения. Но меня сейчас, в куда большей степени, нежели текст, интересовали цели, которые творец «Опуса» ставил перед собой. Ну и, конечно, хотелось, хотя бы на скорую руку, просчитать последствия, к которым могла привести эта публикация.

Если брать самого Харта, то, хотя он не высказывал в своем труде ничего принципиально нового, было удивительно, что до сих пор никто не замахнулся на что-либо подобное. Тысячи, десятки тысяч последователей были теперь Джеремайя обеспечены. Он автоматически становился новым гуру со всеми вытекающими из этого привилегиями. Однако каковы могли быть его дальнейшие действия? В моем весьма и весьма шатком положении крайне важно было знать это.

Прежде всего, было ясно, что, несмотря на неожиданный демарш, хозяева Иеремии оставались те же. Даже самые приблизительные расчеты того, сколько было вложено в раскрутку его личности и его книги говорили о том, что на такой шаг могли пойти только «фанатики», и что это было только началом большой кампании. Уже проглядывала их тактика: сначала замутить воду, затем, под шумок, вылезти на поверхность вместе с кучей новых сект, которые, несомненно, будут порождены «Опусом». Далее – легализоваться, и уже только потом заявить о себе в полный голос. Харт, естественно, будет сражаться на два фронта, а затем либо так и останется одним из многочисленных гуру, постоянно отвлекая на себя внимание, либо произойдет очередное Обращение Савла, а может, и то и другое вместе.

Что конкретно меня волновало во всей этой истории? Меня обкрадывали, беспощадно и нагло обкрадывали. Я мог без труда представить себе, сколько еще моих мыслей, идей, слоганов будет использовано Джеремайя в его последующих книгах. Их ему просто неоткуда было больше взять. Но что я мог сделать? Я работал не просто за деньги, а за вполне конкретные суммы, а значит, вся моя интеллектуальная собственность принадлежала моим работодателям, вот только почему они ничего не делали сейчас, чтобы ее защитить?

ГЛАВА 4

«Ну, враги у нас появились посерьезнее»…

Стоит ли говорить, что я ничуть не удивился, столкнувшись буквально на следующий день после произошедших событий нос к носу с Беттиной.

— Вот так встреча! — воскликнули мы в один голос.

— Какими судьбами? — решил я все-таки перехватить инициативу. Но ничего не получилось, нельзя было забывать, что я имел дело с профессионалкой.

— Ну я-то ладно, — весело рассмеялась моя милая «Фройляйн», — но ты-то как здесь оказался?

Я решил не играть и дальше в кошки-мышки.

— Отдыхаю, просто отдыхаю. Здесь на удивление красивое место, а цены буквально бросовые. Да и толкотни такой, как в других местах, нет.

Беттина оживилась.

— О, это интересно! Мне опять необычайно повезло с тобой! Как ты, может быть, помнишь, я работаю в туристическом бизнесе…

— А как же медицина? — хитро перебил ее я. — Если мне не изменяет память, в прошлый раз ты представлялась мне докторшей.

— Ах, это! — Беттина зарделась и закрылась ладошкой. Смущение разыграно было великолепно. — Это всегда можно повторить. Но, я думаю, ты уже выздоровел?

— Нет, — с неподдельным огорчением покачал головой я, — к сожалению, курс лечения был явно недостаточен. Облегчение носило лишь временный характер. Сейчас все вернулось. Те же симптомы, а кроме тебя (уже проверено) никто не в состоянии мне помочь.

Беттина вновь расхохоталась и погрозила мне пальчиком. Все-таки по женской части она была совершенно неотразима. Само обаяние!

— Прости, я перебил тебя, — спохватился я, от души радуясь, как непринужденно течет наш разговор, уж очень сильно я в своей глуши по подобным вещам — общению, соскучился, — ты что-то говорила о туризме?

Беттина подтвердила:

— Да. Кстати, ты приносишь счастье, тебе никто не говорил об этом? До тебя я была просто рядовым гидом-переводчиком, но с твоей легкой руки (если б только руки!), меня повысили, я теперь заведую целым сектором, причем одним из самых престижных в туристических маршрутах нашей фирмы. Мое направление – Франция, и я перво-наперво решила прокатиться по тем городам, которые мы «продаем» (извини, это на нашем профессиональном сленге) нашим клиентам, а заодно попытаться присмотреть что-нибудь новенькое, сам понимаешь – конкуренция. Так вот, я не могу позволить себе задерживаться больше одного дня в одном и то же месте, а что можно узнать за один день? Ты здесь, как я уже поняла, сидишь не меньше недели и наверняка облазил каждый уголок. Так что мне было бы чрезвычайно интересно узнать из первых уст какие-то подробности и даже мнение, можно ли использовать это местечко хотя бы в качестве перевалочной базы? То есть, обыкновенная информация. Кстати, я могу заплатить.

– Нет проблем, – оживился я. – И никаких денег я от тебя не приму. Наоборот, любая информация за то только, чтобы ты согласилась поужинать со мной в ресторане.

– О, получается, я даже в прибытке, – лукаво восхитилась Беттина. – А твоя Frau?

Емкий вопрос. Frau в немецком может означать жену, просто женщину, даже любовницу. На любой вкус.

– Я один, – поспешил ответить я. – Ты моя женщина. Самая лучшая Frau (а может быть Freulein?) в мире?

– Freulein, конечно, Freulein. Фройляйн Доктор. У меня ничего не изменилось. Так что, я пошла переодеваться?

– Ну, учитывая, сколько времени вы, женщины, затрачиваете обычно на подобный процесс, как раз так и получится, – согласился я.

– Ах, какая справедливая горечь в твоих словах! Безусловно, ты прав, нас, женщин, нужно постоянно контролировать, мы можем забыться, увлечься... – уморительно гримасничая и иллюстрируя воображаемый процесс руками, проговорила Беттина. – Я думаю, ты вполне мог бы мне помочь.

Иллюстрации по инерции продолжились, рисуя, на сей раз, совсем другие, куда более соблазнительные, картины. Я, конечно, не устоял.

Я был бессилен (в хорошем смысле этого слова) перед чарами этой женщины. Ничего не поделаешь, в смысле физического сложения немки – мой идеал. Не знаю, нравился ли я в той же степени, или хотя бы в десятой доле ее, Беттине или то, что было у нас и до и после ужина было всего лишь частью ее работы, но в этот раз Фройляйн Доктор просто превзошла себя. Надо ли упоминать, что я спал потом, как убитый, хотя и в этот раз избежал ловушки с «лекарством». Не исключено, что Беттина подозревала, что качает дезинформацию с моего планшета, но это меньше всего на свете ее волновало: главным для нее было – выполнить задание, вникать во что-то – не ее дело.

Ушла она, как и в прошлый раз, по-английски – не прощаясь. В надежде, что мы еще встретимся? Я был бы тоже не прочь, если бы прилежные ученицы преемников Рейнхарда Гелена почаще вот так наведывались ко мне.

ГЛАВА 5

Ведущие разведки мира...

Не одна, а сразу две «кошки-ведьмы»... Как я мог так опростоволоситься? Моя родная российская СВР – Служба Внешней Разведки – намного всех опередила, никаких сомнений. Обычно принято считать, что русские во всем работают топорно, не утруждая себя особыми изысками. Здесь же было совсем другое. Особенно поражало то, насколько «профи», которые подстроили нашу вроде как «случайную» встречу с Лилианной, знали мельчайшие оттенки моей личности. Два человека были так тщательно подогнаны друг к другу, что могли бы прожить «в счастье и согласии» добрую сотню лет. Ни одной фальшивой ноты в поведении, никакой поспешности в развитии наших отношений, полная уверенность в том, что конечный результат будет именно таким, каким требуется, и никаким другим. Ни «враги», ни «друзья» не могли похвастаться такой доскональностью.

Незамысловатая шутка: Домик в деревне и Лубяная избушка. Иностранцу не понять. Если переводить дословно («Избушка не простая, а лубяная» – цитата из известной сказки), то «лубяная» означает всего лишь – сделанная из «коры молодых лиственных деревьев (преимущественно липы)». Здесь тоже повод для юмора: липовый Домик в деревне и совсем не липовая, а самая что ни на есть настоящая избушка на Лубянке.

«Ведущие разведки мира» – они только недавно включились в игру, российские же спецслужбы вели меня с самого начала. Когда ко мне прицепился этот хвост? Ну, тут и гадать нечего: еще во время поисков клерками нового кандидата на далай-ламу. Они воспользовались тогда помощью не слишком щепетильных офицеров ФСБ и наверняка хорошо им заплатили, однако русская душа – те еще потемки, наш доморощенный Иуда вполне способен и денежки прикарманить, и начальству о подозрительных происках доложить. По сути, я второй раз наступил на одни и те же грабли: мои непомерные амбиции и неуемное тщеславие – на этом принципе они наверняка базировали и свою новую разработку.

К чему слежка, пытки, когда человек сам может о себе все рассказать? Почти как в тех письмах. Да, действительно, они превзошли самих себя: как я уже упоминал, душа к душе были подогнаны идеально. Конечно, я был бы не прочь узнать многие любопытные детали своего облапошивания, но на то, чтобы поддаваться эмоциям, у меня совершенно не было времени. Надо было отнестись к произошедшему философски: в игре не может везти постоянно, главное – конечный результат, а тут далеко было до проигрыша, я еще вполне мог побороться.

Если рассуждать формально, я не представлял никакой опасности для своей родины:

- находился за ее пределами;

- физическое присутствие гелекси в России было ничтожным, хотя экономически щупальца их достаточно хорошо уже ощущались;

- почва для Новой Веры здесь была скудной и на редкость неподходящей.

Но игра… обычная игра всех разведок мира, в которой так важно даже в мелочах быть постоянно, если не первым, то хотя бы среди первых – вот тут вариантов было не счесть. Ну а еще большая, причем очень большая, политика.

И все-таки, СВР на сей раз была не самой большой моей головной болью. Амбиции, тщеславие – у меня было полно уязвимых мест. А у кого их нет, спрашивается? Я многое мог простить себе, даже эти дурацкие приватные разговоры с каждым из трех моих новоявленных кураторов наедине, но зачем было распространяться об авторе четвертой тетради? Продемонстрировать неизвестному загадочному бонзе свой ум? Что могло быть опаснее? Однако мне просто необходимо было в тот момент каким-то образом выразить эту, внезапно осенившую меня, догадку об истинном авторе учения о гелекси. Хотя не в ней было дело, а в том, что стояло за ней. Господи, как же я сподобился появиться на свет божий таким идиотом!

Я застыл посреди улицы минуты на две с открытым ртом: смешное, по всей видимости, зрелище. Затем принялся, как мог решительнее, пытаться прогнать эту невесть с чего заплутавшую в моей голове бредовейшую мысль. Но все было тщетно.

«На входящих в одну и ту же реку текут разные

воды» («Ты в потоки те же самые дважды не войдешь») Гераклит. Не получилось, да и не могло получиться здесь, в «Кре-де-ла-Неже» так, как было в Германии. Да, жажда жизни по-прежнему переполняла меня, и возрастали до небес в моем сознании самые бесхитростные ее радости, но, как сказал другой мудрец – Питтак: «Дело умных – предвидеть беду, пока она не пришла, дело храбрых – управляться с бедой, когда она пришла». Ничего не поделаешь, как я ни напрягал мозги, изворотливости моей наступил предел, и пришло время быть храбрым.

Но это было очень нелегко. Нервы мои постоянно сдавали, (пафосно выражаясь – «опрокидывая меня в пропасть отчаяния»).

«Истина в глубине» – насмешливо поучал меня в таких случаях Демокрит.

«Да, но не в глубине пропасти, – возражал я ему, – с таким же успехом можно сказать, что «истина в вине».

«Выдержите и останьтесь сильным для будущих времен» – вторил знаменитому «отцу атомистики» Вергилий.

Но я был весь в настоящем, никакого будущего у меня не было и не предвиделось (быть не могло). В этом как раз было мое счастье (настоящее) и моя беда (полное отсутствие на горизонте так называемых «будущих времен»).

Даже если бы я выжил, что бы меня ждало потом? Воспоминания о былом величии, которое свалилось на меня нежданно-негаданно, буквально на миг, и о котором только мне, исключительно мне одному, было ведомо?

С болью в сердце наблюдать из какой-нибудь кротовой норы как всякого рода мелкие грызуны извращают и присваивают себе мои мысли?

Как бы то ни было – случайно ли или последним усилием «умного» выбрал я это место, но оно оказалось на редкость удачным для попытки решения тех задач, которые на тот момент казались мне совершенно неразрешимыми…

Можно было с ума сойти от того, сколько людей явилось сюда по мою душу. «Ведущие разведки мира»… Даже в официантах, инструкторах по скалолазанию я подозревал шпионов. Если исходить из элементарной логики, то проще всего было меня уничтожить и разбежаться опять по своим норам, но тогда не было бы игры, как я уже говорил, а с ней азарта, соперничества. Все с нетерпением ждали, когда курица снесет яйцо, с тем, чтобы потом захватить их сразу вместе. Но курица не спешила, тужилась. Задача (точнее, две задачи) была мне явно не по силам. Дописать книгу и после этого скрыться, остаться в живых. В конце концов, я плюнул на все и решил сосредоточиться на первой проблеме. Ну а дальше, будь что будет.

ГЛАВА 6

– Не узнали меня?

Конечно, я его узнал, какой смысл был притворяться? Но, хотя я и ни минуты не сомневался, что наша встреча произойдет, и именно здесь, в «Кре-де-ла-Неже», я оказался к ней совершенно не подготовлен.

– Здравствуйте, Питер. Конечно, узнал. Как вас можно забыть? Но где же ваша вторая половина?

Он усмехнулся.

– Ну, если честно, меня зовут не Питер, а Иеремия. Можно, Джеремайя. Просьба не путать с Джереми. Вы что, совсем не смотрите телевизор? Я так часто мелькаю там в последнее время, что мудрено пропустить. Что касается Элизабет, то никакая она мне не жена, я вообще не женат. Точнее, был когда-то, но развелся. Ну а как вы поживаете?

– Все хорошо, – ответил я сухо. – Кстати, Анна тоже мне не жена.

– Да, да, я помню, – поспешно закивал профессор. – Однако коли уж я вам представился, не мешало бы и вам расшифроваться – вы такой же канадец, как я китаец. Не хотите откровенно поговорить?

— О чем? — недоуменно спросил я. — О реке Янцзы?

— Можно и о Янцзы. О чем захотите. Ваш номер наверняка прослушивается, может, пойдем ко мне?

Я поколебался какое-то время.

— Как я понял, вы ведь не отвяжетесь, — произнес я, наконец, со слабой надеждой в голосе.

— Нет, конечно, — поспешил заверить меня мой «некитайский друг».

Я отказался от выпивки. Вообще, мне хотелось сократить до самого, что ни на есть, минимума нашу беседу. Я не понимал, на что вообще рассчитывал этот наглец-американец? Что я начну перед ним исповедоваться?

Харт порылся в чемодане и достал оттуда книгу в хорошо знакомой мне обложке.

— Хочу подарить вам свое наисвежайшее творение, «Опус 666». Что бы вам написать на память?

Я пожал плечами:

— Думаю, что в этом подарке нет никакого смысла. Я ведь понятия не имею, что было в предыдущих 665 сериях. Не жадничайте, расщедритесь уж сразу на целую библиотеку.

Харт с готовностью расхохотался, дав понять, что он оценил мою шутку. Но настаивать на подарке не стал.

– Обиделись на меня за то, что я позаимствовал некоторые ваши мысли? Это не поздно исправить. В следующей своей книге…

– «Опус 667»? – продолжил иронизировать я.

– Нет, там другое название. – Харт был не тот человек, которого можно было смутить, сбить с толку, он был весьма самоуверен. Это я помнил еще со времен нашей встречи в Египте, но мне надо было как-то защищаться, хотя бы юмором, раз уж в моем арсенале не было ничего другого, более действенного.

– Так вот, там я хотел бы копнуть поглубже. В частности, везде, где я цитировал вас, вернуть вам ваше авторство. Я как раз и приехал сюда, чтобы утрясти этот вопрос. Я сейчас вообще много путешествую, пропагандирую свою книгу, где только можно, узнал, что вы здесь, и решил, что грех упустить такой шанс. Бог не часто посылает подобную удачу. Там, в Египте, я не знал, кто вы. То есть, не знал в полной мере. Полагал, что вы один из многих. Даже еще совсем недавно я считал, что мы с вами стоим по разные стороны баррикад, но теперь мое невежество в прошлом. Учитель, мы не можем больше скрываться в подполье, мы перешли в наступление. Почему бы вам, если уж не возглавить нас, то хотя бы постоянно напутствовать? Одно только ваше слово, и мы разорвем цепи вашего рабства. Вы получите все, что только пожелаете. Весь мир будет у ваших ног.

Я понял, что должен немедленно встать и уйти, ибо молчание мое можно было трактовать дальше, как угодно.

– Вы меня с кем-то спутали, – ответил я сухо. – Я даже не знаю, за кого вы меня принимаете.

«Ни в жизни, ни в смерти», услышал я, уже повернувшись спиной к профессору, столь знакомую фразу, однако многозначительно промолчал.

Харт не удерживал меня. На что он вообще рассчитывал, планируя встречу со мной? Я так и не понял тогда. Хотя узнать не мешало бы.

ГЛАВА 7

Не скрою, мне очень хотелось жить. Любой ценой, грешен. Как я уже говорил, постепенно я пришел к выводу, что нельзя быть одинаково сильным и сведущим сразу в двух ипостасях. Ума мне было не занимать, а вот храбрости... Как я ни корил, и даже ни клял себя, не мог я решиться поставить на кон свою жизнь. Да, теперь я согласен был на что угодно, даже на рабство. Конечно, мне очень хотелось бы, чтобы мои мысли дошли до людей в неискаженном виде, да еще под моим собственным именем, однако мечты... Способны ли они вознаграждать?.. Измученный сомнениями, я, в конце концов, решил отдаться течению. Вот только грядущее сражение не здесь должно было произойти, местом его я выбрал Париж. Пусть победит сильнейший, ему-то я и достанусь. И это был не вопрос престижа, а вопрос последующей безопасности.

Я понимаю, многие из читающих сейчас эту книгу, отвернутся от меня, вполне обоснованно презрев за малодушие. Да и вообще, можно ли таким образом – ценой трусости – спасти свою жизнь? Весьма сомнительно. Но других вариантов у меня попросту не было.

ТАК ЧТО Я СОВЕРШЕННО НЕ УДИВИЛСЯ, ОБНАРУЖИВ ЕЕ В СВОЕМ НОМЕРЕ.

Просто день, точнее – чуть ли не целая неделя «открытых дверей». Мои обожаемые соотечественники все время играли на опережение, с какой стати им было дожидаться моего отъезда?

– Не обижаешься на меня? – спросила она с некоторой хрипотцой в голосе. Видимо, все-таки волновалась.

Я промолчал, глядя на нее во все глаза. В ней было мало от прежней Лилианны, совершенно другая женщина, с сильным характером, деловитая. Даже внешне изменилась: не было прежних округлостей, похудела килограммов на десять. В лице не осталось и тени прежней приветливости, мечтательности.

– Пойми, это просто работа! – сказала она, так и не дождавшись от меня ответа.

– Нас слушают десятки пар ушей, разглядывают десятки пар глаз, тебя не смущает это? – решился я, наконец, поддержать разговор.

– Нет, нисколько, – отрицательно покачала она

головой. – Нас никто не слушает и не видит сейчас. Мои напарники хорошо поработали. Но это на полчаса, не больше. Надеюсь, нам хватит, чтобы поговорить?

– Поговорить? О чем? – сухо спросил я.

– Ну, например, о том, любишь ли ты еще меня или нет?

– Глупый вопрос, – возмущенно фыркнул я.

– Чем же он глуп? – холодно поинтересовалась она.

– Не вижу в тебе ничего от той, прежней. У тебя, наверное, и имя другое?

– Другое. И все-таки, ты не ответил.

– Чего ты добиваешься от меня?

– Тебя.

– У тебя такое задание?

– Не стану отрицать.

– Ну а ты? Как ты сама ко мне относишься?

– Все, что было, осталось. Я тебе не лгала. Но нет ничего на свете, ради чего я могла бы пожертвовать своими дочерьми. К сожалению, или к счастью, понимай, как хочешь, но я не обладаю твоим фанатизмом.

Я стиснул зубы. Хороший намек! На то, что моя семья у них в заложниках, а меня вроде как это совершенно не волнует. Я помолчал немного, затем пожал плечами. Я ведь уже решил: пусть победит сильнейший. И раз уж они самые, самые…

– И что я должен делать?

– То, что ты и предполагал. Там, наверху у нас, так и не составилось единое мнение, как поступить с тобой. Если честно, в общем-то, ты нам совершенно не нужен. Мы просто готовы тебе помочь заварить какую-нибудь кашу. Я, к примеру, с удовольствием приму участие в организации твоей будущей церкви. Хоть ты мне о ней ничего не рассказывал.

– Ты думаешь, нам удастся сбежать, спрятаться?

– Почему бы и нет? Можем уехать хоть сегодня.

– Куда, если не секрет?

– В Париж, как ты, по всей видимости, и намеревался. Но только не для начала, а вообще. Нет смысла забираться в какую-нибудь глушь. На многолюдье куда проще затеряться.

Я помолчал, затем спросил со вздохом:

– Что будет, если я откажусь?

– Ты не откажешься. Это лучший выход из тупика,

в котором ты оказался. Хотя сразу предупреждаю, таких денег у нас не платят, которые ты до сих пор получал. Оклад плюс командировочные, ну еще звание, стаж. Опять же, по нашим, отечественным, меркам, приличная пенсия. Это все, что мы тебе можем предложить.

Я совсем потерял чувство реальности, крышу (та, что на голове, приходится уточнять, потому что звучит двусмысленно) словно ветром сдуло. Я — российский разведчик, возможно, даже резидент. С ума сойти!

— Что ж, я согласен, — неожиданно для себя ответил я. И ущипнул себя за тыльную сторону ладони. Все было реально, ни о каком сне не шла речь.

— Тогда собирай чемоданы, — пожала плечами она. — Можешь уехать хоть сегодня, можешь еще пару дней поразмышлять. Встретимся в Париже. Я буду тебя ждать в отеле «Эксельсиор».

Все произошло очень быстро. Настолько, что я никак не мог понять, было ли это сном или явью. Я лежал на кровати и пытался, как мог, восстановить в памяти столь важное для меня событие. Сначала параноидальные тополя, теперь уже какие-то шизофренические джунгли. И вместе с тем все было более чем реально. Да, СВР решилась сыграть на опережение, однако устроит ли такой вариант остальных? Я по-прежнему верил себе: что-то должно было оправдать мой приезд в эти места, уж коли я сам загнал себя в ловушку. Во всяком случае, как я уже говорил, это был конец той темной аллеи, в тени которой я прятался, пора было выходить на свет божий. Во-вторых, не слишком ли рано я решил насчет сильнейшего? Уж коли суждено мне было отныне пожизненное рабство, почему бы мне самому не выбрать себе хозяина? Хотя так ли уж этот выбор был велик?

Разведки мира. Да плевать мне было на любую из них. Что они понимают в том, что я делаю, олицетворяю собой? Для них нужно было только одно: оставить все как есть, не допустить никаких перемен, но никто, даже я, не мог отныне осуществить невозможное: загнать джинна обратно в бутылку.

СВР – казалось бы, это был самый лучший

вариант, мне предоставлялась полная свобода действий, возможность соединиться до конца дней своих с Лилианной (конечно, не с Лилианной, но я просто не представлял себе ее под другим именем). Церковь Совершенства, в противовес той, которую должен был возглавить Продвинутый. Возможность легально жить отныне под своим именем и увидеть под ним свои книги. Казалось бы, чего еще можно было желать? Но я сам был русским и прекрасно понимал, что мои «благодетели» могли давать любые обещания, сулить любые блага, вот только никто не собирался их выполнять. И дело было тут даже не в обычном нашем национальном, азиатском, коварстве, завистничестве, хамстве, достаточно было одного только теста, чтобы проверить этот посул на подлинность: то, что задумал Продвинутый, лишь со временем должно было начать приносить сказочные дивиденды, но сначала в эту идею нужно было вложить огромный капитал. Здесь же никто не собирался вкладывать ни гроша, все хотели прокатиться на дармовщинку.

Даже ЦРУ и то не могло позволить себе такой роскоши: сначала потребовалось бы вынести это решение на обсуждение, а потом долго разъяснять ничего не понимающим в таких вещах важным персонам, что перед ними не очередная тоталитарная секта, а новая вера, которая, если вовремя взять ее под свой контроль, как нельзя более будет отвечать интересам США.

Так что были только две силы, которые могли позволить себе выложиться здесь по полной программе: «фанатики» и гелекси, однако у «фанатиков» уже был другой, свой вариант, нового вероисповедания, так что без Продвинутого мне никак было не обойтись. То есть, моя дальнейшая судьба и новая церковь, ни в какой, даже самой отдаленной перспективе, не пересекались. Вопрос стоял только в одном: рабство или смерть. Еще недавно мне казалось, что первый вариант совершенно реален, трудно лишь согласиться на него, теперь я понимал, насколько и здесь ничтожно малы были мои шансы.

Все желали моей смерти, даже Продвинутый. Ему не нужен был человек, на которого ему пришлось бы постоянно оглядываться. Ему и тем людям, которые стояли за ним, нужен был полный контроль как над новым, столь бережно взлелеянным ими детищем («Я войду только в тот храм, в котором найдет пристанище Истина» – этой амбициозной фразой я как раз и подписывал себе здесь смертный приговор), так и над всеми, имеющими отношение к новой вере, рукописями. Как бы то ни было, обязательств моих перед Англичанином никто не отменял. В прошлый раз, при разговоре с Лилианной я уже открыл было рот, чтобы коснуться этого деликатного вопроса, но вовремя опомнился: никого мои обязательства перед другими людьми не интересовали. Между тем, хотя я так и не смог понять, каким именно образом, но события неожиданно перешли в эндшпиль – завершающую стадию.

Я прикинул, сколько мне еще осталось времени, чтобы закончить свою работу, но получалось, что здесь, в «Кре-де-ла-Неже», мне никак было с ней не совладать: оставалось не меньше двух месяцев. Ни у кого просто не выдержали бы нервы, чтобы так долго пестаться со мной.

Между тем, в любой момент, как предсказывала лже-Лилит, должны были включиться камеры наблюдения, мне ничего не оставалось другого, как только закрыть глаза и притвориться спящим. Однако спать никак нельзя было, тогда я принялся размышлять о своей любви. О своей несчастной любви и ее героине-предательнице.

ЧАСТЬ ДЕСЯТАЯ

ГЛАВА 1

Я тупо смотрел на окно в состоянии полной расслабленности. Окно было не настоящим, просто хорошо сымитированным. Можно было постоянно менять виды, которые открывались за ним, но меня вполне устраивал тот, что я увидел в самом начале. Собор Парижской Богоматери – Нотр-Дам-де-Пари, куда уж лучше?

Я пребывал в полном одиночестве в своей темнице, если можно было так назвать квартиру, в которой я находился, так как света в ней было предостаточно. Узник, Железная Маска, которой на мне не было. И ни одного тюремщика, в них просто не было необходимости. Можно было сказать, что моей единственной связью с внешним миром являлся... холодильник. Но дверь в кухню всегда была заблокирована, когда он пополнялся. Я был сам себе повар, горничная, официант – все в одном лице. Точно так же (через компьютер) я мог заказать не только продукты, но и любые нужные мне вещи, в том числе книги, аудио-, видеозаписи. Я сам согласился на рабство, сам выбрал хозяина, но это мне, как я уже начинал сознавать, ничего не гарантировало.

От Кре-де-ла-Неж было рукой подать до Швейцарии. На следующее утро после нашего разговора с Лилианной я побросал в рюкзачок самое необходимое и через небольшой промежуток времени был уже на пути к тому заветному банку в Женеве, в ячейку которого должен был положить свою последнюю книгу. Рукопись была не закончена, однако форс-мажор есть форс-мажор. Продвинутому предстояло смириться с этим.

Мой вояж ничем от подобных моих походов, которые я здесь совершал во множестве, не отличался, поэтому и слежка за мной была обычной – по сути, чисто формальной. Одна только Лилианна знала о моем намерении удрать, так как сама же и зомбировала меня накануне.

И вот тут Продвинутый опередил всех. Меня перехватили на шоссе. Гражина и Рамзес. Естественно, в ней ничего не было от полячки, в нем – от египтянина-копта. Скорее всего, они оба были французами, просто она – коренная, а он – арабского происхождения. Дальнейшее я смутно помню. Кажется, была погоня, и даже стрельба, в итоге я оказался вроде бы в Париже, хотя точно не мог это утверждать: мне сделали какой-то укол, и очнулся я как раз в той комнате, в которой сейчас находился.

У меня здесь были все условия, как для отдыха, так и для работы. Кухня со множеством всяческих современных прибамбасов, уютная спальня, удобный кабинет и гостиная, начиненная всем, что только душе угодно, начиная от домашнего кинотеатра и кончая уголком для фитнеса. Ну а еще: туалет, ванна, душ. И снова: туалет, душ. На втором этаже. Там, где размещалась еще одна спальня.

Общался я только с одним человеком – самим Англичанином, да и то лишь в первые два дня своего пребывания здесь. Надо сказать, что обращался он ко мне с прежней почтительностью. И даже больше того: раскрыл мне тайну, о которой знали лишь немногие, а сам я вообще даже прежде не подозревал: оказывается, Арсентий Сириус и Ведомый Влекущий одно и тот же лицо. С трех раз угадайте, кто? Или хотите подсказку? Я был весьма удивлен таким поворотом событий, но не возражал. Хотя и не подтверждал догадок Англичанина. Еще он напомнил мне о решении, принятом в Гарце: «вы должны понимать, что то исключительное положение, в котором вы находились, не может продолжаться вечно. Два с половиной года вы работали в условиях полной свободы, сейчас это становится слишком опасно. Как для нас, так и для вас. На вас идет постоянная охота. Поэтому, как только вы закончите свою четвертую книгу – «Вавилонский столп», надеюсь, название не изменится, и под таким названием она и будет дальше фигурировать в наших отчетах, вы станете работать в таких же условиях, как и все мы. Это вообще был рискованный эксперимент, но риск полностью оправдал себя: именно свобода, именно эти исключительные условия позволили вам настолько полно раскрыть себя. Дальше вам уже придется работать в связке, но зато о вашей безопасности уже не будет идти речь – вы будете надежно защищены». Ну а еще, конечно, о том злополучном десятилетнем контракте, на который я в свое время опрометчиво дал согласие.

– Я думаю, вы правильно поняли, почему мы решились на это похищение. Интерес к вам достиг апогея, ситуация вышла из-под контроля и невозможно было просчитать, чем она могла бы закончиться. Теперь у вас есть все условия для того, чтобы закончить вашу четвертую книгу. У нас к вам только одно пожелание: хотелось бы, чтобы вы уложились в прежний срок – полгода. Из них осталось два месяца. Положение дел на сегодня вам вряд ли стоит объяснять: случилось то, о чем мы с вами в прошлый раз беседовали, однако не подозревали, что это произойдет столь быстро – «фанатики» вот-вот должны выйти на поверхность, этот их «неистовый Джеремайя» клепает фолиант за фолиантом, беззастенчиво присваивая себе и перевирая как только можно и нельзя наши, точнее, ваши, мысли, и становясь, день ото дня, все наглее. К сожалению, в данной ситуации мы ничего не можем сделать, наши (ваши) авторские права не защищены. Не представляю даже, как мы развернем наше столь сильно потраченное молью (все тем же проклятым Хартом) знамя, когда прийдет час выходить нам на поверхность.

Я промолчал. Не то, чтобы мне нечего было ответить, просто любое мое словоизвержение тогда выглядело бы не более чем сотрясением воздуха.

Наконец Продвинутый встал и почтительно поклонился:

— Ну, если нет ко мне вопросов, на этом все. Готовьтесь к решающей битве. Ручаюсь, она будет нешуточной.

В моем ли положении было возражать? Два месяца, мне крайне нужны были эти два месяца. Для того чтобы завершить самое важное дело моей жизни. И они у меня были. А на все остальное мне было пока наплевать.

ГЛАВА 2

«Люди равны перед Богом, почему они не могут быть равны перед людьми?

Люди не равны перед Богом, почему они должны быть равны перед людьми?

Что мы видим? Две формулы, казалось бы, взаимоисключающие друг друга. Однако на самом деле никакого противоречия в их сочетании нет.

Здесь нет, и не может быть выбора, вот что мы должны осознать первоочередно. Любой подобный выбор, сделанный Обществом или нами самими, неизбежно сделает нашу жизнь ущербной, изуродует ее.

У нас есть много прав и среди них самое великое право – сознавать себя частичкой Великого Бога. В то же время никто и никогда не может нас заставить следовать нашей самой великой миссии – миссии обновления. Это всего только наше право перед Богом и людьми. Равно как никто из нас не имеет права мешать другим людям реализовывать себя.

А значит, о каком поголовном, а тем более абсолютном, равенстве вообще может идти речь?»

Арсентий Сириус «Вавилонский столп»

Человек есть мера всех вещей: существующих – что они существуют, несуществующих – что они не существуют.

Протагор

Великая бездна – сам человек, волосы его легче счесть, чем его чувства и движения сердца.

Аврелий Августин

Человек – самое непостижимое для себя творение природы, ибо ему трудно уразуметь, что такое материальное тело, еще труднее – что такое дух, и уж совсем ненепонятно, как материальное тело может соединиться с духом.

Блез Паскаль

…Совершенно не похож на смертное существо человек, живущий среди бессмертных благ.

Эпикур

Величие Человека... О чем я? Писать такое в преддверии новой эры, когда все, достигнутое человечеством на путях его предназначения вот-вот рассыплется в прах? Когда уже начинают возвращаться в отношения между государствами, нациями законы дикаря и его дубины? Когда люди расплодились в таком количестве, что новая война просто неизбежна. Когда Земля вот-вот достигнет предела в своем терпении и предъявит этим жалким фигуркам, ползающим на ее поверхности такой счет, что отлетят в небытие целые страны, сместятся континенты.

Велик человек? Да чем он велик, если давно уже превратился в зверя, и вот-вот обнажит свой искаженный злобой и ненавистью лик, включившись в гонку за элементарное выживание? Творчество, Развитие, Прогресс – к чему эта троица вот-вот приведет в итоге? Уничтоженные леса – и чем дышать? Огромное количество разинутых ртов – и чем же их накормить? Сведенные к ничтожному минимуму источники энергии – и чем их восполнить? Впрочем, к чему это я? Я ведь не Иеремия Харт, у меня совсем другое предназначение.

Нет, мне не на кого было больше оглядываться. Даже Пророк не в силах был помочь мне в тех дебрях, в которых я сейчас очутился.

ГЛАВА 3

«Я как-то сказал себе: «Я очень люблю свободу, но еще больше, чем свободу, я люблю справедливость», и это рассуждение очень долго давлело надо мной, кособоча мою жизнь. Ибо понятия «больше», «меньше» здесь недействительны. Они из двух разных сфер человеческой жизни, а стало быть, несравнимы. Когда я говорю о свободе в первую очередь, как о неравенстве и вытекающем из нее праве на неравенство, казалось бы, о какой справедливости дальше вообще может идти речь? Но вся Новая Вера в сути своей есть право на неравенство, право быть не таким, как все, право быть самим собой, право на свое единство с Богом. Да, да вся Новая Вера вытекает из этого. Ибо она не признает границ, которые разделяют, она не приемлет демократии, как власти большинства при бесправии меньшинства, она отрицает Государство там, где основа его правления – насилие. Она говорит: «Выбери Церковь», «Выбери Родину». И она никогда, ни при каких обстоятельствах не оглядывается на Справедливость. Ибо Она сама по себе Единственно Возможная Справедливость.

Потому что Свободы не добиваются, с нею рождаются. Человек рождается свободным и только свободным. Но лишь тогда, когда он становится зрел разумом, у него появляется возможность реализовать свое главное право: право выбора. И вот тут как раз Свобода и Справедливость, как понятия, смыкаются.

Да, да, как это ни покажется странным, но Справедливость порой является для человека единственным средством реализовать свою свободу и следовать ей.

Мы бежим от конфликтов, но они постоянно множатся, становятся все серьезнее, непримиримее.

Мы хотим быть законопослушными, но те законы, которые властвуют над нами, несовершенны, антигуманны и несправедливы.

И мы все дальше отстраняемся от государства, теснее жмемся к своей, не признанной миром, общности, а государству платим лишь малую толику, установленную им же самим дань.

Что делать иначе, когда государство не только не думает о Цивилизации, Человечестве, но осознанно нацелено на их разрушение? Кто-то ведь должен встать на их защиту?

Пока еще мы не более чем религиозное меньшинство, но мы начинаем бороться.

Уже не за веру, которую у нас не отнять, а за свое место под солнцем.

Отныне мы не гнушаемся политики, мы набираем вес в экономике.

Мы разбредаемся по всему миру, где-то терпим поражение, но где-то и побеждаем.

Мы твердо уверены, что рано или поздно обретем все, что нам нужно, потому что в убеждениях своих мы ближе к Истине, и этого достаточно для того, чтобы нас нельзя было ни победить, ни, тем более, поработить.

Нам очень трудно – ибо мы лишь частью своей в новом времени, то поколение, которому не нужно будет избавляться от прежних оков, по сути, еще не родилось. Но нам и легче, поскольку наши убеждения закалены в боях и проверены, наш выбор осознанный».

Арсентий Сириус «Вавилонский столп»

ГЛАВА 4

Как видно, я находился под достаточно пристальным наблюдением и от Продвинутого не укрылось то, что я завершил работу над «Вавилонским столпом». Он не замедлил явиться по мою душу.

– Что теперь со мной будет? – спросил я, не пытаясь делать вид, что остались еще какие-то недоделки и протянуть этим время.

– То, о чем мы говорили с вами в прошлый раз, – невозмутимо ответил Англичанин, – мы выходим на поверхность. Ваши книги будут печататься во всем мире, на волне их успеха наша церковь, Церковь Совершенства, начнет свой победный путь. Вы соединитесь с семьей, вас начнут почитать как пророка. То есть то, о чем вы даже не могли мечтать три года назад. Как вы знаете, мы никак не могли решить, выступить ли нам первыми или придерживаться и дальше той тактики, которой мы раньше успешно следовали: держаться в тени. Сейчас все изменилось. Там, наверху, дали добро на выступление. У нас просто нет другого выхода, этот их «неистовый Джеремайя», как я уже говорил, не знает никакого удержу. Мы наступаем сразу в двух направлениях: сначала «Книга» Ведомого Влекущего, затем ваши толкования к ней. Если, конечно…

— Если, конечно… — уточнил я, хотя прекрасно понимал, что конкретно Англичанин имеет в виду.

— Учитель, — проговорил Продвинутый, не просто почтительно, а буквально с благоговением: — Мы не можем давать вам такие советы, но нам совершенно необходимо точно знать, когда вы решитесь открыться миру, как Пророк. Потом будет поздно, появится столько самозванцев, что своего первенства вам, да и нам с вами, практически невозможно будет доказать. Конечно, вам придется переписать все четыре книги, которые вы нам представили, но это легкая работа, можно уложиться в неделю, максимум — в месяц. Достаточно будет только изгнать из них фигуру Толкователя. И тогда получатся уже не четыре, а только две, две ваши книги. Для второй вы можете выбрать любое название, но я порекомендовал бы то, которое уже имеется — «Седьмой Мессия». А «Вавилонский столп» войдет в нее составной частью. Равно, как и «Слово Пророка» просто дополнит собой, в чем-то прояснит, оттенит первую книгу,

«Книгу Вечной Жизни».

Англичанин смотрел на меня пристально, напряженно, а я, хоть и предполагал что-то в этом роде, к подобной постановке вопроса – вот так, без обиняков, прямо в лоб, был не готов.

Я так и не нашел, что ответить. Сказать по правде, я не верил ни одному слову этого человека. Сейчас, сейчас он выдаст себя. Так и случилось.

– Еще я хотел бы попросить вас об одной маленькой формальности, долго не решался к вам с ней обратиться – нам всем очень хотелось бы, чтобы вы прошли обследование на полиграфе – детекторе личности, он не имеет ничего общего с тем, что в народе называют детектором лжи. Да у него и совсем другое предназначение: в основном построенное на сканировании. Ваш мозг уникален, мы хотели бы исследовать и запечатлеть его досконально, насколько это вообще реально при современном развитии науки. Мы руководствовались при этом вашим же постулатом: «...постарайтесь запечатлеть себя, насколько это возможно, для своего последующего возвращения». Хочу отметить, что первые опыты в этом направлении уже проведены, хотя очень немногие среди нас удостоились такой чести. Я счастлив, что нахожусь в их числе. Из личного опыта могу поделиться, что это легкая, совсем не обременительная процедура. Обычный набор: снимки, вопросы, тесты, воздействия через специальные датчики на определенные участки тела, коры головного мозга.

Мне стоило больших усилий не выдать того панического состояния, в которое меня повергло это сообщение.

– Нет, нет, не бойтесь, это будет не сегодня, вы слишком вымотаны последним броском по вашей рукописи. Назначьте сами день, когда вы будете готовы.

– Хоть завтра, зачем тянуть, – безразлично, совершенно опустошенный, медленно проговорил я.

– Нет, это слишком рано, – скептически покачал головой Продвинутый, чрезвычайно обрадованный моим согласием. Нужно, чтобы поток информации шел из самых глубин сознания, а значит, требуется время, чтобы как следует подготовиться. Думаю, дня три-четыре вам вполне должно хватить, но вместе с тем важно не переборщить: если упустить момент, включится психологический дефанс – защита. И тогда нам очень сложно будет его преодолеть.

Оставшись один, я еще раз просчитал мысленно, правильный ли я сделал выбор?

Разведки... Моя работа закончена, не мог же я прятаться вечно? Раньше они медлили, теперь, с моим похищением, ситуация в корне изменилась. Никто из них не мог допустить перевеса в создавшемся хрупком паритете. Разодрать меня на части невозможно, а значит, выход единственный – стереть мою жалкую плоть в порошок и развеять прах по ветру.

Лилианна... по той же причине и массе других, о которых я уже упоминал, СВР не оставила бы меня в Париже. Любой ценой меня вывезли бы в Россию, там я имел бы возможность пожить где-нибудь в заточении. Гелекси, Продвинутый с его церковью делали меня на родине практически единственным, а значит, неоценимым, специалистом в новой, для слишком многих в мире неизвестной и неожиданной, области, я в любой момент мог бы понадобиться для какой-нибудь консультации. Со временем меня, возможно, вывели бы на поверхность, нацепили погоны, даже разрешили личную жизнь на выбор: либо с семьей, либо с Лилианной. Почему же я отказался от этого? Нужно было погасить долг перед Продвинутым? Начатое надо было довести до конца? Но я мог это сделать и потом, когда угодно и где угодно. Или я просто не смог в данном случае достаточно верно просчитать ситуацию?

Что можно было ожидать? Они выжали из меня все, что возможно, по богословию, все четыре книги находились теперь в их руках. Зачем я им дальше был нужен? Устранить фигуру Толкователя, оставив только личность Пророка? Нет, они знали, что делают: я еще не был выпотрошен окончательно, я оставался человеком-бомбой, и при современных психических средствах воздействия был бессилен свою догадку в себе удержать. Собственно, попотрошить перед смертью меня попытались бы все: и СВР, и ЦРУ, и даже «фанатики». Вот почему гелекси никогда не допустили бы, чтобы я попал в чужие руки. Эта тайна тайной и должна была остаться. В прошлый раз, в Гарце, я обнажил только половину ее. Случайно или не случайно Продвинутый и словом не обмолвился о том нашем разговоре?

ГЛАВА 5

Я попытался спрогнозировать, как процесс пойдет дальше, чтобы как можно тщательнее все просчитать. Ошибка... Это была всего лишь головоломка, не больше того – найти выход из лабиринта, в котором я оказался, было невозможно. Его попросту не было. Поэтому ошибки здесь не могло быть никакой. Все, что мне удалось – протянуть время, все, на что я надеялся, уже после первых пяти минут разговора с «клерками», прожить немного дольше того срока, который кто-то там, наверху, мне отмерил.

Казалось бы, самым логичным решением вопроса сейчас было бы то, что предлагал Продвинутый: выход на поверхность, игра на опережение, полемика с Хартом, небольшая церквушка в центре Парижа. Но это уже без меня.

Когда я, во внезапном озарении, понял, что человек, разработавший учение о гелекси и Ведомый Влекущий – одно и то же лицо, первое чувство, которое я испытал: восхищение мужеством этого человека. Как ума, так и, в отличие от меня, храбрости ему было не занимать. Никому не нужны были его мысли, которые он наверняка лелеял в себе много лет.

Россия – при всех ее Толстых и Достоевских – та еще духовная помойка, если ты решишь там открыть людям какую-нибудь истину, то хоть кричи, хоть шепотом говори, все равно тебя никто не услышит. В лучшем случае станешь пациентом спецпсихбольницы, либо сгинешь в тюрьме или на зоне, бок о бок с отпетыми уголовниками. И тогда он придумал этих знаменитых гелекси, разработал специальное, подходящее случаю, учение, уехал с ним из России, нашел людей, которые не просто заинтересовались его идеями, но и раскрутили на них многотриллионное дело. Что произошло в итоге? Скорее всего, он оказался в плену у этих идей и этих людей. Вот тогда и произошла «утечка», им самим инспирированная, а после все совершалось совершенно автоматически: эмиссары, разосланные во все концы света, толкователи-«евангелисты». Так я оказался в его колоде, причем не простой, а даже козырной картой. В Гарце я бросил ему вызов, теперь вот пожинал плоды.

Неясно было только одно: почему я выбрал именно его? Ведь я мог последовать предложению Лилит.

Впрочем, что тут непонятного? Весь мой расчет строился на одной только мысли: неужели человек, написавший Рассуждение об убийстве, отдаст приказ о моем уничтожении, по сути, сотрет меня в порошок? Хотя одно дело – теория, и совсем другое – жизнь. Ценой своей жизни мне и предстояло сейчас это проверить. Исходя из ума, шансов у меня не было ни на грош, что до храбрости, то, как я говорил уже, Бог не наградил меня этим качеством при рождении.

Честно говоря, в первые две недели, когда я находился здесь, у меня еще оставались какие-то иллюзии: я надеялся, что этот загадочный человек, по крайней мере, захочет встретиться, побеседовать со мной. Но затем понял: этого не произойдет никогда. Он так решил, решил давно, когда еще только начинал свое восхождение.

Мог ли Продвинутый сыграть самостоятельную игру и сам определить мою участь? Нет, я был слишком значительной фигурой, чтобы он мог решиться на такое. Но как бы он ни поступил, для него самого это ничего не меняло.

Да, да, никакого сканирования, обследования не будет, я уже понял это. Вообще не будет завтра. Для меня. Они покончат со мной ночью и заметут следы. Причем покончат не только со мной, но и со всеми, кто знал меня. Все четыре «клерка», в том числе и Продвинутый. Предатель среди них неизбежно получит в награду и свою собственную смерть.

Однако как ни кажется странным, никто больше меня не был заинтересован в подобном исходе…

Мне вспомнилась вдруг совершенно отчетливо худенькая фигурка араба-подростка, прошмыгнувшего мимо меня, когда я в задумчивости стоял у окна в вагоне поезда Берлин-Париж, и фраза-пароль, которую он тогда еле слышно произнес: «Ты уходишь не мертвым, ты уходишь живым». Я надеюсь, он знал свое дело и ускользнул благополучно с тем пакетом, который я ему вручил, от слежки, которая велась за мной, уже начиная с Германии, постоянно.

Хотя, разумеется, встреча со стариком-Хранителем вполне могла оказаться трюком, ловушкой, но я почему-то поверил нашему с ним давнишнему уговору.

Было бы глупо умереть во сне, и я решил не спать, хотя ничего интересного для меня в моих мыслях, размышлениях, уже не могло быть.

Так как же все-таки он поступит дальше, после расправы со мной, этот человек? Откажется от лавров Пророка? Не верю. Но сколько он проживет, если сейчас вдруг откроется? Он просто не успеет открыться. Жизнь любого человека, даже Пророка, не стоит не то, что триллиона, но даже и миллиона долларов. Убьют свои же, причем совсем не из религиозных убеждений. Значит, кто-то должен явить миру его имя уже после его смерти. Но где взять таких идиотов? Которые не сподобились бы присвоить себе авторство? Так что, боюсь, выход для него мог быть только один: заключить соглашение с «фанатиками». Одна религия, одна церковь, никаких распрей, расколов.

Что произошло конкретно со мной? Они забросили невод, в который попалась слишком крупная рыба. Еще не поздно было в самом начале нам просто тихо-мирно разойтись в разные стороны, но амбиции возобладали. Не у меня, конечно. У них. Меня они сразу поставили в безвыходное положение.

Но как же все-таки они решили поступить – нет, не со мной даже, а с фигурой Толкователя? Сколько людей надо уничтожить, чтобы стереть мной созданное, написанное? «Рукописи не горят» – смешно сказано, но мои три книги были слишком засвечены, и могли всплыть в самый неподходящий момент.

Приписать их авторство Харту? Любая, даже самая поверхностная экспертиза потом распознала бы подделку.

Приписать их Пророку? Толкования самого себя? Нет, с Толкователем уже ничего нельзя было сделать. Хотя... кого явить миру в этом качестве – так ли уж важно? Главное – уничтожить меня.

Я умру, умру безвестным, но будут живы мои мысли. И о них узнает весь мир. Хорошо это или плохо? А был ли у меня выбор? Это Бог так распорядился. Что до меня, мог ли я найти лучший выход в столь безнадежной ситуации?

Впрочем, был и еще один вариант: этот неизвестный, но заполонивший до отказа все мое воображение человек, сначала создал Учение о гелекси, и только потом уже, чтобы оправдать, упрочить его, слепил в качестве фундамента к нему Книгу Вечной Жизни. Хотя, что это меняло конкретно в моей участи? Даже если и в самом деле так было?

ГЛАВА 6

И все-таки я не выдержал, задремал. Очнулся я от того, что кто-то настойчиво, бесцеремонно теребил меня за плечо. Я открыл глаза и увидел перед собой двух дюжих санитаров. Один из них жестом дал мне понять, чтобы я следовал за ним. Я тоже жестами ответил, что был бы не прочь умыться, побриться, что-нибудь пожевать. В ответ меня резко подняли с постели, толкнули в спину и дали несколько хороших пинков под зад.

«Что ж, вам мало убить меня, вы хотите напоследок вдоволь поиздеваться надо мной, устроить представление? Ладно, готовьтесь, я вам все расскажу. Все свои догадки, предположения. Я разнесу ваш галактический мир в клочья. И если это, действительно, то, что вы желаете сегодня услышать, вы наглотаетесь своего дерьма досыта, буквально захлебнетесь в нем».

Страх смерти внезапно покинул меня. Странно... Я хорошо знал, что не выдержу никаких, даже самых легких, пыток — я совершенно не переношу физической боли. Впрочем, довольно быстро пришло объяснение: мое сиюминутное состояние объяснялось тем, что санитары успели вколоть мне какую-то психотропную дурь, чтобы не терять потом времени зря и доставить меня на место уже готовеньким.

Им пришлось даже взять меня с обеих сторон за руки, так как на меня неожиданно снизошло умиление, и я постоянно пытался их обнять, что-то сказать приятное.

Поэтому я был крайне удивлен, когда они вдруг резко ослабили хватку и стали медленно, один за другим, оседать на пол. На светло-зеленых халатах неожиданно появилась и стала расплываться во все стороны кровь. Я посмотрел вперед, прямо на меня мчались несколько фигур в черных облегающих одеждах, масках с прорезями для глаз, вооруженных пистолетами с глушителями и ножами. Изредка они обменивались друг с другом короткими отрывистыми фразами, кажется, на арабском. Мне, без лишних церемоний, надели на голову мешок, обвязали его веревкой, затем куда-то потащили. Не могу объяснить, но меня это почему-то очень рассмешило. Я нисколько не сопротивлялся, однако принялся бешено хохотать, как будто от щекотки. Тогда меня ударили в челюсть, я почувствовал солоноватый вкус крови во рту и тут же отключился.

Очнулся я от сильной тряски в каком-то фургоне. По всему чувствовалось, что шофер гнал, как сумасшедший. В кузове нас было только двое: я и Пианист, безупречно одетый, как всегда олимпийски спокойный. Мешка на моей голове уже не было, веревок на руках тоже, и при желании я вполне мог бы кого-нибудь придушить. Вот только желания подобного у меня почему-то не возникало.

– Как вы себя чувствуете? – спросил Пианист. Больше из вежливости, о моем состоянии без труда и так можно было догадаться по туману в моих глазах и блевотине, которой я оросил все вокруг, в особенности свой костюм и туфли.

– Прекрасно! – с трудом двигая разбитыми губами, ответил я.

– Можете говорить?

– Всегда готов! – Я чуть было не вскинул руку в пионерском приветствии.

– Ну-ну, – мрачно усмехнулся Пианист.

– Не бейте меня, я сам все расскажу, – попросил я

устало.

Действие психотропа было на самом пике, я не в силах был оценить ситуацию, не то, чтобы ее просчитать. Ясно было только одно – в моем положении произошли перемены. Разумеется, не в лучшую сторону, хотя, вроде, хуже уже было некуда.

– Успокойтесь, никто не собирается вас бить, – с некоторой даже брезгливостью ответил Пианист, почему-то по-женски, то есть, растопырив перед собой ладонь, разглядывая тщательно ухоженные ногти на пальцах правой руки. – К слову, ваши тайны нам тоже не нужны.

– А что же вам нужно? – попытался я поймать его на слове. Не знаю, понял ли он меня, рот у меня был словно набит карамелью.

– Просто вас хотели убить, а мы вас спасли.

Вот этого я никак не мог себе уяснить.

– Зачем? Чтобы убить самим?

Пианист искренне расхохотался.

– Вам так хочется, чтобы вас убили?

Я обреченно пожал плечами:

– Кто-нибудь все равно убьет. Вы или другие – какая разница?

Ему надоело перебрасываться со мной идиотскими фразами, и он на какое-то время замолчал, уйдя в себя, сосредоточенно перебирая четки.

Через несколько минут машина остановилась, но ничего особенного не произошло, мы просто пересели из одного фургона в другой, и вновь тронулись в путь.

Понемногу я начал приходить в себя. Может, мои неожиданные «спасители» вкололи мне какой-нибудь антидот? Внезапно заныла челюсть, раньше я боли в ней так не ощущал.

— Хорошо, я слушаю вас, — сказал я, наконец. — Итак, что же вы все-таки от меня хотите?

— Ничего, — ответил Пианист, оставив четки в покое. — Повторяю, мы всего только хотели спасти вас, а сейчас я просто собираюсь уточнить: у вас есть место, где вы могли бы укрыться? Если есть, то куда нам доставить вас? Поймите, мы больше не можем позволить себе вмешиваться в вашу судьбу. Мы и так для вас сделали все, что могли, дальше уж сами как-нибудь. Вы человек неглупый, выкарабкаетесь. Хотя, надо признать, несмотря на весь ваш хваленый ум, в жизни вы изрядный растяпа. Так легко угодили в ловушку.

Я благоразумно промолчал.

– Высадите меня где-нибудь на окраине Парижа. Но не в арабском квартале. Там меня могут неправильно понять. Кстати, почему вы так легко отпускаете меня? Весь мир, наоборот, тянет руки, чтобы меня растерзать. Неужели я для вас совершенно не опасен?

– Нисколько, – покачал головой Пианист. – Вы опасны, и даже очень, но для других, главным образом для христиан. А значит, нам вы, наоборот, полезны. Истинной вере ничто не страшно, никто не в силах ее поколебать. И в то же время за последние тридцать лет мало что изменилось: соотношение христиан к мусульманам по-прежнему два к одному, по-прежнему мы прозябаем в нищете, а христиане купаются в роскоши. Но Аллах, наконец, услышал наши молитвы, пришло время справедливости. В прошлый раз вы замечательно сказали: Потребление и Прозрение – вот два рычага нашей скорой победы. Вы, наверное, подумали, что мы какие-нибудь террористы, но с ваххабитами нам совсем не по пути, они для нас еще большие, чем для вас, враги. Наша победа будет бескровной, а оттого бесспорной. Если честно, несмотря на весь ваш ум, вы не представляете никакого интереса для нас, человек, который, действительно, перевернул наши представления о своем предназначении в этом мире, снабдил нас стратегией и тактикой – то есть, духовно вооружил, носит совсем другое имя.

– Иеремия Харт? – Да, действительно, очень трудно было догадаться.

– От вас ничего не скроешь. Да, это он – Иеремия Харт.

– И что же, вы будете пытаться теперь похитить его?

– Ни в коем случае, – покачал головой Пианист. – Разве что он сам, по доброй воле, к нам придет. Путем Прозрения. Великому человеку мы воздали бы и великие почести. У нас есть, что ему предложить. А вы… вы просто вечный возмутитель спокойствия. Вас не отучить от этого, ручаюсь, как вас ни награди, вы все равно будете мутить воду до последнего.

– Искать Истину, – холодно ответил я.

– Зачем, если она уже найдена, явлена? В этом как раз главное между нами различие. Вот увидите, скоро, очень скоро мы придем и возьмем голыми руками то, что нам по праву положено. Они говорят – демократия, а мы говорим – демография. Христианки в Европе, Америке не хотят рожать, наши женщины, напротив, как и много веков назад, видят в этом гордость, красоту, свое основное предназначение.

Они говорят – оружие, нам не нужно оружие. Для нападения. А для защиты оно уже у нас есть. Не зря же мы столько времени провели среди гелекси.

Они говорят: скоро мы выбьем из ваших рук ваш главный козырь – нефть. Но они не понимают: наш главный козырь – не нефть и не деньги, а наша вера.

Я молчал. Что я мог ему ответить. Однако его такой вариант явно не устраивал.

– Ладно, не буду юлить. Если уж так сложились обстоятельства, что мы с вами вместе и у нас уйма свободного времени, я, пожалуй, не прочь был бы задать вам несколько дополнительных вопросов. Как вы смотрите на это?

Я пожал плечами:

– Ну, уж коли и в самом деле все так прекрасно сложилось, и есть «уйма», о которой вы упомянули, почему бы мне лишний раз не поточить об оселок свои мозги?

Глаза Пианиста радостно сверкнули. Как он ни старался, ему не удалось скрыть свой интерес к тому, что поначалу выглядело лишь пустой болтовней. Ну а мне было все равно, кто опять лезет ко мне на крючок. Как говорится, «ловись, рыбка, большая и маленькая».

— Вот вы употребили это волшебное слово: Прозрение. Оно глубоко запало мне в душу. Как я понимаю его, я уже сказал вам: Аллах услышал наши молитвы и возвестил — пришло время справедливости. А как понимаете его вы? Я не отказался бы узнать поподробнее.

Что ж, я оказался прав: пусть храбреца из меня и не вышло, но ум мой пока продолжал оставаться в цене и значит, у меня еще оставались шансы на спасение.

— Прозрение — это кратчайший путь к истинной вере. Он обозначен во многих местах... Если взять Коран, то это как раз тот отрезок, который Мухаммед прошел после Исы. Что нового он принес собой, что дало это человеку? Если вы говорите, что ваша вера истинна, что это последняя истина, поскольку является истиной истин, то помимо нее, действительно, не может быть ничего нового, в ней все уже явлено. Было бы смешно, если бы конкретно вы или какой-нибудь другой мусульманин открыл для себя что-то новое в Коране, но если это новое, но давно всем известное, откроет вдруг новообращенный? Если он растянет путь свой к истинной вере до конца дней своих, проведя его остаток в очищении и благочестивых устремлениях, став истинно правоверным лишь в итоге? Тогда за ним пойдут миллионы людей. И вам не понадобится никаких революций, никакого новаторства, и не произойдет никакого раскола, наподобие тех двух, которые в свое время произошли (сунниты и ваххабиты), и горькие плоды которых вы до сих пор пожинаете. От новообращенных просто не будет отбоя, ваше дело лишь принять, наставить, занять их. Никаких отступлений в вере, но какие изменения в мире! Один жалкий язычник, Питтак, сказал: «Победы должны быть бескровными». И, если они бескровные, ненасильственные, (или как вы сами метко выразились – «бесспорные») кто вам возразит? Да, конечно, вы могли бы достичь гораздо большего для себя лично. Ведь, по сути, всю свою славу вам придется отдать другому человеку, оставаясь самому в тени, но эта тень и даже те огромные деньги, которые она принесет с собой, истинное величие для вас ведь не заменит? Да, конечно, она станет вашей молитвой, вашей жертвой, вашей ношей. Оценить ее и вознаградить вас сможет только Аллах, но разве это не стоит всей славы и всех почестей, вместе взятых, здесь, на Земле? Вам решать.

Я никогда еще не видел такой сосредоточенности у человека. Знаменитые пальцы были стиснуты до белизны. Мне было немного стыдно: я нес полную ахинею, просто жонглировал словами. И для чего? Чтобы спасти свою шкуру? Я не единожды проделывал такое в последнее время, но только сейчас понял, что не занимался никогда словоблудием, просто решал ту или иную логическую задачу. Приводил человека к его же собственным мыслям, за каких-нибудь полчаса расчищая для него путь, на который у него самого, возможно, ушла бы вся его оставшаяся жизнь.

Надо сказать, что я был потрясен этим, явленным мной, открытием ничуть не меньше Пианиста. Мне стало страшно. «Господи, — мысленно молил я, — клянусь Тебе, если мне повезет сейчас, никогда больше вот так, всуе, я не стану применять полученный от тебя дар!» Ответом мне, естественно, было молчание. Зачем давать клятвы, которые ты не в состоянии выполнить?

— И лучшей фигурой для этого был бы... — очнулся, наконец, от своего оцепенения Пианист.

— Иеремия Харт? — усмехнулся я. — Вовсе не обязательно. Да и чем вы соблазните в данном случае Харта? Он там, в своем кругу, занимает немалый пост.

Тут настал Пианисту черед поиронизировать.

— Да, несомненно, иначе с какой стати ему доверили бы такую великую честь – шпионить за вами?

Я вздрогнул, но, собственно, такой ли уж это был секрет?

— У нас с ним свои отношения, — вздохнул я. — Соперничество. Скажем так: безумное, бескомпромиссное соперничество. Мы просто играем друг против друга, и очень хотелось бы в таких случаях держать своего противника в поле зрения.

Что до нашего разговора, то речь о Харте в нем совсем не идет, иначе вы ничего не поняли, либо не приняли из того, что я вам говорил. А ведь суть здесь предельно проста: повторюсь, вам достаточно привести к истине одного, только одного, любого, какого вы только пожелаете, человека, лишь бы путь его был истинным, праведным, угодным Всевышнему, а уж за ним потом потянутся толпы.

Он понял. Он был достаточно умен, чтобы понять.

– Последний вопрос, – произнес он со вздохом. – Так получилось, что я часто возвращаюсь мыслями к нашему разговору в Гарце. Вы сказали тогда, что кто-то из нас четверых, «клерков», как вы иногда нас называете, непременно окажется предателем. Но кто именно. Теперь вы знаете? Там еще была такая смешная поговорка, не помню только, как она звучит точно.

– «То, что знают двое, знает и свинья»? – усмехнулся я. – Я уже тогда ответил вам на ваш вопрос. То, что я знал один, имело все шансы остаться секретом. Как только я проболтался, о нем узнала свинья. Вы хотите знать правду? Но я ничего не могу вам сказать нового. Предателями оказались вы все трое. Каждый из вас доложил своим свиньям все досконально из того, что я вам говорил. Но хочу сделать вам комплимент: вы оказались умнее остальных. Кое-чем из того, о чем мы говорили наедине, вы ни с кем не захотели делиться. Теперь вы, надеюсь, откроете секрет, почему вы меня сегодня спасли? Не из одного же того только, что я такой уж возмутитель спокойствия? Меня интересует главная причина, я понимаю, что резонов было, точнее, могло быть, предостаточно.

– Зачем вы спрашиваете о том, что заложили в меня в самого начала? – холодно пожал плечами Пианист. – Я спасаю не вас, а себя сегодня. Неужели я не понимаю, что после того, как они расправятся с вами, они начнут уничтожать ваши следы? Ну а пока вы живы, мне ничто не угрожает. Так что постарайтесь продержаться подольше, раз уж у нас сегодня так удачно все выгорело. Я уже не говорю о том, что у меня создалось устойчивое впечатление, что кто-то захотел расправиться с вами чужими руками. А заодно и повесить на нас, мусульман, очередное лживое обвинение в жестокости и фанатизме.

ГЛАВА 7

Я стоял на автобусной остановке, и никак не мог поверить своему спасению. Хотя прекрасно понимал, что у меня в запасе не столь уж и много времени. Надо было срочно делать выбор: метро, станция которого была от меня буквально в двух шагах; автобус – повторяю, меня высадили как раз на остановке; такси, которое я, в конце концов, и предпочел. Метро – видеокамеры. Огромный супермаркет, который находился неподалеку – опять видеокамеры. И еще спутники, которые носились там, наверху, обшаривая здесь, на Земле, буквально каждый квадратный метр. И тем не менее, сколько бы ее не было сейчас вокруг, этой чертовой техники, какая-то, пусть и очень небольшая, фора у меня в запасе все-таки была.

ЧАСТЬ ОДИННАДЦАТАЯ

* * *

Я долго искал тебя, как выбирали меня в свое время. Надеюсь, я действовал достаточно осторожно и не оставил следов, по которым могут настичь тебя наши недруги. Уповаю также на то, что я не ошибся в своем выборе. Я не знаю, какова твоя роль в том деле, которым я столько лет занимался – сначала против своей воли, затем с осознанной, все возраставшей, страстью. Как бы то ни было, я вручаю тебе все, собранные мной, материалы и честно делю на две половины те деньги, что у меня еще остались. Я понимаю, конечно, что их маловато, явно недостаточно, но больше у меня просто нет.

Кто знает, может, ты займешься историей нашего движения, а может, станешь еще одним толкователем?

Кто знает, быть может, мне повезет, и мы когда-нибудь встретимся в кругу наших единомышленников.

Кто знает? Неисповедимы пути Господни!

Что до меня, то я отхожу сознательно от великого

дела, в котором мне довелось поучаствовать. Считаю, что путь я прошел достаточный, а дальше не мешало бы воплотить на практике хоть немногое из того, о чем я размышлял, что выстрадал. Быть может, я даже успею написать об этом книгу. Если нет, что ж, не беда – значит, ее напишет кто-то другой.

Как ты уже понял, я вернулся в Россию. Где еще я мог бы тебя найти? Быть может, ты просто посмеешься над моими записями и будешь жить без изменений, как прежде жил?

Кто знает?

Только одно мне ведомо точно: что бы ни случилось дальше, как бы ни развивались события, с явлением идей Ведомого Влекущего мир уже при всем желании не сможет остаться таким, каким он был до сих пор.

ПРИЛОЖЕНИЕ: КНИГА ВЕЧНОЙ ЖИЗНИ

I АЛЬФА И ОМЕГА

1. Я пришел к вам с одной только целью: рассказать о том, что Бог един.

2. Он един для всех людей, независимо от их вероисповедания. И все люди равны перед Ним.

3. Нет других богов в этом мире, не пребудет, и никогда не было. Все остальное – лишь идолы и божества.

4. Бог един – Он един не только для Человека, Мира, Он един для всего, представляя собой, по сути, единственное единство.

5. Бог един, и у него нет имени. Как люди едины, независимо от того, на каком языке они говорят, от цвета их кожи, от места, где они живут, и все они очень разные, вот отчего у них так много имен.

II ПРИРОДА И ДУХ

1. Природа и Дух – два понятия, составляющие существо Бога. Они не единственные, но единственные, доступные нам; во всяком случае, наше предназначение и наше существование полностью в них укладываются.

2. Природа и Дух связаны между собой неразрывно. Природа может быть видимой и невидимой, сознаваемой и несознаваемой, есть свои пределы и у человеческого разума, но они далеки и измеряются только своей относительностью.

3. Разум и Дух соотносятся, как часть и целое. Человеческое Сознание одна из бесчисленных форм Разума, несомненно, одна из самых низших его форм.

4. Дух не управляет Природой, а уж тем более не властвует над ней, они существуют вместе, неотъемлемо друг от друга. Но Дух – не Бог. Всякое обожествление Духа, Разума, столь же бессмысленно, как и обожествление Природы.

5. Земля – наша Родина, но вместе с тем и наша тюрьма. Природа многообразна и бесконечна, она не исчерпывается планетой Земля и даже понятием Вселенная. То есть, существует как бы узкое и

широкое понятие Природы. Узкое – Земля, широкое – Вселенная и все, что за нею. А стало быть, не зря мы так часто и с такой надеждой смотрим на небо.

6. Человек – часть Природы, но он, в свою очередь, тоже принадлежит ей лишь частично, своей оболочкой.

7. Разум Человека является частью Духа, его существование невозможно без оболочки, но таковой оболочкой не обязательно может быть Плоть.

8. Отношения с Природой крайне важны для человека. Появившись на свет как ее часть, став в итоге венцом ее на Земле, Человек никак не может претендовать на то, чтобы именовать себя ее царем, поступать с ней по своему разумению, а уж тем более, управлять ею. У Природы свои законы, не освоив достаточный, необходимый минимум Космоса, не обзаведясь другой оболочкой, Человек должен этим законам подчиняться. Потому что иначе Природа сотрет Человека с лица Земли, тем дело для него и закончится. В этой схватке Природа, несомненно, выйдет победителем, ибо она у себя дома, а Человек на Земле, по крайней мере, с тех пор, как он стал разумным, только гость. Однако подчиняться, вовсе

не означает поклоняться. Природа для Человека не Бог, они на равных.

9. Вот отчего не следует нам ждать милостей от Природы, не может она себе этих милостей позволить, она даже милостыню не в состоянии нам подать.

10. Природа вне морали, эмоций, рассуждения. Человек ничем для нее не отличается от прочего материала, с которым она работает.

11. Природа вне Зла, все, что она делает – добро, даже когда она старит и умерщвляет Человека.

12. По сути дела Природа никогда не делает добра для Человека. Даже жизнь, которую она дарует ему – ничто без присутствия Духа.

13. То есть, Природа не столько бессердечна, сколько безразлична к Человеку.

* * *

14. Что мы знаем о Духе? Удручающе мало. Дух открывается для нас лишь в соединении с Природой. В Нем одном, по-настоящему, залог нашего бессмертия.

* * *

15. Законы Плоти:

Плоть – часть Природы. Никаким другим образом, тем более, напрямую, она с Богом не связана.

Плоть смертна.

* * *

16. Законы Духа:

Вера абсолютна, всякое знание относительно.

Дух бессмертен в любой своей форме. Разум тоже бессмертен, смертного Разума не бывает.

III ВЕРА. БОГ. МИР

1. Мир есть Бог, и Бог есть мир, проникнуть в который нам не дано в полной мере, однако познание которого и составляет суть нашей жизни.

2. Все сравнения ума Человека с кривым зеркалом, искажающим реальность, объяснения тяги Человека к Богу лишь невежеством и страхом, неуверенностью его в своих силах, равно как и прочие измышления, оставим на совести тех прорицателей, которые Бога сводили лишь к продукту человеческого разума, сваливая в один котел вещи настолько разные, что удивительно, насколько крепки у них были мозги, чтобы подобное месиво переварить.

3. Вера не знает границ, ее границы лишь в нашем воображении. Меж тем как Она сама по себе, существует независимо от него.

4. Вера не просто изначальна в человеке, она важная составляющая часть Разума, ибо связывает его с Духом неразрывно и напрямую.

5. Духовный разрыв между Человеком и Богом может породить только безумие.

6. Жить значит верить.

7. Ничто не творится, но все открывается. Так

однажды мир открылся еще для одной планеты во Вселенной, сколько их родилось и сколько погибло в тот день и час, никому не дано знать.

8. Пришел день, когда мир открылся и для Человека, когда он почувствовал себя разумным. Однако Вера дремала в нем, скрытая как в капсуле.

9. С самого первого дня, когда Человек стал разумным, он не уставал благодарить Бога за свое рождение, однако несмышленостью своей тыкался в камни, ветры и громы, ища Бога в Природе, не понимая в Ней своего предназначения, не зная в Ней своей силы, исполненный страха и звериной жестокости.

Но Вера пробуждалась, Сознание отходило от своих примитивных, наивных представлений, и Человек поднимался с колен, все чаще отрывая взгляд от земли.

10. Вера – как раз то, что находится на границе относительного и абсолютного, являя собою своего рода полосатый столп.

11. Трудно поверить, но есть много людей, которые до сих пор ломают голову над тем, как произошел Человек (от обезьяны?), из чего он создан

(из глины, грязи, какого-нибудь правещества?), между тем, как ответ на этот вопрос испокон веку известен и никаких сложностей собой не представляет: родина Человека – Вера.

* * *

12. Бог представлен в Мире для Человека в форме Сверхъестества (большей своей частью) и Естества (доступного Человеку).

13. Не надо нам думать о Сверхъестестве, это пустая трата времени. Бог, Он на то и Бог, что истинное представление о Нем лежит за пределами нашего разума.

14. Все, что находится в пределах естества Человека, без всяких жертвоприношений и заклинаний доступно ему, все сверхъестественное, вне зависимости от того, существует ли оно или не существует, не доступно, не понятно Человеку и никогда ему не откроется. Это единственное, что мы должны знать о Сверхъестестве, это мы можем постигнуть только Верой.

15. Естественно, разуму Человека трудно

примириться с тем, что в мире существует что-то недоступное его пониманию, причем недоступное навсегда, для него свойственно постоянно опрокидывать заграждения и штурмовать бастионы. Повсюду, где бы они ни находились.

В пределах Естества это столь же нормально для него, как для легких дышать; пытаясь разглядеть сверхъестественное в повседневной реальности, он неизбежно сворачивает на путь игры воображения.

Все эти игры можно определить одним только словом: суеверия. Чего тут только нет: приметы, заклинания, гадания; существуют даже целые лженауки, такие, например, как астрология и даже лжеверования, начиная от языческих, самых простых и кончая очень сложными и могущественными религиозными системами, когда человек занимается богостроительством и бог, являя собой измышление человека, выступает в качестве «твари», «твари небесной». Подчас эта «тварь» каким-то загадочным образом сочетает в себе и образ «творца», сотворившего все вокруг, в том числе и того, кто его выдумал.

16. Казалось бы, зачем обрушиваться на суеверия?

Они сами отойдут с дикарями. Но несть числа дикарям.

17. Подводя итог, скажем себе:

- вера в сверхъестественное, безусловно, необходимая, начинается и заканчивается для человека одним только словом: Бог;

- понятие «сверхъестественное» как противостоящее – неверно, Естество всегда не вне, а внутри Сверхъестества;

- Сверхъестество – это Бог, который «объемлет».

* * *

18. Бог – не Существо, Бог – Сущность, Сущее лишь часть Его.

19. Бог чужд творчеству. Он не сотворял нас. Он лишь допустил и допускает наше существование.

20. Всякое изображение Бога – есть изображение того или иного божества, либо идола.

21. Нет, не может быть, и никогда не было (в реальной действительности) никаких Договоров (Заветов) между Богом и людьми. В стремлении к Богу нет движения вспять.

22. Бог вне Зла, вне людской злобы. От Бога зла не бывает.

23. Я признаю Бога, но не признаю дьявола. Дьявол – лишь разум человеческий, другого дьявола я не знаю.

24. Не нужно нам знать замысла Божия, достаточно и его промысла.

* * *

25. Мир не творение Божье, Мир есть Бог, и Он нам открылся.

26. Слово – не Бог, оно не могло быть в начале, ибо у Мира, у Бога нет начала, как и нет конца.

27. Мир не мог быть создан из ничего, ибо ничто не существует.

28. Мир неделим, он един физически и духовно.

29. Мир есть Бог, и мы часть Мира. Но не в той степени, как часть Бога.

Мир есть Бог, но для Человека Мир и Бог – не одно и то же.

Мир есть Бог, доступный Человеку в пределах Естества.

30. Я принимаю Мир таким, как он есть, но только мир Бога в нем, а не мир Человека.

* * *

31. Законы Мира:

Как смерть одного человека открывает возможности для жизни другого, так и гибель одной цивилизации создает возможности для явления другой.

При всей своей вечности и бесконечности, Мир измерим. Одно из измерений его – Совершенство, которое в свою очередь определяется Единством, Соответствием и многими другими качествами.

В пределах Мира Дух столь же доступен пониманию Человека, как и Природа.

IV ТЕЛО. РАЗУМ. ДУША

1. Рассуждая о Природе и Духе, мы лишь теоретически можем представить себе их по отдельности, поскольку фактически они существуют исключительно в вечном и неразделимом единстве.

2. Единство Духа и Природы ничего не рождает, но в нем ничто и не умирает. Говоря о Человеке, мы не можем использовать такие понятия, мы можем говорить лишь о временном союзе Плоти (как микрочастицы матушки Природы) и Разума (такой же микрочастицы Духа). Этот союз имеет начало (Рождение), развитие (Жизнь) и конец (Смерть).

3. Сколько времени человечество посвятило борьбе с Плотью, не понимая, что самоуничижение в данном случае означало, означает и будет означать лишь самоуничтожение. Придет момент, когда мы сможем сменить нашу первую оболочку на другую, более долговечную, но как же до этого момента еще далеко! Ну а пока душа наша как раз и представляет собой неразлучность плоти и разума в форме неповторимости, и мы должны смириться с тем, что души смертны, бессмертных душ не бывает.

То есть, плоть — лишь светильник для

поддержания нашего сознания, однако без светильника этого оно погибает.

А потому: не тешьте, не хольте плоть свою – однако и не терзайте. Помните, она – пристанище временное, но для вас единственное.

4. Уповайте на Бога, молите его ежедневно и ежечасно, но что Он может дать вам сверх того, что уже вам дано? И счастье, и любовь, и благополучие, даже долголетие – все в воле вашей, надо просто повернуться лицом к Нему и внимательнее вдумываться в Его законы.

Но вы ничего не поймете и ничего не достигнете в одиночку: как Бог един, так и люди должны быть едины. В своей вере в торжество жизни и нелепость смерти.

5. Тело и Плоть – неоднозначные вещи. Понятие Плоти для Человека неразрывно связано с понятием Первая оболочка, и вместе с ним исчезает. Тело может быть разным, таким, каким в обозримом будущем Человек захочет иметь его.

6. Когда мы обретем вместо Плоти Тело, мы углубимся в Вере, и Суть наша изменится.

* * *

7. Понятие Тело возникает лишь с понятием Сознание, то есть, более низким формам Разума, даже в союзе с Плотью, оно недоступно, как недоступно им понятие Душа, они существуют лишь на уровне Индивида.

8. Сознание, если освободить его от ложных, сложившихся веками, представлений о нем, выглядит следующим образом:

Надсознание – основа здесь Дух и вытекающие из него понятия Веры, Бога. Именно здесь мы находим все признаки человеческой общности: стремление к знанию, совершенствованию, цивилизации, прогрессу, бессмертию и т. д. Без Надсознания человек просто биологический вид, экзотическое, мыслящее и говорящее, животное, не больше того.

Подсознание основой своей имеет Природу и теснейшим образом связано с Ней. Все животное в нас бьет здесь фонтаном: от стремления к размножению до инстинкта самосохранения.

Самосознание – то, что представляет собой не только душу человека, не только его индивидуальность, но и возможность осуществлять взаимодействие Духа и Природы в себе, а также создавать и поддерживать Общество, без которого невозможно существование Человека как разумного существа.

Самосознание разделяется на верхний ряд и так называемый «глубинный самос». То, что удерживается рассудком постоянно и постоянно используется, а также то, что человек сам познал в течение своей жизни, но что, либо руководит какими-то его поступками подспудно, либо лежит до поры до времени в запасниках, отстойниках, частью используясь в какие-то поворотные моменты, чрезвычайные периоды, частью оставаясь там навсегда. Есть еще здесь и наследственный фактор: то, что человек получает от своих родителей, а также фактор общественный – то, что уже от рождения характеризует человека не как дикаря, а как члена общества.

9. Сознание не терпит пустоты. Там, где ему недоступна Истина, оно заполняется ложью.

10. Наше чувственное восприятие окружающего мира не всегда и не во всем доступно осознанию

нашим рассудком.

11. То, что человек не в силах понять разумом, он постигает Верою.

12. Все мы едины Верой и Плотью, разлучает нас только Разум.

13. Разум дарит нам душу, делает нас людьми, но и разделять, обесчеловечивать нас может только разум.

* * *

14. Сколько ни пытал я философов, ученых, богословов, ни один из них так и не смог объяснить мне, как получилось, что мы разложили Плоть, Материю на мельчайшие частицы, а в понятиях Дух, Душа за ближайшие две тысячи лет практически не продвинулись ни на шаг.

15. Душа – это единство Природы и Духа в человеке, обеспечивающее его неповторимость. То есть, с одной стороны – стандарт, неразделимость, основа, с другой – именно уникальность. Поэтому и Плоть предстает здесь не только как светильник, светильник Разума, но еще и как оболочка, причем

далеко не самая надежная и не самая совершенная из них. Безусловно, есть возможности продлить срок жизни каждого человека еще здесь, на Земле, но истинные возможности для него могут открыться только за ее пределами.

16. Душа смертна, бессмертных душ не бывает. Жизнь, Сознание не ведают Смерти, но не может быть бессмертной Душа.

17. Душа – ключ к сокровищницам Духа во всех его формах и проявлениях.

18. Не существует понятия Душа вне пределов Сознания. Жизни оно недоступно, более высоким формам Разума – не присуще.

19. Куда исчезает душа человека после его смерти? Дух возвращается к Духу, только и всего. Как плоть растворяется, рассеивается в Природе.

V РОЖДЕНИЕ. ЖИЗНЬ. СМЕРТЬ. БЕССМЕРТИЕ

1. Велика тайна Рождения, Человек никогда ничего в должной мере не постигнет до тех пор, пока не освоит ее.

* * *

2. Все относительно. И жизнь относительна. Можно даже сказать, что жизнь – это во всех случаях относительное бессмертие. Вот только в нашем, конкретном, случае, относительность эта, пожалуй, слишком велика.

3. Среди многих вещей, которые дарит Человеку Сознание – право выбора. С жизнью выбор самый простой: только пожелай, и ты исчез из нее; и в то же время самый сложный: в первую очередь именно инстинкт самосохранения заставляет нас жить в обществе себе подобных, соблюдать религиозные обряды, принадлежать к той или иной общности, общине.

4. Нет никаких сомнений в том, что Жизнь – лишь

одна из форм Разума, причем самая низшая из доступных нашему пониманию его форм. Выше Жизни – Сознание. Беда для нас заключена в том, что в условиях планеты Земля Жизнь определяет Сознание, существование Сознания без Жизни невозможно, хотя они могут и должны существовать, хоть и в тесной взаимосвязи, но в то же время автономно, независимо друг от друга.

5. Что наша жизнь? Каникулы на Земле. Хотелось бы верить, однако не получается. Скорее, просто миг бытия, бесценный для нас, но совершенно неразличимый в вечности и бесконечности.

6. Жизнь вечна, да не вечен в ней человек!

7. Мир, он хоть и велик, но для тебя тобой начинается и тобой заканчивается.

* * *

8. Те, кто умерли, не воскреснут. Их постигло проклятие, проклятие несовершенства. Ибо несовершенство не возобновляется.

9. Да, как это ни горько, ни прискорбно – человек рождается случайно, а умирает навсегда.

10. Казалось бы, быть равными в Смерти, разве этого мало? Но нет в Смерти равенства, как нет, и не может быть его в Жизни. Смерть – такая же относительность, как и все остальное. И выход один – возвыситься. Не над людьми, а над собственными представлениями о Боге и окружающем мире.

11. Для Естества, Мира Жизнь и Смерть – единый процесс, что-то вроде пищеварения или кровообращения у человека.

12. Жизнь и Смерть. Чем больше размышляешь над двумя этими понятиями, тем явственнее обнаруживаешь, что они неразрывны. Ведь хаос, пустота, небытие Жизнь породить не в состоянии. Значит, это лишь миф, пустая фантазия, измышление человеческого разума. Волей-неволей нам приходится признать, что всякая жизнь, как ни странно, рождается из Смерти, в Смерть и уходит – это бесконечный процесс. Бесконечный, но только не для человека. Ибо жизнь для него длится столько, что и не рассмотреть, а смерть, как предшествующая, так и последующая, лежит большей своей частью в таких ипостасях, где даже времени не существует. Печально, казалось бы, но вместе с тем и отрадно,

поскольку в смерти последующей, и нигде кроме нее, заложен для нас такой резерв, потенциал, освоить который даже нашим самым далеким потомкам не под силу. Нам же остается осваивать их лишь умозрительно, но даже и в том наше счастье.

13. Возможно ли говорить о смерти текущей, которая следует за нами по пятам и непрерывно, безжалостно уничтожает во времени все, прожитое нами? Я полагаю, что говоря о Жизни и Смерти, как о неразделимом единстве, следует различать их и по отдельности в этом синтезе. Жизнь предшествующая – жизнь наших предков, которые наделили нас особенностями нашей плоти, нашего мышления, наших способностей. Жизнь текущая наиболее подвластна нам. Жизнь последующая также доступна каждому, ибо даже самый ничтожный человек будет еще какое-то время после своей смерти присутствовать в воспоминаниях знавших его людей, после него останется то, что он успел сделать.

14. У великих людей и жизнь последующая велика, в отдельных случаях она даже может присутствовать во всей дальнейшей жизни той или иной цивилизации и даже всего человечества.

15. Но что же, выходит, наше прошлое – уже в руках нашей смерти? Так зачем же мы так часто оглядываемся назад? Значит, смерть сзади крадется, а не впереди где-то нас поджидает?

16. Нельзя мешать такие понятия, как Жизнь и Бытие, есть большая разница между ними. Смерть является родоначальницей Жизни и завершением ее, но она Бытию не противоречит, ибо никакого Небытия нет и быть не может, это понятие означает всего лишь то, чего не может быть, то есть, опять же, выдумку человеческого разума.

17. Все гибнет, что исчерпывает себя.

18. Следует различать Жизнь и жизнь человеческую. Ибо Жизнь, пусть даже как низшая форма Разума, как Разум бессмертна. А жизнь человеческая не достигнет истинного бессмертия никогда.

19. И все-таки мы смертны… Но почему же мы так легко миримся с этим?

20. Я не верю в загробный мир. От Бога – жизнь, смерть – от дьявола.

21. Едва подарив нам жизнь, Природа сразу же начинает заботиться о нашей смерти – буквально

сживать нас со свету.

22. Бог дает человеку жизнь, а Общество и Природа его убивают. И, стало быть, в борьбе за свою жизнь, это два главных врага Человека.

23. Совсем не обязательно верить в смерть, достаточно просто умереть.

24. Страх перед смертью отнимает время у жизни. Но ускоряет ее ритм.

25. Бояться смерти – значит быть уже на пути к ней.

26. Куда важнее то, куда мы придем в итоге, чем та пристань, с которой мы отправились.

27. Бойся всего застывшего, законченного, сформировавшегося. Этим ты умножаешь смерть.

28. Смерть – плата за неповторимость, смерть неповторимостью подтверждается и утверждается.

29. Смерть – всегда поражение.

30. Не преодолев в себе неразумности первобытного человека, не понимавшего в должной мере разницы между Жизнью и Смертью, вы не избавитесь и от не менее наивных надежд на переселение душ или загробный мир, а значит, и не откроете новые, невиданные доселе, возможности для

продления вашей жизни здесь, на Земле. Что говорить о том, какие возможности откроет для вас избавление, хотя бы частичное, от власти времени! Бесполезны кривляния, тщетны усмешки, вы ничто до тех пор, пока над вами бог – Время, на истинного Бога вы можете лишь уповать.

* * *

31. Право на бессмертие, пусть относительное – неотъемлемое право каждой души, каждой цивилизации, более того – это единственная по-настоящему великая их цель. И не беда, что понадобятся для этого труды многих поколений – цель, осознанная, обладает способностью приближать к себе, сокращать время.

32. Идолы Природы (Огонь, Воздух, Вода, Земля, Солнце, Материя, и все истуканы, измышленные для поклонения им) хорошо известны нам, но есть и другие идолы, влияние которых на нашу жизнь мы явно недооцениваем – идолы Сознания (Время, Пространство, Движение, Развитие, Прогресс, Знание). Понятия эти сколь материальны, природны,

столь и духовны. Возможно ли когда-нибудь Сознанию их преодолеть?

Время. Мы поневоле часто задумываемся о жизни грядущей, но слишком мало – о жизни предшествующей. А ведь жизнь, как таковая, сиюминутна, она не имеет ни прошлого, ни будущего. Все доступное нам мы можем только отвоевывать или сохранять. Точнее: отвоевывать и сохранять.

Пространство. Беды здесь две: мы слишком окованы границами нашей планеты, ну а, кроме того: слишком часто скользим по поверхности, не всегда сознавая значение глубины, а ведь многие тайны Космоса, Вселенной, мы можем познать уже здесь, на Земле, исследуя Внутреннее Пространство – внутрипространственные миры.

Движение. Что здесь следует особо отметить? Движение вечно, оно не останавливается, не замирает ни на долю секунды. На сколько мы замерли в нем, на столько и умерли.

Развитие. Нельзя сводить Развитие только к Прогрессу. Второе, что мы должны твердо помнить: наше развитие, при всей его уникальности и неповторимости, запрограммировано. Конечно, в этой программе предусмотрены сбои и отклонения из расчета на наше несовершенство, и вместе с тем есть законы и границы, которые нельзя преступать. Ибо нарушая их, мы вторгаемся на чужие территории. Наилучший ориентир здесь: осознание разницы между Творчеством и Открытием. Любое творчество тленно, любое открытие – необходимая ступенька в той лестнице, которая возводит нас на небеса. А без хотя бы одной ступеньки лестница уже не лестница, таковой она быть перестает.

Прогресс. Жертвы, приносимые нами в угоду этому Молоху, частенько не только обесценивают затраченные усилия, но и влекут за собой необратимые явления, которые могут в итоге не только разрушить, но даже обратить в прах всю нашу жизнь.

Знание. Здесь мы вновь в рассуждениях своих должны вернуться к фактору времени. Если убрать память из нашей жизни, в ней не останется ничего. Вот отчего так важно сохранять и охранять прошлое. Потому что в противном случае мы либо исказим, и частично разрушим тем, наше будущее, либо вовсе лишимся его.

33. Грани Свободы: Вера. Стремление. Откровение. Открытие. Соответствие. За этими гранями нет для нас счастья, и даже сверх того: вся жизнь наша теряет за ними свой вдохновенный смысл.

VI ВЕРА И ВЛАСТЬ

1. Легко сказать: я признаю Власть в окружающем меня мире лишь в той степени, в какой она приближает меня к Богу, но как остаться верным этому утверждению в действительности? Да, конечно, постулат «Вера выше власти» – один из главных, основных законов человеческого бытия. (Вера, но не Религия и не Церковь. Общество выбирает Религию и использует Церковь, как инструмент). И тем не менее… После Природы и Духа Общество для человека – третья ипостась.

2. Бог и Человек – единый организм, а Общество вторично, оно лишь прыщ на теле Бога, в любом Обществе Бог исчезает, Его законы простираются только на Человека и Человечество, действия людей внутри Общества не освящены.

3. Общество может совершенствовать или уничтожать себя, Богу до этого нет никакого дела.

4. Бог не властен над Обществом, он не властен там, где властвуют идолы и божества.

* * *

5. Идол – божок построенный, придуманный. Порождение Власти и слуга Власти, потому что как же иначе нами управлять?

6. Слава Богу, нет идолов вечных, ибо от рождения они уже мертвы.

7. Человек, как частичка Великого Бога, не может принадлежать Обществу целиком, а уж тем более – являться полной его собственностью. Его отношения с Обществом не органичны и могут носить лишь опосредованный, в данном случае – договорной (заветы, законы, обычаи), характер.

8. Жизнь моя принадлежит мне лишь в форме выбора – как исполнять и подчиняться тому, что мне предназначено. Вопрос «Что делать?» – от Бога, «Как делать?» – право от Общества и мое.

9. Куда страшнее греха невежества грех недомыслия – на нем-то как раз и зиждется любая, идущая от насилия, Власть.

10. Сколь часто стремление к Богу приблизиться оборачивается стремлением властвовать над людьми!

11. Всякая неправедная власть, насилие, зиждутся на неверии, и только верою ниспровергаются.

VII РЕЛИГИЯ. ЦЕРКОВЬ

1. Что такое религия? Вера в Бога. Ну а когда речь заходит о том или ином боге, появляется та или иная религия. Когда же слово Бог заменяется каким-нибудь другим словом, возникает философия.

Что такое религия? Мышление идеалами. На практике же она сплошь и рядом превращается в мышление догмами.

2. И все-таки, что такое религия? У нас нет никаких прав перед Богом, только обязанности, однако в исполнении обязанностей этих не только смысл нашей жизни, но и все наше счастье. Ибо что такое право, как не узда на наших обязанностях? Вот эта узда, несомненно, и есть религия.

3. Идея и Материя – два этих понятия годятся только для философии, в богословии они совершенно не применимы, им предшествуют понятия Природа и Дух. В какой степени можно отождествлять Материю и Природу, Идею и Дух, каковы взаимоотношения между ними – как раз и является главным вопросом философии. Естественно, через доказательство. В религии доказательств не требуется, такие вопросы решаются исключительно Верою.

4. Вера – Истина, любая религия – не более чем Правда. Вера одна, а вероучений множество. Но Человечество, Общество не в состоянии без этого множества обойтись.

5. Верить и веровать – большая разница. Верить присуще душе, веровать может только разум.

6. Вера нужна не Богу, вера нужна человеку. Все наши молитвы нужны только нам, Богу достаточно, чтобы мы исполняли его законы. Эти законы святы и нерушимы, любые просьбы о каких-то послаблениях и поблажках здесь смешны. Бог слишком велик, чтобы делать какие бы то ни было исключения, моля о них, мы не понимаем Его величия. Есть лишь один путь к Богу – дело, договариваться мы можем только с людьми.

7. Молюсь ежедневно: «Богу следую, а не человеку!»

8. Сверяю свой компас: «Я только такого Бога признаю, во имя которого не встану на колени, а поднимусь с колен».

9. Бог никогда не требует крови, лжи, жертвоприношений. Он само Добро, как божественно может быть одно Добро.

10. Что можно сказать о людях, которые, с именем того или иного божества на устах, неустанно глумятся и потешаются друг над другом, безжалостно истребляя себе подобных? Я не говорю уже об иных, повседневных и ежечасных их прегрешениях, имя которым тьма. Что они Бога презрели, утратив тем не только божественный, но и человеческий облик.

11. Мы вернулись к началу: Бог един, так может, с пророков начинается обман? Однако великие заблуждения правы уже своим величием. Мелкие заблуждения, и те сплошь и рядом становятся частью человеческой мысли, цивилизации, истории. Вот почему, говоря о мировых религиях, вряд ли можно говорить об обмане. Ибо вне Веры и проистекающей из нее той или иной религии никакое общество невозможно. А стало быть, невозможна и жизнь человека, само существование его. Сливаясь с Природой, он дичает: скатываясь все к более и более низким ступеням Веры, в конце концов, утрачивает и разум.

12. Относясь по-разному к тем или иным явлениям, правителям, должно, на мой взгляд, относиться с предельным тактом и уважением ко всем

религиям. Это те границы, которые никому не дано переступать. Нет Сынов человеческих, не было и никогда не пребудет их, но каждый народ жив своими пророками, ими ставится его вера, от веры исходят мораль, законы, определяется вся жизнь общества, все его сферы, а оно, в свою очередь, определяет права и обязанности личности, нормирует всю ее повседневную жизнь. Хотя нет никаких сомнений в том, что самая лучшая религия на свете – это свобода вероисповедания.

13. Умереть всякому страшно, но куда страшнее для человека верующего – дать погибнуть душе. Вот в чем сила религии, сила веры.

14. Религия, безусловно, явление социальное, Вера – изначальна, свободна. Религия, та или иная, лишь ступенька, а порой вершина, покоренная человеком в Вере. Вера – основа познания, религия – основной инструмент в этом познании. Человек совершенствуется только с совершенствованием общества, то же и с религиями, однако есть и обратный процесс: совершенная религия держит на плаву общество и человека. Религия – это зацепка, спасительный крюк, без которого ни на какую

вершину не подняться.

15. Вся история Религии сводится к тому же, что и история Науки: знания Человека, в данном случае о Боге, постоянно совершенствуются. Это естественный путь Духа.

16. Сочетание языческого и религиозного в человеке. На века? К сожалению, человек несовершенен, и поклонение Идолу не исчезает в нем с появлением в его сознании Божества, оно просто раздваивает его личность. Ведь что греха таить, все мы, веруя в Бога, слишком часто в делах и помыслах наших по Идолу живем.

17. Грех атеизма: мир знает много великих людей, которые называли себя атеистами, а они просто были набожнее других, сокрушая существующие наивные и неверные представления о Боге, и тем нас к Нему приближая, а не отдаляя.

18. Атеизм есть отрицание Бога во имя обожествления человека.

19. Знай: из учителей твоих только Бог и Пророки навсегда, все остальные учителя на время. Однако знай и другое: нет Пророков между Богом и Человеком (каждый человек, как врата, открытые

Богу, может получать от Него откровение и вдохновение напрямую), но есть Пророки между Богом и людьми.

20. Есть люди, которые пытаются уверить нас, что Бог придуман, что если бы его даже не было, то он настолько необходим, что его следовало бы выдумать. Но такая выдумка под силу лишь пророку.

21. Разница между пророком и жрецом, толкователем: два богословия, две философии, идущие от них. В одном свобода и безумие, точнее, свобода до безумия, в другом – здравый смысл, действительность, низводящие адепта до крайних степеней рабства.

22. Падший Ангел – продукт нашего сознания. Мы не смогли полностью отказаться от идолов и язычества, придя к духовным религиям и божествам. Отсюда и родился дьявол, поскольку полностью мы божества не приняли и оставили часть себя в старых верованиях, в прежних временах.

23. Настало время разделить в религии учение и предание. Мы начинаем жизнь с белого листа, а стало быть, можем многое из того, во что свято верили наши предки, оставить ученым, историкам,

богословам, культурологам. Зачем мне, к примеру, знать, как готовить на обед мясо, руководствуясь рецептами, почерпнутыми из Ветхого Завета? Я вполне удовлетворюсь для этого поваренной книгой. Идолы, божества – предание; ангелы, демоны, сатана – тоже не более того.

24. Суеверие, на мой взгляд, не что иное, как попытка разума проникнуть в вышние сферы, то есть, в надсознание. Все та же цель: исследовать его, загадить, постараться подчинить своей воле. Попытка, естественно, обреченная на провал, но повторяющаяся, с упорством осла, до бесконечности.

* * *

25. Как религия зиждется на учении и мифологии, так и церкви фундамент: теология и культ.

26. Религии освобождают, Церковь закабаляет. Как любая великая Религия – Откровение Пророка, так и любая Церковь – результат творчества жрецов.

27. И в то же время: можно ли обойтись без Церкви вообще? Нет, конечно. Это все равно, как если бы отменить знание, образование. Не родился еще

человек, который мог бы стать истинно верующим в той или иной религии напрямую. А коли родился, значит, он сам пророк.

28. Церковь закабаляет… Нет никаких сомнений в этом, но следует учитывать также и то, что закабаляет она уже не дикаря. Как бы ни была велика кабала в этом случае, верующий имеет в ней свои права, часть которых у него изымается, но часть и остается.

29. Всякий храм начинается в душе. Вот до тех пор, пока храм этот не возникнет внутри вас, о какой церкви может идти речь? Вы будете думать только о выгоде, и просить, просить, и просить.

30. Выбери Церковь! Всегда помни: какой бы храм ты ни выстроил для себя сам, он будет часовенкой либо кумирней, и никогда церковь тебе не в состоянии будет заменить. Так выбери Церковь!

31. Легко войти и легко выйти, но никогда не войти вновь. Врата Церкви должны открываться лишь один раз для жаждущего Истины. И закрываться навсегда для отступника.

32. Подведем итог:

Церковь – не самоцель, а средство углубления человека в его вере. Если она помогает ему, он с нею, если препятствует, значит, она не нужна ему.

Человеку в вере не нужны посредники, но нужны помощники. К примеру, Бог напрямую говорит мне: душа смертна. И ты смертен. Материя – просто прах, который на какое-то время принимает ту или иную форму, а затем вновь в прах обращается. Загробный мир – выдумка, наше рождение – случайность, смерть – закономерность. Все остальное – не на небе, все остальное – на Земле. И ад, и рай, и любовь, и ненависть, и тела, и души наши. Что я должен после этого сделать? Отвергнуть этот путь – общения с Богом напрямую и общаться с ним только через посредников? А посредники тут как тут, и наперебой твердят мне: человек слишком несовершенен, чтобы верно толковать Слово, путь такого «толкователя» – постоянно блуждать в потемках. Но разве я сам не часть Великого Бога? Разве мне нужны слова, чтобы общаться с Ним? Ведь даже мысли для подобного общения не подходят. Песчинка, пылинка, клетка – кто я еще? – высшим проявлением которой является лишь одно: верно исполнять то, что ей предназначено.

33. Нет–нет, никто и никогда не заставит меня поверить в то, что Бог – некое загадочное существо,

правящее миром и вникающее в помыслы каждого человека. Тем более нелеп постулат о каком-то «образе и подобии».

На самом деле мы уяснили уже, что Бог – это единый организм, частью которого человек и является. Он единосущен, не вникает досконально в частный мир человека, и уж тем паче нет у него никакого желания спасать или улучшать мир. Человек может лишь подчиняться установленным им законам, попытка возвыситься над этими законами, закончиться может только одним: гибелью мира, цивилизации и самого Человека.

34. Загробный мир – сказка, смерть – неизбежность. Когда я сетую Богу на эту вопиющую несправедливость, ответ получаю всегда один – я недостоин бессмертия (даже относительного, а абсолютное – говорено уже не один раз – только у Бога). Мой разум слишком несовершенен, чтобы разорвать цепи, которыми оковала меня Природа.

35. Царство Божие везде – даже там, где черви будут глодать твои кости.

36. Нет разности в том, что не одними и теми же путями устремляемся мы к той Единой Сути, что

сокрыта под бесчисленностью имен, которые разлучают, главное, чтобы именно Она являлась сутью устремлений наших.

37. Бога не требуйте – получите идола. А значит, наберемся в своих поисках терпения, и попытаемся разобраться сначала, как любая религия является на свет. Иерархия в познании Бога известна и предельно проста – Идол (обожествление Природы), Божество (обожествление Разума), Бог (просто Вера).

38. Разница между язычеством (религией Природы) и религией в традиционном ее понимании (религией Духа) заложена, прежде всего, в том, что язычество – поклонение Природе, одной Природе и только Природе, религия же духовная – поиск Духа и следование Ему. В язычестве нет души, наше поклонение здесь больше похоже на пресмыкательство. Вот отчего следует сразу разделить понятие Идола и Божества. Идолов в духовных религиях быть не может, все они остаются в язычестве. Божество – новое понятие, подразумевающее слово «душа». Именно тогда, когда человек ощущает в себе душу, он и перестает быть язычником. Не следует, однако, с пренебрежением

относиться к высшим формам язычества, в них молодость человечества, и тем не менее, они лишь часть культуры, истории, цивилизации, наши познания в области Веры ушли с того времени далеко. Именно с этих позиций, которые никогда не будут утрачены, язычество помогает нам осознавать в настоящем то, что иначе было бы нам недоступно.

39. Следуя по иерархии Бог – Божество – Идол, мы можем соответственно расположить и представления о них: Вера – Религия – Церковь. Если мы разделим понятие Общество на широкое и конкретное, то отметим, что, безусловно, Обществу Вера недоступна, в широком смысле ему доступна Религия, каждое же конкретное общество начинает с того, что идолизирует, делает предметом своего поклонения, догмы. Идол в данном случае представляет собой более высокую форму, чем идол языческий, но суть его, как идола, неизменна. В частности, первое, что он требует – жертвоприношения. Причем в ходу здесь не барашки и не ветхозаветные отпрыски, а по большей части ценности духовные.

40. Вне всякого сомнения, основным вопросом

всякой религии является вопрос взаимоотношений Естества и Сверхъестества.

41. Не было никогда Сына Божия, и никогда не приходил он к людям. Как может целое прийти к своей части? Только откровением из уст Пророка.

42. Природа параллельна Сознанию: Разум вовсе не возвышает нас над Природою, а лишь отдаляет от нее. Три ипостаси существуют едино на Земле: Дух, Природа и Человек. Природа не самоцель для нас, она лишь компас, она сама по себе, а истинная цель Человека – Бог. К Богу приблизиться, ибо это нам дано, но Богу не уподобиться, ибо мы лишь часть Бога, о каком образе и подобии может идти речь?

43. Нет ничего глупее и опаснее на свете религии, которая возводит в ранг Бога Человека. Материя, Жизнь, Бог, Природа – назовите, как хотите, – но есть то целое, чего Человек только часть.

44. Все, что не во имя Бога, неизбежно обращается против Человека. Вот один из самых великих и непреложных законов человеческого бытия.

45. Итак, что же мы выяснили?

Нет и не было Сынов Человеческих, все мы суть дети Божьи.

У нас может быть разная вера, но Бог для всех един, как един Мир, в котором мы все пребываем.

«Нет пророков между Богом и Человеком» – никто не может оспорить стремления части общаться с тем, чего она только часть.

VIII ИСТИНА И ИСТИНЫ

1. Вера дарует крылья, но Веры источник – Истина.

2. Понятие Веры для нас недоступно, есть лишь одно проявление ее для нас – Путь, путь к Истине.

3. Бог доступен Разуму лишь в форме Истины. Как и всякий абсолют, Истина измерима истинами, то есть своими относительностями. Измерима в первую очередь бесконечностью истин.

4. Стремление к Истине – единственный путь Прогресса. Это и есть как таковой Прогресс. А стало быть, вовсе не жажда удовольствий движет миром, а жажда познания.

5. Истина, Совершенство, Свобода и Справедливость – вот новый девиз, которому отныне все в мире Человека должно соответствовать.

6. Всякая ложь начинается во спасение, а кончается во гибель.

7. Главное оружие дьявола – ложь, а уж недомыслие, глупость и зло именно из нее проистекают. Нет добра в том, в чем нет Истины, и нет места лжи там, где Истины свет.

8. Мы должны стать истинно верующими не на

словах, а на деле, иначе никакие истины никогда не откроются нам.

9. Наука, Знание не противоречат Вере, но могут противоречить Религии, и в первую очередь – Церкви.

10. Правда не есть истина, она даже не отражение Истины, а лишь толкование ее.

IX ДОБРО И ЗЛО

1. Добро и Зло субъективны. В Природе не существует подобных понятий, и в Духе тоже, поскольку это сугубо человеческие представления, относящиеся к таким сферам, как Общество, Личность, Сознание.

2. Понятие доброго Бога и злого дьявола исключает достоверность этих величин, так как лишает их объективности, сводя их исключительно к продукту человеческого разума. Как, безусловно, сатана, в любом его виде – чистый плод человеческого воображения.

3. Добро и Зло, как явление, в сути одно и то же, разница лишь в степени приближенности и удаленности их от Истины.

4. Добро не творится, оно открывается, оберегается, причем главным образом поклонением и очищением.

5. Добро в сути своей непостижимо, истинное добро логикой не объяснишь. Добро всегда алогично.

6. Хвала людям, принявшим смерть за наше бессмертие. Огонь Добра, если его не поддерживать, затухает.

7. Пророки, философы, ученые – это и есть истинные праведники. Разве их открытия не составляют собой самое великое добро, которого так алчет человечество?

8. Законы Духа – вот единственное оружие Добра.

9. Зло и Добро изначальны в человеке, в одном – начало Смерти, в другом – начало Жизни, в одном – разрушение, в другом – воплощение.

* * *

10. Что сделалось бы с миром, если бы Добро не отправляло многие свои функции под видом зла? Что произошло бы, к примеру, с естественным отбором? Мы закрываем на такие вещи глаза, хоть вместе с тем и шепчем слова гнева, как заклинание.

11. Зло само уничтожает себя, ибо оно вне Бога.

12. Нет доброго Бога и нет Бога злого, Богу чужды эмоции, Он может только вдохновлять нас. Да, Бог есть Добро, Бог есть Любовь, но нет доброго или любящего Бога.

13. Зло в Человеке природно, из плоти оно естественным образом переходит в его самосознание

и общественные отношения. Зло – это просто тенденция к саморазрушению. И все-таки Общество – вот истинная клоака Зла.

14. Духу Зло чуждо, вот только так и можно определить, что добро, а что зло.

15. Нравственность – кодекс Добра в той же степени, как мораль – кодекс Зла.

16. Добро всегда абсолютно, Зло всегда относительно.

17. Не борись против злых людей, борись против зла в людях.

18. Есть огонь, который сжигает, и есть огонь, который очищает. В чем, как не в жестокости к злу, может проявляться доброта к человеку?

19. Зло всегда агрессивно.

20. Зло – это просто тенденция к саморазрушению.

X МЕЧТА. ЧУДО

1. Способны ли мечты вознаграждать или они всегда только обкрадывают?

2. Самый простой путь в будущее доступен и знаком каждому – мечта. Человек, не умеющий мечтать, лишен будущего. В этих условиях воплощение мечты является одним из самых важных дел человеческих.

3. Следует, однако, разделять мечту и ее лжеподобие: упование на чудо, как на знак, явление Сверхъестества – одно из самых распространенных суеверий.

4. Трудно предсказать последствия, когда сказку, мечту мы пытаемся переложить на жизнь.

5. Вас и так часто обманывают, зачем же вы, сплошь и рядом, мечтаете о несбыточном? Ждете и алчете того, что вам не по силам? Помните, усвойте твердо и никогда не забывайте: истинное чудо не в мечте, а в вере вашей. Мечта – лишь средство, чудо – то, что уже вам дано.

6. Самое большое чудо для нас, вне всякого сомнения – чудо нашего рождения. Сколько случайностей должно было произойти, как много

различных факторов сойтись, чтобы именно на нас пал выбор и среди бесконечности вариантов именно нам выпало это счастье, и открылся для нас этот удивительный мир.

7. Почему я? Почему мне? Не могу объяснить. Да и не хочу вдумываться. Просто Бог, Его воля. Пусть кто-нибудь после этого скажет мне, что Бога нет, в зрелом уме своем я ни за что в это не поверю. Да, верно сказано: чтите родителей своих, но понимайте, что истинный ваш родитель – Бог, что все вы, прежде всего, дети Божьи. К этому моему, маленькому, личному, чуду я никогда не привыкну. Вот с этим ощущением невероятности, необыкновенности происходящего со мной, я всю жизнь и живу.

8. Чудо – то, к чему нельзя привыкать. Разве к такому можно привыкнуть? Ведь чудо – жизнь, чудо – любовь, чудо – рождение, и самое великое чудо – открытие. Чудо и есть открытие. Каких же чудес мы еще ждем? Все чудеса естественны и доступны человеку. Поэтому не верьте кудесникам и волхвам, чудеса не творятся, они открываются. А значит, все чудеса в жизни нам может подарить только Разум. Природа, по-настоящему, чудо нам подарить не

может. Да, велико чудо рождения, но что толку в нем, если б мы родились неразумными, если бы оказались не в состоянии его осознать?

XI ТВОРЧЕСТВО И ОТКРЫТИЕ

1. Истинное творчество есть открытие.

2. Открытие – лучшая молитва, поскольку любое открытие приближает нас к Богу: умножает наши возможности, совершенствует наш разум.

3. Ничто не творится, но все открывается. И Пророки ничего не творили, даже чудес, им приписываемых. Они лишь открыли людям то, что им самим, благодаря Божьему Откровению, открылось.

4. Во власти нашей только то, что мы создали, но не то, что мы открыли. Открытое нами само приобретает над нами власть.

5. К творчеству, как открытию, способен только свободный человек. Раб творить не способен.

XII ЛИЧНОСТЬ. ОБЩНОСТЬ. ОБЩЕСТВО. ГОСУДАРСТВО. ЦИВИЛИЗАЦИЯ. ЧЕЛОВЕЧЕСТВО

1. Бог не наделяет правами, он наделяет сутью. Права и обязанности у человека возникают лишь тогда, когда он предстает в качестве Личности, то есть, с появлением в его жизни Общества, вне которого она бессмысленна и невозможна.

2. Все мы от рождения камешки, а так хочется сделать нас кирпичиками, чтобы удобнее потом было укладывать в штабеля. Не отдадим же то, в чем наша сила!

* * *

3. Общность – есть та или иная часть Общества, и в то же время средство его существования, его неотъемлемый инструмент.

4. Любую общность следует понимать, прежде всего, как совокупность людей и идей. К примеру, Религия не может быть общностью, но Церковь, та или иная, – да, безусловно.

5. Общности природные – мужчины, женщины, дети. Общности духовные – нации и прочая, прочая. Нет им числа.

* * *

6. В Обществе каждый человек очерчен кругом. Пока он находится в нем, он может тешиться иллюзией, что он свободен, когда же он этот круг переступает, свобода для него заканчивается. Он может быть даже не изолирован от Общества, но круг суживается до предела. И если переступить этот новый круг, вот тут-то и наступает изоляция.

7. Всякое общество – инструмент насилия, подавления и угнетения. Общество может быть лучше или хуже, но хорошим оно не бывает никогда.

8. Общество – враг человека, вся его сущность направлена на то, чтобы нивелировать, выхолостить человека, но бороться против Общества бессмысленно, можно и должно только бороться с ним в себе. Ибо нет Общества идеального. Суть их одна – подавление человеческой личности. Степень подавления может быть разной, но суть… Увы!

9. Чем совершеннее общество, тем оно бесчеловечнее, тоталитарнее.

10. Не оглядывайтесь на Общество. Думайте только о своей свободе и нравственной чистоте. Общество само позаботится о том, чтобы закабалить вас, средств у него для этого предостаточно.

11. Есть тысяча способов человека в бараний рог согнуть, для этого не нужно быть гением. Сделай человека рабом его потребностей, желаний, и он твой раб навсегда, поставь на его пути препятствие, и он станет рабом этого препятствия, из преодоления его сотворит себе культ.

12. Когда люди, наконец, поймут, что бороться против конкретного общества неэффективно, бессмысленно, они станут бороться с бесчеловечностью, злом, насилием вообще, достигнув в итоге гораздо большего.

13. О человеческих джунглях. Как мы вышли из джунглей звериных, так должны выйти и из джунглей человеческих. Как в том, так и в другом случае нам только одно помочь может – Истины свет. Ибо вовсе не огонь увлек нас из пещер когда-то.

14. С полным правом наряду с природными

инстинктами можно говорить и об инстинктах общественных.

15. Великие мысли, дела, поступки не умирают. Друзья, учителя, идеалы, руководства к действию могут быть из любого столетия и даже тысячелетия. Общество (в данном случае, Человечество) состоит не столько из живущих людей, сколько из проживших.

16. Частная собственность – основа всякого общества, как и другая его основа – неравенство (свобода). Без этих двух основ (защита частной собственности и защита неравенства (свободы)) всякая необходимость в Обществе отпадает. Это допустимая несправедливость, все остальное – несправедливость недопустимая.

* * *

17. Хлеба не требуйте, требуйте собственности, иначе хлеба в достатке никогда не будет у вас.

18. Прикидки на божью волю, мешают сделать более совершенными законы.

19. К сожалению, мы должны признать: мы не можем ничего запретить человеку. Но тем

неотвратимей должна быть кара за его преступления.

20. Ветхий Завет сейчас, по истечении веков, мы можем воспринимать лишь как историческую необходимость: договор Бога с людьми через лучший, избранный, народ, которому Бог решил открыться. Не вызывает, и не может вызывать, никаких сомнений то, что Он не мог тогда открыться всем людям сразу.

Новый Завет предстает уже как договор Бога с Человеком (по сути, со всеми людьми, никого среди них не выделяя, не избирая и не наделяя особыми правами, миссиями и полномочиями).

Новейший Завет – это не договор Бога с людьми, и не договор Бога с Человеком, а договор только между людьми через те или иные представления их о Боге.

Исходя из сказанного, Закон, базирующийся на основе любых мифических договоров между неким божеством и его тварями, рабами, не может быть применим в отношениях между людьми. Вот отчего: и Рай и Ад при жизни, на Земле. «Аз воздам» каждому в настоящей, а не в будущей жизни за его зло.

Зло должно безжалостно истребляться, уже явлением своим и неприятием его со стороны окружающих уничтожая самое себя.

* * *

21. Любую идею можно обратить как во зло, так и во благо. Это как раз и есть политика.

22. Какими бы ни были хорошими, добрыми идеи, они несут добро одним людям, но смерть другим.

23. Политика в чистом виде – это умение обманывать людей для их же блага.

24. Главное свойство политики – приближать нас к собственности, либо отдалять от нее.

25. Народ там, где его вера.

26. Народ – это угнетаемое большинство.

27. Гнев – наше оружие. Но плохо, когда все наше оружие – один только гнев.

28. Даже в тех условиях, когда нельзя выжить иначе, чем встав на колени, всякой жертвенности есть предел.

29. Куда эффективнее, чем замолчать что-либо, что-либо закричать.

30. Куда страшнее греха невежества грех недомыслия – на нем-то как раз и зиждется любая, идущая от насилия, власть.

31. Нельзя отрицать то, что было, но можно отрицать то, что есть.

32. Не будем искать то, что найдено. Освободим то, что попрано.

33. Демократия – вовсе не торжество справедливости, это всего лишь возможность отстаивать свои права.

34. Закон не может быть одинаков для всех, даже если он таков на бумаге.

35. Дело вовсе не в том, что кролики могут обойтись без удавов, а в том, что удавам без кроликов не обойтись.

36. Можно только подивиться, как много людей при слове «деньги» не за голову хватается, а за кошелек, не понимая, что для того, чтобы жить лучше, достаточно просто поумнеть.

37. Что такое революция? Торжество одних идолов над другими.

38. Революция – это нравственная катастрофа, на основе которой создается новая (вынужденная, далеко не лучшая) мораль.

39. Никогда еще не приносила ни величия, ни благосостояния, ни счастья, ни одному народу на

Земле, жестокая воля. Всегда, во все времена, была она лишь карою, возмездием, разрушительным выходом из невежества, ослепления или заблуждения, заставляя тем вернуться к исходу и сызнова все начать.

40. Во всех мерзостях, которые совершаются вокруг нас, мы можем винить только самих себя. Тем, что мы миримся с ними, замалчиваем их, мы становимся, причем в каждом конкретном случае, соучастниками преступления.

* * *

41. Человечество имеет свое начало и свой конец. Может ли Человек переступить через это понятие? Уйти в другой мир после вселенской катастрофы и там прекрасно существовать?

Один мир нам известен – мир небытия, скатиться в него можно в любой миг, навеки исчезнув, а вот иной, высший, мир, доступен ли он нам?

42. Возможно ли для Человека выйти, к примеру, за пределы Сознания? Обретя при том новую сущность не в далеких бескрайних чужих и чуждых

мирах, а исключительно в самом себе?

Если эти вопросы волнуют вас, первое, что вы должны осознать: кто вы, люди Земли или люди Галактики? И это не праздный вопрос, тут вопрос выбора. А коли он назрел, Человечество не может и дальше едино существовать, поскольку речь не идет о каком-то конкретном скоплении туманностей и звезд, речь идет о мышлении.

XIII ИНСТИНКТ. НРАВСТВЕННОСТЬ. МОРАЛЬ. СОВЕСТЬ

1. Каждый человек существует одновременно в четырех ипостасях: Существо, Личность, Гражданин, Душа. Уже как Существо, часть Природы, он приобретает индивидуальность. Душа, частичка Духа, придает ему неповторимость. Понятие Гражданин возникает только с понятием Общества и исчезает вместе с ним, понятие Личность характеризует собой огромный внутренний мир человека. Инстинкт, Совесть, Мораль, Нравственность – четыре двигателя в этих четырех ипостасях.

2. Следуя дальше в этих рассуждениях, нетрудно определиться: Нравственность – Дух, Мораль – Общество, Природа – Инстинкт. Но что же такое Совесть? Пожалуй, ничего не остается другого, как только предположить, что Совесть есть причудливый коктейль из трех этих составляющих, во многом определяющий сущность того или иного индивидуума.

* * *

3. Мораль многолика, Нравственность может быть только одна. Нравственность абсолютна, Мораль всегда относительна.

4. Нравственность – понятие объективное, включающее в себя исключительно категорию Добра, еще не знающее Зла, как бы стоящее над ним. Нравственность Зла не приемлет, а уж тем более – не объемлет.

5. Понятие Нравственности проистекает исключительно из понятий Духа. Это – божественная, идеальная, не долженствующая, а объективная, существующая вечно, как символ, матрица человека.

6. Есть только один путь к Нравственности – думать о Душе.

7. Нравственность не трактуется. По сути, она едина для всех людей, не подвластна ни одной конкретной цивилизации, ни одной конкретной религии, а уж тем более – расовым или национальным признакам. Границы ее в Надсознании Человека.

8. Именно в Нравственности основа здоровья любого общества, но в нем зародыш и всех его конфликтов. Посудите сами, кому из власть имущих

понравится, когда высшим законом становятся общечеловеческие духовные ценности и идеалы? Кому понравится, что власть его не беспредельна? Что выше его История, например, не говоря уже об Истине?

* * *

9. Мораль связана исключительно с самосознанием Человека (как с глубинным, так и с верхним его рядом). Неотделимым от Общества, родовых, родственных, деловых, дружеских и любого рода других связей. Мораль всегда конкретна, она такова, какова она есть, а не такова, какой должна быть.

10. Всякая мораль столь же нравственна, сколь и безнравственна, ибо она не может охватывать в себе только понятие Добра, не включая понятия Зла. Зло невозможно исключить из Жизни, столь же нереально исключить его и из Морали.

11. К сожалению, мы должны признать, что моральные заслуги человека могут иметь значение лишь перед Церковью, соплеменниками,

Государством, Обществом, однако для Бога они – ничто. Для Бога имеют значение лишь заслуги нравственные. Бог не признает служения чужим законам. Если вы служите Обществу, то и воздаяния ожидайте только от него. Если вы уповаете на Бога, Он вас и возвысит. По-своему. И здесь, как и во всем, важнейшее для Человека значение имеют принципы Соответствия.

* * *

12. Ничто благое не приходит без очищения. Очищение, а не разрушение, вот с чего должно начинаться любое созидание.

13. Честность перед людьми – это, прежде всего, честность перед самим собой.

14. Миром правят донкихоты.

15. Жить в свое удовольствие, но не за счет других.

16. Все мы усвоили уже, что страдание очищает, но не всем из нас ведомо, что куда больше очищает сострадание.

17. Закаляют не страдания, а испытания. Если ты

выходишь из них достойно.

18. Духовно люди часто умирают задолго до своей смерти и являют собой те же трупы, только не смердящие.

19. Бездуховность приводит к бездушию, безверие оборачивается вседозволенностью, рано или поздно, но неизбежно рассыплется любое здание, на костях построенное, замешенное на крови.

20. Люди почему-то счастье в представлениях своих сводят к удовольствию, наслаждению, а ведь счастье – это просто гармония человека с окружающим миром.

21. Идеология – кодекс, свод правил, которые находятся по своим функциям и силе в чем-то выше, в чем-то ниже права, законов, но в идеале должны охватывать их целиком.

XIV СВОБОДА И СПРАВЕДЛИВОСТЬ

1. Есть только один язык, на котором Человек может общаться с Богом – Свобода.

2. Свобода – это возможность жить в Боге, другой свободы я не знаю.

3. Что такое Свобода? Свобода всего только выбор в пользу Истины, тут не надо преувеличивать. Еще Свобода, как это ни покажется странным – умение подчиняться. Умение подчинять себя Истине.

4. Самое главное богатство человека – свобода, однако ничто так дорого не обходится нам, как свобода.

5. Свобода выбора, свобода и право быть неравным – свобода меньшинства и право меньшинства.

6. Свобода есть соответствие Истине.

7. Свободный человек – прежде всего человек духовный.

8. Свобода есть одновременно цель и средство, будучи одним только средством, бесцельной становится, будучи только целью, свободой быть перестает.

9. Свобода не друг от друга, а друг для друга. Ибо,

зачем иначе свобода?

10. Свобода – самый короткий путь к счастью.

11. В своем стремлении к Свободе мы должны сознавать, что в Обществе понятие это находится над понятиями Добра и Зла и, стало быть, порождает не только откровения, но и преступления.

12. Свобода для добрых и для злых? Принимается. Но и Общество при такой Свободе должно освободить себя от ложного милосердия.

13. Будучи один, человек не может быть свободным, он либо изначально дикарь, либо постепенно утрачивает свой человеческий облик. А отсюда следуют три непременных условия Свободы:

- существование с себе подобными (жизнь в Обществе);

- право общения с Богом напрямую;

- принадлежность к какой-либо из существующих мировых религий.

Все остальное – либо суррогат свободы, либо паразитирование на свободе других.

* * *

14. Люди объединяются друг с другом не для того, чтобы впасть в рабство, стать жертвами насилия и произвола, а для того, чтобы стать свободнее. Мера свободы в любой общности, любом союзе та же, что и во всех других сферах – справедливость.

15. Все мы от рождения велики перед Богом и равны перед людьми. Первое в данном случае означает свободу, второе – справедливость. Но нет свободы – значит, не может быть и справедливости; нет справедливости – и свободу невозможно сохранить.

XV РАССУЖДЕНИЕ О РАБСТВЕ

1. Когда человек познал впервые азы рабства? Думаю, тотчас, как только он захотел властвовать над себе подобными.

Когда среди множества богов он выбрал одного и преклонил перед ним колени: «Ты – мой хозяин, Ты – моя защита и опора, а я Твой раб». «Я буду служить и поклоняться Тебе, но если Ты хочешь, чтобы я служил Тебе намного лучше, эффективнее, выдели меня, возвысь, и я стану Твоим «рабом над рабами».

2. Человек вовсе не царь Природы, но он должен перестать быть и ее рабом.

3. Есть три вида рабства: рабство перед Природой, рабство перед людьми и рабство перед идолами, божествами.

4. Лучший путь к Богу – это свобода. У Бога нет рабов, и не может их быть, но есть они в неисчислимом множестве у Идола и Божества.

5. Законов, заповедей не преступай, и живи свободно. Потому что жить свободно – тоже закон, твое рабство закабаляет других людей.

6. Постулат изначальной греховности, принятый человеком на веру, медленно, но неотвратимо делает

его рабом. И в то же время первородный грех существует. Это несовершенство.

7. Убеди человека, что он дрянь и мразь, и он твой раб навсегда.

8. Раб, осознавший себя рабом и устыдившийся этого, уже не раб.

9. Тирания порождает рабов, а рабы порождают тиранов. Процесс бесконечный.

10. Из всех видов угнетения самые страшные – моральное и религиозное, ибо они, по большей части, добровольные. А нет ничего страшнее на свете добровольного рабства.

11. И все-таки раб – в первую очередь человек общественный. Обладает ли он или не обладает какими-либо правами, означает вовсе не степень его свободы, а лишь степень его рабства.

12. Раб над рабами все тот же раб, лишь более изощренный и развращенный.

XVI РАССУЖДЕНИЕ ОБ УБИЙСТВЕ

1. Есть только один грех перед Богом – убийство. Все остальные грехи – перед людьми.

2. Жизнь человека священна, она даруется Богом и посягательство на нее – самое тяжкое преступление из всех, когда-либо существовавших и существующих на Земле.

3. Истоки убийства как явления всегда лежат в религии, конкретном вероисповедании, и, когда оно становится определяющим среди какой-то определенной массы людей, количество жертв без труда можно просчитать заранее. Ибо всегда и во всем в основе убийства лежит жертвоприношение. Религия, в которой Бог призывает своего адепта, пусть в виде испытания, убить своего сына, уже в этой части мертва, ибо бесчеловечна.

4. Ни одно убийство не должно оставаться безнаказанным; общество, которое обрекает своего члена быть жертвою, само не имеет права на жизнь, потому что становится обществом, которое убивает.

5. Люди должны жить с себе подобными, пусть и убийцы живут бок о бок с подобными себе. У каждого человека есть самое священное из предоставленных

ему от рождения прав – право выбора. Но он должен знать: поправ эту святость, он лишается и права, и выбора навсегда.

6. Человек, лишающий жизни другого человека, должен четко сознавать, что он теряет этим – перед Богом и людьми – право на жизнь собственную.

7. Нет и не может быть никаких сомнений в том, что убивающие и кающиеся, как и убивающие и нераскаявшиеся, равнопреступны. (Покаяние возможно только перед Обществом и людьми, Бог грехов не прощает).

8. Человек не может убить другого человека во имя Бога, он всегда убивает во имя Идола и тем разоблачает своего божка, сбрасывает с него маски, срывает покрова.

9. Есть только одно, что одновременно выше и ниже власти Божьей: оправдание убийства.

10. Только одна война благородна, священна и нетленна: война всему, что убивает.

11. Лишь одно общество может позволить себе быть гуманным по отношению к тем, кто посягает на жизнь других людей – общество высокоцивилизованных людоедов.

12. Убийство закрывает человеку дорогу к бессмертию, оно и должно караться смертью.

13. Мне не надо Пяти доказательств бытия Бога по Доктору Ангелу, достаточно и одного из них: «Верую». Мне не надо десяти заповедей Моисеевых, чтобы жить в Боге, достаточно и одной из них: «Не убий!»

XVII ВЕЛИЧИЕ ЧЕЛОВЕКА

1. Осознай себя песчинкой мирозданья, но пойми не ничтожность свою, а величие.

2. Величие человека определяется величиной мира, который он в себя вмещает.

3. Универсальность и уникальность. Все, до мельчайшего, можно найти в самом себе.

4. Всякое самоутверждение начинается с самоотречения.

5. Жизненный путь человека измеряется вершинами, которые он покорил.

6. Боль мира – моя боль, унижение его – мое унижение.

7. Любое сравнение человека с животным столь же кощунственно, сколь и бессмысленно.

8. Поистине просто разумным человеком быть очень мало, по-настоящему велик только человек свободный.

9. Люди равны перед Богом, почему они не могут быть равны перед людьми?

Люди не равны перед Богом, почему они должны быть равны перед людьми?

Что мы видим? Две формулы, казалось бы,

взаимоисключающие друг друга. Однако на самом деле никакого противоречия в их сочетании нет.

Здесь нет, и не может быть выбора, вот что мы должны осознать первоочередно. Любой подобный выбор, сделанный Обществом или нами самими, неизбежно сделает нашу жизнь ущербной, изуродует ее.

10. У нас есть много прав и среди них самое великое – сознавать себя частичкой Великого Бога. В то же время никто и никогда не может нас заставить следовать нашей самой великой миссии – миссии обновления. Это всего только наше право перед Богом и людьми. Равно как никто из нас не имеет права мешать другим людям реализовывать себя.

А значит, о каком поголовном, а тем более абсолютном, равенстве вообще может идти речь?

XVIII СОВЕРШЕНСТВО И СООТВЕТСТВИЕ

1. В Жизни нет ни несовершенства, ни несправедливости. И несовершенство, и несправедливость присутствуют лишь в сознании человека, из него происходят, им плодятся, в него же и возвращаются.

2. Нет степеней Совершенства, ибо Совершенство есть Абсолют.

3. Как Абсолют, Совершенство недоступно ни Обществу, ни Человеку, ибо несовершенно Сознание.

* * *

4. Совершенен Бог, Миру, Человеку доступно лишь Соответствие.

5. Главный Путь – это в первую очередь Соответствие.

XIX РАЙ НА ЗЕМЛЕ

1. Вечная Жизнь – это не состояние, это Главный Путь, он лежит, прежде всего, через осознание человеком своего величия.

2. Мы не войдем в Вечную Жизнь стадом. Каждый человек сам вправе решать: жить ему или умереть.

3. Вечная Жизнь невозможна для всех, Она лишь для избранных. Тех, кто избрал себя для Нее и упорно следует Ей.

4. Следует стремиться к раю на земле, а не на небе, и не бежать сломя голову вперед, ибо это бег с собственной тенью.

* * *

5. Ты так стремишься к Раю? Ты прав. Не было, нет, и не будет никогда у человечества более великой цели. Но в своем стремлении к Раю тебе не обязательно умирать. Ты просто должен знать истину о Нем, и врата Его для тебя откроются.

6. Первое, что ты должен осознать – мы живем в Аду. Да, да, как это ни прискорбно, мы не попадаем в Ад после смерти, мы живем в нем при жизни.

7. Второе – Рай не на небе, Рай на Земле, Он в твоей душе, если истинны, верны твои помыслы и цели.

8. Третье – ты должен жить не сам по себе, а с подобными тебе: теми, кто жил до тебя, кто живет в одно время с тобой, теми, кто продолжит твой путь в грядущем.

9. Четвертое – если ты достиг Рая в душе, воплоти Его в островках, оазисах вокруг тебя, оберегай, защищай их вместе с теми, кто близок и дорог тебе.

10. Пятое – продли, насколько сможешь, лета свои здесь, на Земле, ибо другого Рая у тебя не будет.

11. Шестое – постарайся запечатлеть себя, насколько это возможно, для своего последующего возвращения.

12. Только тем ты спасешься.

13. Нет другого пути.

14. В этом Вечная Жизнь.

СОДЕРЖАНИЕ

www.ingramcontent.com/pod-product-compliance
Lightning Source LLC
Chambersburg PA
CBHW061029030726
47504CB00002B/304